大历史背后的人物画像

任崇岳 著

中原出版传媒集团
中原传媒股份公司
大象出版社
·郑州·

可惜紅顔隨虜塵

用大历史观为历史人物画像
（代序）

任崇岳先生在他80多岁高龄时又完成一部新著，书名叫作《大历史背后的人物画像》，确定由大象出版社出版。现在我看到装订成册的稿本，感受到它的厚重。任先生让我为本书写一篇序，我由此想到明清之际大思想家、大学者顾炎武的一句名言“人之患，在好为人序”（《日知录》），于是颇为惶恐而为难。但是我又想到和任先生长期一起在河南省社会科学院工作，有同事之谊；而且我们又曾经是中国社会科学院研究生院同届硕士研究生，于1978年入学，1981年毕业，有同学之情。我深知任先生曾经师从著名历史学家翁独健先生，是泰斗级学者的高足，学业优秀。自古以来，人们常说“名师出高徒”，此言不错。任先生多年来潜心钻研学术，不负师教，成果丰硕，著作等身，如今年届耄耋，宝刀未老，依然孜孜不倦，笔耕不辍，其专业成就及治学精神令我钦佩，也让我深受感动和鼓舞。因此，我对于任先生的要求不能推辞，只能诚心应允，同时我也愿意利用这个写序的机会，谈一谈自己的认识与感想，向任兄请教，也和阅读本书的学界同人及读者朋友进行一次交流。

我非常认真地阅读了这部书稿，被它的丰富内容、精彩论述吸引。本书由 15 篇文章组成，分别写了中国历史上的一些著名历史人物，如曹操、曹丕父子与汉献帝，东晋名臣谢安，南朝陈后主陈叔宝，五代时历事四姓十君、在相位二十余年的冯道，宋太宗赵光义，金朝海陵王完颜亮，北宋名相王安石，南宋文学家辛弃疾，南宋儒学大师朱熹，南宋权奸贾似道，明太祖朱元璋，清代文学家郑板桥，等等。有的文章写的是一组人物，如《流落天涯俱是客》写北宋覆亡后赵氏家族的悲惨结局，《身世浮沉雨打萍》写南宋覆亡后朝廷君臣、宗室及儒士的遭际与命运。全书从体例上看是一本研究历史人物的评传类文章的合集，而我在仔细品读各篇文章之后分明感到，全书的选题和立意是有一个明确的思路和完整的框架的，任先生在运用大历史观为历史人物画像。

书名中的“大历史”一词，体现的正是当今学界津津乐道的一个重要且新潮的文化学概念——大历史观。从 20 世纪 80 年代开始，中国学界逐渐泛起浓厚的“文化热”，文化研究成为人们非常关注的热门话题，同时，不少学者也接受并传播着加拿大著名思想家、文学评论家诺思洛普·弗莱（1912—1991）的大文化观。弗莱在其所著《创造与再创造》一文中对文化的定义是：“人不像动物那样直接与赤裸裸地生活在自然之中，而是生活在他从自然中构建出来的封套里，这个封套通常被叫作文化或文明。”而大文化则是在此基础上从人类学、历史学、语言学、心理学等各个领域予以广泛览胜，使文化问题及其研究成为一种宏观叙事。

（《诺思洛普·弗莱文论选集》，中国社会科学出版社，1997年）此观点在文化理论中占有重要的一席，被称为“大文化观”，中国学界又对它进行拓展与发挥，在历史学研究方面则衍生为“大历史观”。有学者指出，大历史观是一种宏观的、大视角的思维方式，具有贯通社会系统的总体性或整体性特点；它以社会历史为观照对象，以过去、现在、未来的链接为时间维度，以探求社会规律、历史规律为着力点。

大历史观及大文化观，在当代社会科学研究领域具有普遍性的参考价值。对于历史、哲学、文学、文化等方面的理论研究，对于具体社会问题、具体历史事件和具体历史人物的研究，都要在大历史观的整体视域中密切关注更广阔的历史与现实的时空，关注研究对象的“前历史”及周遭社会现实背景，关注研究者的本体立场与现实诉求。研究当代政治、经济、文化问题也应当秉持这样的观点。习近平总书记指出：“树立大历史观，从历史长河、时代大潮、全球风云中分析演变机理，探究历史规律，提出因应的战略策略，增强工作的系统性、预见性、创造性。”（2021年12月14日出席中国文联第十一次、中国作协第十次全国代表大会开幕式时的重要讲话）这段话对于当今从事社会科学各个领域研究的专业人士都具有重要的导向意义。

根据我的认识和理解，任先生的这部新著正是体现了树立大历史观的思想要求。在本人的阅读范围内，当代中国学界在历史文化研究方面已经出版的不少著作早已运用或表现出大历史观、大文化观的学术思想与研究方法。任先生已经出版的关于中国民族史研究、河洛文化研究及历史人物研究的一些著作中也已经有这样的尝试，如今的这部《大历史背后的人物画像》中的各篇文章所体现的大历史观又有多方面的表现。

首先，任先生按照辩证唯物主义与历史唯物主义的科学观点，依据各种历史文献，全面记述与描绘历史人物。本书所研究的历史人物，主要有帝王将相、名臣权贵、文人学士等，都是特定历史时期、特定历史条件下于特定社会环境中存在的，他们的生平经历与事迹必然和当时的许多人物与事件紧密联系在一起。“联系”是哲学上最重要、最基本的概念之一，是指任何一种事物都和周围事物相关联，绝对孤立的事物是没有的。重要历史人物的经历非常曲折，现存的历史文献特别丰富，他们一生的活动同当时的政治、经济、军事及社会生活的方方面面的联系都有迹可循。任先生多年来从事中国古代史的研究，博览群书，广记多思，占有了大量的历史资料，同时，他治学严谨，精于考辨，在写作时对各方面的文献资料详细比对，认真分析，去粗取精，去伪存真，根据自己选题的需要，审慎地得出令人信服的结论。本书所收各篇，材料翔实，展论宏阔，言之有据，表现了任先生深厚的文献学基础和专业研究的学术功力。任先生的专业方向与优长所在本来是汉魏六朝少数民族史及宋史，而本书所论人物上自东汉末三国时的曹操、曹丕，下至明清时的朱元璋、郑板桥等，时间跨度之久、历史包容之大，牵动并融通了整个中国历史，显示出其历史研究方面所达到的广度与深度。

其次，任先生立足于当今时代与社会现实来研究和议论历史人物。一切哲学社会科学研究都必然是为当代社会现实需要服务的，没有所谓纯粹的为学术而学术、为研究而研究的专门家。当代的历史研究更是如此。著名的意大利历史学家克罗齐有句名言：“一切历史都是当代史。”（《历史学的理论和实际》，商务印书馆，1982 年）这句话听起来有些极端，但是许多这一类的极端性表述常常是含有真理意味的。任先生数十年来研究中国历史，当然深知历史研究的本质与奥秘。关于大历史观，其重要特征与核心观点，就是特别强调历史研究的当代性。马克思主义经典著作中明确指出：“历史不外是各个世代的依次交替。每一代都利用以前各代遗留下的材料、资金和生产力。由于这个缘故，每一代一方面在完全改变了的条件下继续从事先辈的活动，另一方面又通过完全改变了的活动来改变旧的条件。”（马克思、恩格斯合著《德意志意识形态》）其中的深义是，当代社会的发展是历史的变更与接续，新时代的社会科学研究者必须随着历史方位的变化找到新时代的坐标，提出新的学术观点，体现出新的时代精神。

任先生的这部著作就非常注重学术研究的当代性，既关注这些人物所处的大文化背景，又关注当代关于历史研究的新的社会思潮、历史人物评价的学术前沿问题和新颖的学术观点。随着时代的发展与历史的演进，如今已是 21 世纪，在历史文化研究领域，20 世纪及其以前的一些流行的学术观点与研究方法已经显得陈旧过时。如传统的儒家思想、道家思想、法家思想等，现在应该予以重新认识与评价，一些一度甚为流行的学术思想如人民性、阶级性、民族精神、现实主义、道德继承等观点也需要重新认识或给予新的考量。任先生熟知当代学术文化界随着时代的变化而出现的学术思潮及学术观点的波动，从而在考察与评议具体历史人物时有自己的独立思考，表现出鲜明的学术个性。因此，任先生的这部著作对于当代学术界研究相关历史人物具有参考价值，对于普通读者阅读与写作也具有一定的实用价值。

阅读任先生的书稿，我深刻感到，历史本身是非常复杂的，对于历史人物的评判也是非常复杂的；现在把历史研究与文化学、人类学、社会学相结合，再加上人性研究的内容，对于历史人物的评判就变得更加复杂。历史人物是一定历史时期和一定社会环境中的活生生的个人，具有人的生物属性，不是历史机器运行过程中的一个部件。因此，每一个历史人物，尤其是声名显赫或位高权重的政治人物，一生当中常常是成功与失败交错，业绩与挫折同在，善举与恶行皆具，知足与贪婪共生，世人对其人格品行与历史贡献常常毁誉不一，爱恨各异。古今中外许多哲人学者谈到人性与人格的这种复杂性，有不少精辟议论。德国哲学家黑格尔说过："所谓人格就是崇高和真正低贱混为一体。"法国文学家雨果有一句名言说："丑就在美的旁边，畸形靠近着优美，粗俗藏在崇高的背后，恶与善并存，黑暗与光明相共。"法国文学家伏尔泰也说过："历史只是一连串罪恶与灾难的图画。安分守己与清白无辜之人，在广大的舞台上一向就没有立足之地。”在中国历史进程中，对于一些著名历史人物的是非功过，历代文人学士谈论起来常常是众说纷纭，争论不休，难有定评，典型者如秦始皇、曹操、武则天等，都是这样。

现在，任先生的这本书中论述一些历史人物，也不能回避历史人物思想与人格的复杂性及历史评价的复杂性。我感到，任先生的研究分析与具体表述显示出一种大历史观的学术立场与研究方法，即没有简单地叙述历史人物的成就与辉煌，没有过分地给予肯定与赞颂，而是尽可能地进行多角度、多层次、多侧面的分析，立体地、完整地呈现出历史人物的本质与真实。

例如：《水流花谢两无情》一文中写到曹操，任先生既展现了曹操治世安邦的英雄事业，也写了曹操“暴戾强伉”、残忍多疑、“玩弄汉献帝于股掌之上”的奸雄本色。《风流宰相数谢安》一文中，谢安沉稳飘逸、匡扶社稷的贤相形象，和“气焰熏灼、跋扈蛮横”的权臣桓温形成鲜明的对比，两个本性不同的历史人物的形象都得到生动的展现。《隔江犹唱〈后庭花〉》中所写南朝陈后主陈叔宝风流多情，富有文才，而他们的南陈朝廷“兄弟阋墙，血泊继位”，争夺皇位的史实充满着龌龊丑恶与血雨腥风。《辨材须待七年期》中所论宋太宗赵光义，更是一位具有复杂人格的帝王。他灭掉后蜀害死后蜀主孟昶、先霸占后杀死花蕊夫人、灭南唐之后凌辱小周后并毒杀南唐后主李煜，这些都是伤天害理的恶行。任先生评论说，“宋太宗赵光义是历史上文治武功皆可圈可点的帝王”，但也是“好色忮刻的天子”。《是非功过任评说》中所论五代的冯道，也是一个具有高度复杂人格的人物，引发人们的多重思考。冯道在五代政权频繁更替时不断改头换面，执掌权柄，欧阳修《新五代史》说他“可谓无廉耻者矣”，司马光《资治通鉴》称他“乃奸臣之尤”；而在本书中，任先生经过认真考察，不囿于前人的观点，从当时的历史背景出发全面认识冯道其人，独辟蹊径地借鉴了赵翼《廿二史札记》中的议论，赞扬冯道“其德望为遐迩所倾服”，认为“冯道不是奸臣，而是瑕不掩瑜的政治家”。《毁誉参半海陵王》一文中写的金朝的海陵王完颜亮，是一位奇葩式的人物。史官修金朝实录说他淫乱毒狠，遗臭无穷，明代拟话本小说《金海陵纵欲亡身》（《醒世恒言》第二十三卷）极力描写他贪淫无度，赵翼《廿二史札记》说“海陵在位，盖兼齐文宣（高洋）、隋炀帝（杨广）之恶而更过之”。在本书中，任先生则赞同当代学者李锡厚研究员的评语：“在金朝历史上，他的确是一个有作为的皇帝。”（《中国封建王朝兴亡史·辽金卷》）我认为，任先生和李锡厚先生在对待海陵王的问题上，都表现出一定的大历史观。

本书中所述及的历史人物，由于其身份不同，经历有异，前人的评说总是千差万别，但任先生对于历史事实还是能够有新奇的发现，提出独立的见解，发表精彩的议论。《真真假假费猜疑》一文中辨析北宋时所谓“狸猫换太子”的传说与真相，得出“刘皇后没有迫害李宸妃”的新判断，认为宋真宗的刘皇后并不是阴谋的制造者，而是“治国有方的政治家”，这一看法令人耳目一新。《千秋万岁名，寂寞身后事》一文写王安石“不惟在变法上锐意进取，他的为人处世之道，亦多有可取之处”。《报国无门赍志殁》一文写辛弃疾的抗金生涯，是对辛弃疾的各种著作与文章的一个重要补充。《乱云飞渡仍从容》一文写朱熹坎坷的出仕治学之路，说朱熹“在仕途上坎坷丛生，鞠躬尽瘁却不被重用，在治学上成就斐然却被诬为伪学，最终郁悒而殁。如此际遇，令人叹惋”。这里对朱熹的历史地位给予肯定，而对其命运给予同情，可谓是实事求是的中肯之言。《骨朽人间骂未销》一文对南宋奸相贾似道进行了彻底批判，毫不留情：“他排斥异己，迫害忠良，多行弊政，误国误民，把一个好端端的社稷弄得山河破碎，满目疮痍，最终亡于蒙古人之手。贾似道恶贯满盈，63岁时被仇人杀死于漳州木棉庵，他的名字同蔡京、秦桧一样，被永远钉在历史的耻辱柱上。”这里的议论是非分明，正气浩然，让读者感到畅快。任先生评议历史人物，大历史观固然是科学的思想方法，而正义与真理永远是历史文化研究的灵魂。

总之，任崇岳先生这部《大历史背后的人物画像》，学术视野宏阔，文献资料丰富，文化含量厚重，妙论层出不穷。本文如上所述只是宏观漫议，略陈大端，书中所论人物还有北宋、南宋覆亡之后的朝廷君臣及明太祖朱元璋，清代著名文学家、书法家郑板桥等，这里不再一一点评。“奇文共欣赏，疑义相与析”，读者朋友们在阅读任先生的这部著作时定会各具慧眼慧心，各有感悟与思考。读一部好书如游山观景，又如寻矿探宝，各人的付出与辛苦定会各有丰厚的收益。

王永宽

2023年3月于郑州

目　录

水流花谢两无情

——曹操、曹丕父子与汉献帝

曹操是中国历史上拥有雄才大略的人物，《三国演义》把他塑造成了奸臣，此书文笔甚佳，读者众多，舞台上的三国戏又多从《三国演义》敷衍铺陈而来，所以后世人们提起曹操，总认为他是名副其实的奸臣。其实曹操是个了不起的政治家、军事家，也是一个了不起的诗人，他被骂了一千多年，大概和他对待汉献帝的态度不无关系。而曹丕逼迫汉献帝退位却美其名为禅让的做法，更是受人訾议。

曹操玩弄汉献帝于股掌之上

曹操在年少时就有人称许他："天下将乱，非命世之才不能济也，能安之者，其在君乎！"（《三国志・魏书・武帝操》）这个预言后来果然应验。曹操投身军旅，以讨伐黄巾军起家，尔后南征北战，芟刈群雄，成为东汉末年最有权势的人物。他若化家为国，取汉献帝而代之，是易如反掌的事。但曹操老谋深算，知道如果过早称帝，会招致天下人的怨怼，成为众矢之的。他宁愿挟天子以令诸侯，也不肯贸然登基。就在曹操去世的前一年，东吴的孙权陈说天命，向其俯首称臣，曹操识破了孙权的伎俩，拿着孙权的劝进书对部下说："是儿欲踞吾着炉火上邪！"陈群等人忙说：

> 汉祚已终，非适今日。殿下功德巍巍，群生注望，故孙权在远称臣。此天人之应，异气齐声，殿下宜正大位，复何疑哉！（《资治通鉴》卷 68）

大臣们的意思是，汉朝的命运已经终结，今日殿下功德巍巍，天下苍生颙颙在望，殿下应早正大位。可曹操摇摇头说："若天命在吾，吾为周文王矣。"明白表示他愿当周文王，待时机成熟，让他的儿子当周武王。对此司马光评论说：

> 以魏武之暴戾强伉，加有大功于天下，其蓄无君之心久矣，乃至没身不敢废汉而自立，岂其志之不欲哉？犹畏名义而自抑也。（《资治通鉴》卷 68）

此话说得何等好啊！

随着势力的不断增强，曹操愈加飞扬跋扈。汉献帝甚为畏惧，不断加封他的官职，想借此换取其对自己的尊重。建安十七年（212），汉献帝下诏，曹操可以“赞拜不名，入朝不趋，剑履上殿，如萧何故事”（《三国志·魏书·武帝操》）。“赞拜不名”指大臣朝见天子，司仪宣读行礼的仪式时只念官职，不念名字，表示对大臣的优崇；“入朝不趋”指大臣朝见天子不必被催促，可从容上殿；“剑履上殿”也是天子赐给亲信大臣的一种特殊待遇，即可以佩剑穿履朝见天子，一般大臣是不允许佩带宝剑上殿的，有汉一代，只有萧何享受过这种待遇，如今曹操也享受到了。

次年五月，汉献帝又派御史大夫郗虑持节策命曹操为魏公，策文中说曹操“功高于伊、周（伊尹、周公旦），而赏卑于齐、晋（齐国、晋国两个诸侯国），朕甚恧（nǜ，惭愧）焉”，又说“朕以眇眇之身，托于兆民之上，永思厥艰，若涉渊水，非君攸济，朕无任焉”，还把河东、河内、魏郡等10个郡赏赐给他作为采邑，以丞相之职仍领冀州牧。

建安十九年（214）三月，汉献帝又下诏：“魏公位在诸侯王上，改授金玺、赤绂、远游冠。”“绂”是古代印章的绳子。按汉代制度，只有诸侯王才能使用黄金铸成的印，用红色的綵线系印章，才可以戴远游冠，如今曹操也做到了。

建安二十一年（216），曹操又被升格为魏王。对于这件事，《三国志·魏书·武帝操》说，这年五月，“天子进公爵为魏王”。《后汉书·孝献帝纪》说：“（建安）二十一年夏四月甲午，曹操自进号魏王。”而《资治通鉴》卷 67 只说建安二十一年“夏，五月，进魏公操爵为王”，未说是他自封为王，还是汉献帝所封。揆诸情理，范晔的《后汉书》是秉笔直书，故说曹操自封为魏王；陈寿的《三国志》以魏为正统，有意为曹操回护，故说天子进曹操之爵为魏王；而司马光的《资治通鉴》则只说进曹操爵为魏王，省略掉了“天子”这一主语。其实，以曹操的权势，要取得王位，汉献帝自是咄咄立办，不敢稍有迟误。到底是他自封为魏王还是天子所封，已无关宏旨了。

建安二十二年（217），汉献帝又“诏魏王操设天子旌旗，出入称警跸”（《资治通鉴》卷 68）。古时帝王出入称“警跸”，左右侍卫称“警”，禁止行人以清道为“跸”。曹操既可设天子旌旗，出入又可称警跸，这已是实际的天子了，只不过仍称魏王而已。汉献帝如此封赠曹操，并非出自本心，是被胁迫下的无奈之举。天无二日，国无二君，哪个天子愿意赏赐臣下天子旌旗、出入称警跸呢？可以想见，汉献帝在做出让曹操设天子旌旗的决定时，必然是椎心泣血、痛不欲生！

汉献帝自然不甘心束手待毙，早在建安五年（200），他便下密诏给车骑将军董承、偏将军王服、越骑校尉种辑，让他们诛杀曹操。这三人见曹操欺君罔上，独揽朝政，心中未免愤愤不平，今见天子有密诏，都欣然应命。但是他们谋划不周，泄露了消息，惨遭曹操诛杀，还牵连了三族，致使许多人无辜丧命。曹操知道董承等人敢于发难，肯定是受汉献帝指使，但他此时戎马倥偬，不遑他顾，只得对天子隐忍不发。

自迁都许昌以后，国家大事皆取决于曹操，汉献帝不过徒有天子之名，而无任何权力。“守位而已，左右侍卫莫非曹氏之人者。”（《资治通鉴》卷 67）汉献帝的一举一动、一饮一啄，都在曹操的严密监控之中。到了建安十九年，天下初定，曹操已玩弄汉献帝于股掌之上。议郎赵彦时时为汉献帝陈说治国之策，其中就有裁抑曹操权力的内容。曹操得知后大怒，不由分说杀了赵彦。曹操每次上殿奏事，汉献帝都惊惧不已。

一次曹操入宫殿议事，汉献帝对曹操说：“君若能相辅，则厚；不尔，幸垂恩相舍。”（《后汉书·献帝伏皇后纪》）你若能辅佐我，自然是忠厚可喜；如果做不到这一点，请你舍弃我这个天子。话说得如此决绝，不啻是指责曹操逼宫篡位，曹操听了不免大惊失色。按照汉朝制度，“三公”（西汉以大司徒、大司马、大司空为“三公”，丞相也可称“三公”）领兵朝见天子，天子令虎贲之士执刀守卫，防止“三公”有异常举动。因此曹操走出宫殿时，已汗流浃背，唯恐在宫殿中遭到不测。

曹操回到相府，又想起了建安五年董承谋杀一事，不觉怒从心上起，恶向胆边生。董承之女就在汉献帝宫中为贵人，这正提供了报仇的机会，于是他立刻派人到宫中诛杀董贵人。汉献帝得知此事，忙为她求情——董贵人并未参与董承谋杀之事，不可株连无辜，何况董贵人已怀有身孕。但曹操不肯宽贷，终将董贵人杀害。

伏皇后见董贵人无罪被杀，不免有兔死狐悲之感，便给她父亲伏完写了一封密信，述说曹操残忍之状，让他设法杀掉曹操。然伏完惧怕曹操势大，迟迟不敢动手。不久，不知何人又走漏了消息，曹操勃然大怒，派御史大夫郗虑搜走了伏皇后的玺绶，又派华歆去宫中捉拿其人。伏皇后猝不及防，无法逃脱，只得藏在宫殿内一处暗室之中。华歆坏户破壁，从暗室中搜出了颤抖不已的伏皇后，向其宣读曹操谋士早已拟好的废黜皇后诏书：

> 皇后寿（伏皇后名字），得由卑贱，登显尊极，自处椒房，二纪（12年为一纪）于兹。既无任、姒（周文王之母名太任，周武王之母名太姒）徽音之美，又乏谨身养己之福，而阴怀妒害，苞藏祸心，弗可以承天命，奉祖宗。今使御史大夫郗虑持节策诏，其上皇后玺绶，退避中宫，迁于他馆。呜呼伤哉！自寿取之，未致于理，为幸多焉。（《后汉书·献帝伏皇后纪》）

其时汉献帝就坐在外殿，正与郗虑谈话，骤听废后诏书，吓得魂飞魄散，不敢置一词。这篇所谓的诏书信口开河，完全是不实之词。伏皇后乃大司徒伏湛之后，其父伏完官至侍中，娶了汉桓帝之女阳安公主为妻，可见伏皇后出身于戚畹贵族之家，并非卑贱之身。她先是进入宫掖为贵人，兴平二年（195）被立为皇后，并无失德之处。但曹操既要废黜她，也就顾不得许多了。当伏皇后披发跣足从墙壁间被搜出时，她哭着对汉献帝说：“不能复相活耶？”帝曰：“我亦不知命在何时！”（《后汉书·献帝伏皇后纪》）一个帝王连自己皇后的命都不能保全，只能无可奈何地对郗虑说：“郗公，天下宁有是耶！”天下难道有这样的事吗？真令人唏嘘。

曹操把伏皇后下于暴室之中。暴室是汉朝官署的名称，主管织作染丝，皇后、贵人等有罪，便发配于此。最终伏皇后在暴室中“幽死”，“幽”者，拘禁也。伏皇后所生两位皇子也被毒死，她的兄弟、宗族被杀者达百余人之多，伏皇后的母亲等 19 人被迁往涿郡（今河北涿州）。

伏皇后既死，中宫不能久虚，曹操的三个女儿曹宪、曹节、曹毕都是汉献帝的贵人，遂进位曹操之次女曹节为皇后。

曹丕与曹植争夺太子之位

曹氏代汉已成定局，曹操愿当周文王而不当周武王，也已为天下人所共知，谁能被立为太子，谁就可南面称孤，拥有天下。曹操初娶丁夫人，未能生育，妾刘氏生一子曹昂。另有一妾卞氏，20 岁时嫁给曹操为妾，后来跟随曹操到了洛阳。当时董卓拥兵称乱，朝中大臣人人自危，曹操微服出逃避乱。跟随曹操至洛阳的部下不见曹操踪影，打算树倒猢狲散，散伙归家。卞氏制止说：“曹君吉凶未可知，今日还家，明日若在，何面目复相见也？”（《三国志·魏书·武宣卞皇后》）大家听从此言，皆未离去。曹操知道了此事，对卞氏甚有好感。

卞氏生了四个儿子：曹丕、曹彰、曹植、曹熊。后刘氏亡故，曹操让丁夫人养育曹昂。建安二年（197），曹操南征张绣于淯水（今河南南阳白河），张绣举众投降，曹操纳其兄张济之妻，张绣怒而复叛，杀死曹昂。丁夫人得知曹昂战死的消息后，虽哭，但未显出悲伤之意。曹操一怒之下，把她逐出门庭，以卞氏为继室。这四子中曹熊夭亡，曹彰是一赳赳武夫，不是治国之才，角逐太子之位的就只剩下曹丕、曹植两人了。

曹植颖悟过人，多才多艺，下笔为文，才藻敏赡，甚得曹操喜爱，虽曹操未明确立他为太子，但给了他更多关注。一次，曹操打算把女儿嫁给下属丁仪，曹丕说丁仪"目眇"，即瞎了一只眼，丞相之女不可匹配此人，曹操遂不再提及这桩婚事。丁仪因此对曹丕怨恨不已，联合弟弟丁廙、丞相府主簿杨修称赞曹植之才，劝曹操立以为嗣。曹操犹豫不决，秘密给尚书崔琰写了一封信，想听听他的意见。崔琰回答说："春秋之义，立子以长"，曹丕仁孝聪明，宜承正统。尚书仆射毛玠得知此事，献言说："近者袁绍以嫡庶不分，覆宗灭国。废立大事，非所宜闻。"东曹掾邢颙也说："以庶代宗，先世之戒也，愿殿下深察之。"曹丕、曹植皆是卞氏所生，只有长幼之分，没有嫡庶之别，毛玠、邢颙之言不妥，但他们请求立长子曹丕为嗣的意思是很清楚的。一时之间，拥立曹丕、曹植的两派各不相让，曹操无法定夺，只得暂缓此事。

曹丕得知曹操尚未决定立谁为嗣，不禁焦灼不安，问计于太中大夫贾诩。贾诩说：谨小慎微，修身养性，孜孜不倦像一个“素士”（贫寒之士），竭力尽为子的孝道，这样才能讨得你父亲的欢心，立嗣就有希望了。曹丕听从了这一建议，砥砺德行，待人接物愈加谦恭。

一日，曹操屏退从人，问贾诩立嗣之事，贾诩摇摇头没有回答。曹操问他为何不回答，贾诩说自己正思考一件事情。曹操忙问思考何事，贾诩说：“思袁本初、刘景升父子也。”“袁本初”即袁绍，“刘景升”即刘表。袁绍有三子：袁谭、袁熙、袁尚。袁绍后妻刘氏喜爱袁尚，几次在袁绍面前请求立袁尚为嗣。袁绍心许之，但未明确表态。不久，他把袁谭过继给兄长为嗣，让其去青州当刺史。袁绍的部下沮授进谏说：“世称万人逐兔，一人获之，贪者悉止，分定故也。谭长子，当为嗣，而斥使居外，祸其始此矣。”意思是说，大家都追兔子，一旦有人捉到兔子，其他人便无须再争了。袁谭是长子，您却让他出居外地，这便是祸患的开始。袁绍对沮授的话不以为意，说自己只是打算让三个儿子各据一州，视其才能如何而已。袁绍死后，多数人认为袁谭是长子，应继承王位，但他不在朝中，于是袁尚被立为嗣。袁谭、袁尚兄弟因此反目成仇，势同水火，互相攻伐，结果两人均死于曹操之手。刘表喜爱少子刘琮，欲立以为嗣，命长子刘琦为江夏太守。刘表死后，部下奉刘琮为嗣，刘琦大怒，与刘琮成了寇仇。兄弟失和，给了曹操可乘之机，后者轻而易举地降服了刘琮。贾诩举袁绍、刘表两人之例，意在讽喻曹操，如不立嗣以长，将会酿成祸乱。曹操心领神会，莞尔一笑，但仍未决定立谁为嗣。

一次，曹操领兵出征，曹丕、曹植兄弟都跪在路旁相送。曹植侃侃而谈，称颂曹操功德，曹操甚为高兴，曹操的部下也对曹植刮目相看。而曹丕怅然自失，未发一言，呆若木鸡。这时曹操属下一个叫吴质的人悄悄附在曹丕的耳边说：魏王此次出征，你不需花言巧语，只痛哭流涕可也。当曹操挥马欲去时，曹丕果然涕泣而拜，曹操左右都唏嘘不已。众人皆以为曹植华而不实，诚心不足，而曹丕质朴淳厚，待人以诚。在这次暗中较量中，曹丕先胜了一筹。

曹操的部下丁仪兄弟和丞相府主簿杨修与曹丕不睦，多次劝谏曹操立曹植为嗣。曹丕得知后甚为恐慌，“以车载废簏，内朝歌长吴质，与之谋”（《资治通鉴》卷68）。车上装着一个破竹箱，箱子内藏着谋士吴质——就是教曹丕痛哭的人，和他商量应对之策。这件事被杨修得知，杨修立即报告给了曹操，说曹丕与吴质秘密来往，图谋不轨。曹操因政务丛脞，一时没来得及查验是否属实。曹丕得知杨修告变，惊惧不已，忙向吴质问计。吴质略一沉思，说：此事好办，殿下明日还用车装一个破竹箱，但箱子里装上绢绸，招摇过市，故意让杨修看见。曹丕依计而行，杨修果然中计，赶忙报告给了曹操。曹操派人查验，见箱子里只有绢绸而没有人，怀疑杨修等人是挟嫌报复，从此不再相信他们的话了。在第二个回合的较量中，曹丕又赢了一局。

曹植自恃有宠于曹操，行为不甚检点。他曾乘车入驰道中，开司马门而出。驰道是御道，专供天子行驶，其他人不得通行；司马门是天子车驾经过时才能打开的门。曹植既入驰道，又出司马门，显然是以太子自命，这令曹操恚怒不已。而曹丕循规蹈矩，对待宫中众人谦恭平和，宫中上下一片赞扬之声。建安二十四年（218）春，曹操大将曹仁被关羽围困，请求援兵，曹操命曹植为南中郎将、行征虏将军率军解曹仁之围。这本是十万火急之事，曹植却因醉酒不能领兵，曹操只得另派他人。曹植之妻喜穿华丽衣服，曹操见了大怒，说她违犯制度，下令赐死。杨修乃袁绍外甥，又与曹植结党，曹操说他交结诸侯，亦下于狱中杀害。在剪除了曹植的羽翼后，曹操宣布立曹丕为太子，取代汉朝的重任就落在他肩上了。

曹丕代汉

建安二十五年（219）正月，曹操病逝于洛阳，享年65岁。曹丕继位为丞相、魏王。一朝权在手，便把令来行。曹丕念兹在兹的首要大事是禅代汉朝，化家为国，实现父亲遗愿。

延康元年（220）十月，当曹丕领兵行至曲蠡（今河南临颍繁城回族镇）时，汉献帝如芒刺在背，他已经听到了曹丕将要篡汉的风声，知道自己势单力薄，无力回天，与其不从被杀，不如主动拱手相让，还落得个禅让的美名。于是他召集群臣下诏说：朕在位32载，天下动荡，四海不宁，幸赖祖宗在天之灵庇佑，朕才能危而复存。朕仰观天象，俯察民情，知道汉朝气数已尽，应该有人替代。曹氏前魏王曹操树不朽业绩，今魏王曹丕又光耀明德，正是取代汉朝之人，历数昭明，分毫不差。古人说，大道之行，天下为公，选贤与能，正在今日。唐尧不传位于其子而传位于舜，禅让美名，播于海内，朕甚为羡慕，今愿步唐尧后尘，让位于魏王。汉献帝这通表白显然不是发自内心，谁肯把好端端的江山拱手送人？谁愿放弃天子之位去做一介平民？如果不是在戈矛剑戟的威逼之下，汉献帝岂肯下这样的诏书？如今人为刀俎，我为鱼肉，要想苟全性命，也只能下这样的诏书了。他派御史大夫张音捧着天子玉玺及禅让策文，一并送给了曹丕。

曹丕率兵来到曲蠡，目的就是要在这里取汉朝而代之。他为什么会选择此地？原来这里离许昌城近在咫尺，是曹操发迹变泰之地。此地在春秋战国之前荆棘遍地，野兽出没，名为“狼渊”。到了汉代，颍水在这里曲折萦回，故改名为曲蠡。曹丕在此地深情地说：“颍川（曲蠡属颍川，治今河南许昌），先帝所由起兵征伐也。官渡之役，四方瓦解，远近顾望，而此郡守义，丁壮荷戈，老弱负粮。昔汉祖以秦中为国本，光武恃河内为王基，今朕复于此登坛受禅，天以此郡翼成大魏。”原来曹操与袁绍官渡（今河南中牟官渡镇）之战时，颍川丁壮荷戈从军，老者弱者运输粮草，为战争的胜利贡献了很大的力量。所以汉高祖刘邦定都长安（今陕西西安），光武帝刘秀定都洛阳，曹丕选择曲蠡，这是上天的眷顾。曹丕喜悦之情溢于言表。

曹丕虽然急于受禅称帝，但表面上仍须推辞一番，表示并非自己要攘夺汉室江山，而是汉朝天子非要禅让不可。就这样他推辞了三次，才表示既是天命攸归，理应接受。于是曹丕“乃为坛于繁阳”（《资治通鉴》卷 69），为举行禅让仪式做准备。这里的“繁阳”即曲蠡，因颍水在汉代又称繁水，曲蠡在繁水之北，故又名繁阳亭。曹丕即位之后，改繁阳为繁昌，取繁荣昌盛之意。据说为筑此坛，司马懿率领士兵在这里劳作多日。今日繁城回族镇南约 5 公里处，有一个司马村，相传是司马懿驻扎之处。繁城回族镇北 3 公里处有一个叫歇马店的村子，相传是汉献帝赴繁阳禅让时临时歇息之地。

在筑坛忙于禅让之事的同时，曹丕又派使臣至汉献帝曹皇后处收缴皇后玺绶。曹皇后乃曹丕之姊，曹丕代汉，急需这枚皇后玺绶，即使有手足之情，也顾不得许多了。曹皇后怒而不与，曹丕几次派人索要，志在必得。曹皇后被逼无奈，把使臣叫入屋内，高声斥责之后，把玺绶掷于屋外走廊中，且哭且骂说：“天不祚尔！”意为上天不会保佑你们。使臣也不争辩，捡起玺绶复命去了。

延康元年十月二十九日，魏王曹丕登坛受禅，“公卿、列侯、诸将、匈奴单于、四夷朝者数万人陪位”（《三国志・魏书・文帝丕》）。从这一天起，延续 196 年的东汉王朝寿终正寝，魏、蜀、吴的三国时代正式开启。曹丕即位，改延康元年为黄初元年，大赦，贬汉献帝为山阳公。汉献帝怕曹丕再迫害他，把两个女儿（非曹皇后所生）送给曹丕当嫔妃。曹操当初把三个女儿送给汉献帝当妃子，次女曹节还被立为皇后，如今汉献帝又把女儿送给曹丕为妃。有了这两层关系，汉献帝在山阳度过了14个春秋之后，安然死于户牖之下，终年54岁。

风流宰相数谢安

——谢安二三事

谢安是东晋调和鼎鼐、燮理阴阳的宰相，是朝廷的擎天一柱。他擘画指挥的淝水之战，以少胜多，以弱胜强，震古烁今，享誉千载；他与大书法家王羲之的交往堪称文坛佳话；他智斗权臣桓温，使晋朝转危为安，功莫大焉；他教育子弟，流风余韵足以垂范后世。然而他晚年受人排挤，郁悒而殁，令人叹惋！

志趣相投，情深潭水

谢安与大书法家王羲之萍水相逢，却一见如故，成就一段文坛佳话。

谢安祖籍陈郡阳夏（今河南太康），西晋覆亡后，中原板荡，干戈不息，世家大族与流离失所的百姓纷纷播迁，寻找安身立命之地，大部分去了江南，诚如《晋书·王导传》所说："洛京倾覆，中州士女避乱江左者十六七。”其时谢安尚未出生，他任国子祭酒（最高学府负责人）的祖父谢衡携妇将雏，加入了逃难人群的行列。一家人先是到了安徽，再到江西，然后沿着鄱阳湖、赣江一路南下，最后来到了会稽郡的始宁（今浙江上虞），离会稽郡的郡治绍兴仅有咫尺之遥。这里物产丰饶，气候温润，林壑尤美，是“寻得桃源好避秦”的理想之地，于是他们便卜居于此，不再迁徙，会稽郡成了谢姓的又一个郡望。河南省太康县老冢镇谢家堂村庋藏的《谢氏族谱》中有一篇唐代谢氏后裔谢肇写的《谢氏宗支避地会稽序》，其中说：

> 西晋祭酒公（谢）衡，又本于阳夏，永嘉（晋怀帝年号）不靖，来寓于始宁。至太傅安石、大元帅万（谢安弟），诚为江左望族。

谢安出生于东晋建立之后，出仕前大部分时间居住在远离尘嚣的会稽郡剡溪流域，他既没有经历过祖父那种刻骨铭心、颠沛流离的生活，也没有谢鲲（谢安的伯父）、谢裒（谢安的父亲）等父辈那种栖栖惶惶的心态。谢安成年后，他的兄弟辈谢尚、谢万、谢奕已先后出仕，谢氏家族的利益已确保无虞，自己大可不必匆忙出仕，于是他陶醉于会稽的好山好水之间，流连忘返。

会稽山水之美享誉遐迩，《世说新语·言语》载：“王子敬（即王献之，王羲之之子）云：‘从山阴（今浙江绍兴）道上行，山川自相映发，使人应接不暇。若秋冬之际，尤难为怀。’”东晋安帝义熙年间曾任散骑常侍的画家顾恺之说：“（会稽）千岩竞秀，万壑争流。草木蒙笼，若云兴霞蔚。”（《晋书·顾恺之传》）如此美景吸引了江左名士纷至沓来，放情丘壑，徜徉林泉。王羲之也是其中的一位。

王羲之出生于西晋惠帝太安二年（303），琅邪临沂（今属山东）人，东晋大司徒王导之侄。王氏家族是东晋初年权势最为煊赫的家族，百姓中有“王与马，共天下”的民谚，这里的“王”指王导家族，“马”则是晋代皇帝司马氏一族。王羲之少年时期就以聪颖博学知名，他的伯父、大将军王敦说：“汝是我家佳子弟，当不减阮主簿。”“阮主簿”是阮裕，在王敦手下任主管文书的主簿，以知识渊博名闻天下。有这样的家族背景，王羲之如果愿意做官，可谓取功名富贵如拾草芥。但他淡泊名利，不乐仕进，朝廷公卿爱其才器，召他为侍中（侍从皇帝左右）、吏部尚书，他皆不就。他说：“自儿娶女嫁，便怀尚子平之志，数与亲知言之，非一日也。”“尚子平”是东汉初年朝歌（今河南淇县）人，子女婚嫁已毕，即不问家事，遨游名山大川，不知所终。当时东晋立国未久，朝廷倚王导、王敦如干城，王羲之既是王导之侄，朝廷便给了他一个护国将军的官职。但王羲之嫌京城杂沓喧嚣，要求去宣城郡（今属安徽）。朝廷未批准，改授他为右军将军、会稽内史，因此王羲之又常被称作“王右军”。

当时手握军权的太尉郗鉴想在王导的子侄中觅一佳婿，王导让来人在子弟门生中挑选。来人回去报告说：“王氏诸少并佳，然闻信至，咸自矜持。惟一人在东床坦腹食，独若不闻。”郗鉴听闻，大呼：“正此佳婿邪！”（《晋书·王羲之传》）他连忙访之，东床坦腹而食者正是王羲之，遂以女妻之。西汉的京兆尹张敞与妻子伉俪情深，琴瑟和谐，曾给妻子画眉，于是便有了“西阁画眉张京兆，东床坦腹王右军”的佳话。

王羲之的右军将军其实只是表示勋宠的加官，并无实权。魏晋南北朝时武官制度混乱，封将军者甚多，除右军将军外，还有左军将军、前军将军、后军将军，这些将军并不会领兵打仗，王羲之就是如此，他既不懂军事，也从未领过兵。不过会稽内史倒是实职，内史就是太守，晋朝在各郡均设太守作为行政长官，洛阳是京城，那里的行政长官不叫太守，称“尹”，各郡的太守一律称作内史，因此王羲之的会稽内史，也就是会稽太守。

王羲之是江北人，早就想领略江南特别是会稽的旖旎风光，如今天赐其便，夙愿得酬，他大有“漫卷诗书喜欲狂”的感慨！大约是永和六年（350），王羲之到会稽上任，“初渡浙江，便有终焉之志”，这年，他 48 岁。到会稽不久，他与隐居于此、刚过而立之年的谢安相识，两人志趣相投，成了莫逆之交，尽管王羲之比谢安大了 17 岁。

谢安之所以与王羲之投缘，还因为他曾跟王羲之学过书法。《晋书·谢安传》说他“及总角，神识沉敏，风宇条畅，善行书”。所谓“总角”者，孩提之年也。男女在未成年时，鬓角两边束发如结，其形状如角，故称总角。所谓“神识沉敏，风宇条畅”，是说谢安机灵聪慧，气度不凡。王羲之自幼跟卫夫人学习书法，得见诸名家书法，练习之后，草、隶、正、行诸体，都达到了炉火纯青的境界，博采众长，自成一家。尤其是行书，为古今之冠，时人评论他的字“飘若浮云，矫若惊龙”（《晋书·王羲之传》），并非溢美之词。《太平广记·书二·谢安》说：“谢安字安石，学正于右军。右军云：卿是解书者，然知解书为难。安石尤善行书，亦犹卫洗马，风流名士，海内所瞻。”这里的“正”指正书，也就是楷书。谢安先跟王羲之学楷书，王羲之夸奖他懂得书法的奥妙，这是很难得的。谢安还写得一手潇洒的行书，他的行书犹如美男子卫玠的风流为世人所瞩目。另一位书法家王僧虔说：“谢安入《能书品录》也。安石隶、行、草并入妙。”王僧虔是王导的五世孙，历仕南朝的宋、齐两朝，也是名重一时的大书法家，他在这里还提到了谢安的隶书和草书。谢安的隶书有遗墨传世，观其点曳之工，裁成之妙，烟霏露结，霞舒云卷，确实是不可多得的艺术珍品。可惜谢安一生以安邦定国的政治家著称于世，书法反而湮没不彰了。

谢安与王羲之成为莫逆之交，还有一个因素，即因志趣相投而结为秦晋之好。谢安长兄谢奕之女谢道韫是个才华横溢的诗人，嫁给了王羲之次子王凝之。王凝之得其父真传，在书法上也颇有成就，工草书、隶书，仕至江州刺史、左将军、会稽内史。王导之孙王珣娶谢安侄女为妻，王珣之弟王珉娶谢安之女为妻，王谢两家可谓奕世朱陈。

《世说新语·贤媛》中记载了这样一件趣事：

> 王右军郗夫人谓二弟司空、中郎曰："王家见二谢，倾筐倒度；见汝辈来，平平尔。汝可无烦复往。"

王羲之妻子郗夫人对两个弟弟郗愔、郗昙说：你姐夫见到谢安、谢万兄弟来访，恨不得倾其所有款待人家；看到你们来，态度与平时毫无区别。看来你们以后可以不必再来了。郗氏兄弟与谢氏兄弟都是姻亲，王羲之却厚彼薄此，无怪乎郗夫人愤愤不平了。由此可知，王羲之与谢安的关系的确非同寻常。

谢安、王羲之交游最值得纪念的一件事，莫过于永和九年（353）三月聚集在兰亭修禊事了。所谓"修禊"，指古代民间于农历三月的巳时到水边嬉游采兰，以驱除不祥之物的侵害。这一风俗在南方流传甚广。兰亭大约在今浙江绍兴西南郊一带。《水经注·渐江水》说："浙江又东与兰溪合，湖南有天柱山，湖口有亭，号曰兰亭，亦曰兰上里。太守王羲之、谢安兄弟，数往造焉。"就是在这次修禊事时，王羲之写下了著名的《兰亭集序》，为中国文学史平添了一段佳话。

> 永和九年，岁在癸丑，暮春之初，会于会稽山阴之兰亭，修禊事也。群贤毕至，少长咸集。此地有崇山峻岭，茂林修

竹，又有清流激湍，映带左右，引以为流觞曲水，列座其次。虽无丝竹管弦之盛，一觞一咏，亦足以畅叙幽情。

是日也，天朗气清，惠风和畅，仰观宇宙之大，俯察品类之盛，所以游目骋怀，足以极视听之娱，信可乐也……(《晋书·王羲之传》)

这是中国文学史上文字最优美的文章之一。在王羲之的笔下，兰亭风光旖旎，美不胜收。这里有崇山峻岭，茂林修竹，又有清流激湍，映带左右。虽然没有铜板铁琶、丝竹管弦演奏乐曲，但是饮一杯醇酒，吟一首好诗，也可以畅叙思古之幽情。当日晴空万里，天朗气清，微风轻拂，抬头看宇宙广袤无垠，俯首看百花竞放，万木峥嵘，使人心怡气洽，着实欢乐。王羲之在文中又说，人生在世，或孤芳自赏，独善其身，或扬名立万，垂誉后世，虽然这两者途径不同，动静有别，但只要对自己处境满意，就不会因为进入桑榆晚景而扼腕叹息了。王羲之的胸怀何其开阔、豁达！

谢安显然受了王羲之的感染，逸兴遄飞，也即兴吟起了诗。《兰亭诗集》载其两首：

其一

伊昔先子，有怀春游。
契兹言执，寄傲林丘。
森森连岭，茫茫原畴。

迥霄垂雾，凝泉散流。

其二

相与欣佳节，率尔同褰裳。

薄云罗阳景，微风翼轻航。

醇醪陶丹府，兀若游羲唐。

万殊混一理，安复觉彭殇。

从谢安的第一首诗里，我们看到了他们联袂春游、啸傲山水的惬意。站在兰亭上远眺，只见茫茫林海，浑无涯际，岭岭相连，奇峰插天。山中云雾袅袅，山间泉水潺潺，迸珠溅玉，置身其中，如入神仙之境！第二首诗记录了与朋友们欢聚的乐事。撩起衣服涉过曹娥江，薄云织出了阳春三月的美好景色，微风似在展翅轻航。用醇醪美酒来陶冶这一片赤诚的心，好像是反璞归真，回到了伏羲和唐尧的时代。大千世界，林林总总，但都表达了一个道理，便是与天地同寿，彭殇共一筹。谢安是何等洒脱！

王羲之任会稽内史时间不长，但关心民瘼，为民请命，甚得百姓好评。当时“东土饥荒，羲之辄开仓赈贷。然朝廷赋役繁重，吴会尤甚，羲之每上疏争之，事多见从”（《晋书·王羲之传》）。永和十一年（355），53岁的王羲之辞掉官职，挂冠而去，这年他的好友谢安36岁，尚未出仕。没有政务缠身的王羲之与谢安等人尽情游山玩水，寻幽探胜。“羲之既去官，与东土人士尽山水之游，弋钓为娱。又与道士许迈共修服食，采药石不远千里，遍游东中诸郡，穷诸名山，泛沧海，叹曰：‘我卒当以乐死。’”（《晋书·王羲之传》）垂钓水滨，采药深山，泛舟沧海，真是快乐！王羲之还对谢安的胞弟谢万说：“比当与（谢）安石东游山海，并行田视地利，颐养闲暇。衣食之余，欲与亲知时共欢宴，虽不能兴言高咏，衔杯引满，语田里所行，故以为抚掌之资，其为得意，可胜言耶！”（《晋书·王羲之传》）所谓“行田视地利”，即开拓地产，看来谢安、王羲之等人想在这里购置田地，作为衣食之用。闲暇之余，与亲朋故旧开怀畅饮，引吭高歌，叙述田间见闻，这真是无忧无虑的日子！

谢安、王羲之虽身在江湖，却心存魏阙，关注着社稷的安危。《世说新语·言语》云：

> 王右军与谢太傅共登冶城（今江苏南京朝天宫一带）。谢悠然远想，有高世之志。王谓谢曰：“夏禹勤王，手足胼胝；文王旰食，日不暇给。今四郊多垒，宜人人自效。而虚谈废务，浮文妨要，恐非当今所宜。”谢答曰：“秦任商鞅，二世而亡，岂清言致患邪？”

公平地说，王羲之那一番感慨颇有见地，当干戈纷扰、兵燹遍地之时，的确不应再去做一些钻研玄学、清谈等事，应该采取行动，报效国家。谢安却说秦国任用了商鞅，只传了两代便覆亡了，这难道也是清谈带来的祸患？这其实是诡辩。秦朝灭亡原因甚多，既与清谈毫不相干，也并非由于商鞅变法，商鞅是脚踏实地的政治家。不过由此看出，谢安此时清谈之兴正浓，还无意出仕。王羲之知道谢安并非真的不想出仕，只是在观察时局、寻找机会而已。《世说新语·赏誉》载："王右军语刘尹：'故当共推安石。'刘尹曰：'若安石东山志立，当与天下共推之。'"王羲之对丹阳尹刘惔说：我们要一起推荐谢安出仕。刘惔则说：如果谢安一定要隐居，我们应当和天下人共同推荐他出仕。后来的事实证明，谢安并未永远隐居。升平四年（360），谢安41岁。这年八月，征西大将军桓温征召谢安为司马，谢安未再推辞，爽快地应召赴任，后来官至宰相。次年王羲之撒手尘寰，享年59岁。

智斗权奸，匡扶社稷

谢安智斗权臣桓温，匡扶摇摇欲坠的东晋王朝，使得东晋国祚多延续了近半个世纪之久。这是除淝水之战外，谢安的第二笔得意之作。

桓温何许人也？他是东晋穆帝、哀帝、废帝、简文帝四朝权势煊赫的人物。兴宁元年（363），哀帝给他加衔为侍中、大司马、都督中外诸军事、假黄钺。侍中是门下省的长官，已经具有宰相的权限；大司马为"晋代八公"之一，官高位崇；黄钺是以黄金装饰的钺，朝廷不轻易赐人，能得到黄钺者，一定是朝中位高权重之人。桓温有了这么多头衔，意味着他是朝中举足轻重、无人可以比肩的人物。

桓温气焰熏灼，跋扈蛮横，虽然大权在握，却总想化家为国，黄袍加身，领略一下当皇帝的滋味。《世说新语·尤悔》活画出了他的心态：

> 桓公卧语曰："作此寂寂，将为文、景所笑！"既而屈起坐曰："既不能流芳后世，亦不足复遗臭万载邪？"

默默无闻，一事无成，恐怕会被人耻笑。宁可遗臭万年，也要做一件惊世骇俗的大事，这就是桓温的性格。有一次他驱车过王敦墓，连呼曰："可人，可人！"王敦是东晋初年的权臣，以清君侧为名反叛朝廷，是人人得而诛之的乱臣贼子，桓温却大叫"可人，可人"。"可人"就是使人满意、值得效法的人。桓温推崇王敦，可见他居心叵测，想取晋朝天下而代之。

太和四年（369）四月，桓温率步、骑兵五万人，从姑孰（今安徽当涂）出发北伐前燕。他打算利用北伐取得胜利的机会，在朝野中树立更高的威望，为日后篡权称帝铺平道路。不料他谋划不周，运筹欠妥，在枋头（今河南浚县西南）被前燕、前秦的联军打得大败，损兵折将三万余人，晋军原先收复的淮水以北的失地，又重新沦入敌人之手。十月，桓温收拾残兵败将，退屯山阳（今江苏淮安）。

不久，桓温的幕僚郗超来见桓温，夜晚住在桓温的帐中。他问桓温：大司马目前有什么打算吗？桓温反问：你有什么话要说吗？郗超说：明公身担国家重任，系天下安危，却以60岁的年龄在北伐中打了败仗，弄得举国皆知，不干一件惊天动地的大事，恐怕挽不回声誉啊！桓温不解地问：我应该如何办才算是大事业？郗超说：要想干大事业，就得仿效历史上的伊尹放逐太甲、霍光废除昌邑王迎立宣帝一样，废黜当今天子，另立新君。桓温听了，深表赞同，决定行废立之事。但当朝天子司马奕一向小心谨慎，并无大错，骤然被废黜，恐人心不服。桓温想来想去，只有床笫（zǐ）之事可以造谣惑众，使人信以为真，于是他派人四处散布流言，说皇帝不能生育，他的男宠相龙、计好、朱灵宝等人与美人田氏、孟氏淫乱，生了三个男孩，皇帝准备建储立王。这三个孩子将来不管立谁为帝，晋朝都不是司马氏的天下了。这谣言传播得沸沸扬扬，百姓不知是真是假，一时满城风雨。

太和六年（371）十一月，桓温自广陵（今江苏扬州）入朝，要求褚太后下懿旨废掉司马奕，立丞相、会稽王司马昱为帝。褚太后正在屋中烧香，内侍启奏说大司马桓温有急奏，询问之下，才知是他要废黜天子，再看他奏折上写的废黜理由是淫乱后宫等事，褚太后心中并不相信，知是桓温自己欲行废立之事，可是她又不敢不答应，只得召集文武百官商议此事。随后在朝堂，褚太后宣布废天子为东海王，迎立丞相、会稽王司马昱入继大统，是为简文帝。桓温派人收了废帝的玉玺，废帝脱下龙袍，头戴白帢（qià，便帽），一身平民装束，乘着一辆牛车出神虎门而去。

一朝权在手，便把令来行。桓温把持朝政，志得意满，简文帝只是个傀儡，对他无可奈何。桓温心狠手辣，凡与他关系不睦者，不是被放逐，就是被杀。废帝司马奕的两位妃子田氏、孟氏及三个儿子均被杀害。武陵王司马晞不满桓温跋扈，桓温先将其逐出朝廷，又要求简文帝下诏诛杀，简文帝不肯下诏，桓温便怒气冲冲，屡次上表坚持，语气非常严厉，大有不达目的誓不罢休之势。简文帝大怒，桓温这才有所收敛，贬司马晞为庶民。对于殷、庾等世家大族，桓温也不遗余力地打击，目的是消灭竞争对手，巩固桓家势力，独霸朝纲。原来在朝居高位又不肯和桓温合作的王公大臣，被桓温打击得七零八落，不少人死于非命，其余的人都噤若寒蝉，不敢再与桓温抗衡了。

但是谢安是个例外。桓温芟刈群雄，却未触动当时已官居侍中的谢安。个中原因是谢安深谙韬光养晦之策。谢安对桓温废黜天子、杀戮大臣的举动深恶痛绝，但他知道自己势力还小，不足与桓温较量，只得和其虚与委蛇，免得生疑。

> 侍中谢安见温遥拜。温惊曰："安石，卿何事乃尔？"安曰："未有君拜于前，臣揖于后。"（《资治通鉴》卷103）

谢安为侍中，是侍从皇帝左右的人，他见桓温不该行拜见之礼，因此桓温才吃惊地问其为何行此大礼。谢安一语双关地说：没有君先行礼，臣子后作揖还礼的。这是讽刺桓温有野心，想篡位当君主，不过话说得很巧妙，不露痕迹。桓温是一介赳赳武夫，没有听出弦外之音，还以为谢安是尊重他。

即使是桓温手下的人，谢安此时也不敢得罪。参军郗超是桓温的主要谋士，废帝之事，就是他出的馊主意。桓温非常赏识他，把他由参军提拔为中书侍郎。中书侍郎在东晋掌诏命，有机会接近天子，地位比其他官员尊贵。一次，谢安与左卫将军王坦之一起找郗超议事，郗超恃势倨傲，迟迟不肯露面，两人从白天等到晚上，彳亍徘徊，不敢离去。《世说新语·雅量》记载：

> 谢太傅与王文度（王坦之字文度）共诣郗超，日旰未得前，王便欲去。谢曰：“不能为性命忍俄顷？”

王坦之打算拂袖而去，谢安知道此时不能与郗超闹僵，否则恐有不测之祸，便劝其要为性命忍耐片刻。王坦之恍然大悟，马上冷静了下来，耐着性子等候，终于见到了郗超。由此可见，谢安的斗争艺术是很高明的。

废掉皇帝，另立新君，视朝廷如无物，桓温好不惬意。此时他已是60岁的皤皤老翁，在朝中待久了，想换个地方居住，于是上疏简文帝，要求还镇姑孰。简文帝巴不得他离开朝廷，但又弄不清桓温的真实用意，只好先下诏挽留，但桓温去意已决，上表固辞。简文帝又派侍中王坦之征召桓温为宰相，食邑增加到万户，桓温还是辞而不受，领着人马回到他的老巢姑孰去了。

桓温既离朝廷，简文帝处理朝政不必再看他的脸色，用人上不再有顾忌，谢安的官职得以不断升迁，由侍中改任吏部尚书、中护军。吏部尚书掌管官员的铨叙升迁，中护军则为领兵之官。谢安之所以能够升迁，有两个原因：一是从桓温的角度说，谢安对待桓温，一直采取“权将冷眼观螃蟹，看你横行到几时”的态度，谨言慎行，从未流露出对桓家势力的不满，所以桓温便不反对对谢安的升迁，做个顺水人情，将来或可为自己所用。二是从简文帝的角度说，桓温不遗余力地打击殷、庾等世家大族，为避免惹怒桓温，这些家族中的人自然不能再用，谢氏家族与桓温并无恩怨，提拔谢安，比较安心；再者简文帝战战兢兢当天子，不敢有所作为，如果能培植出自己的势力，足以制衡桓温，桓温便不敢如此放肆了。

北京大学田余庆教授说：“谢安东归后至简文帝死前，即升平五年至咸安二年（361—372）的十余年中，官吴兴太守，征拜侍中，迁吏部尚书、中护军，史籍记其行事甚少。而这十余年，是桓温势力大发展时期，事件层出不穷，如打击士族范、郗、殷、庾，改易帝位，直至桓温居姑孰都督中外，录尚书事，等等。这个时期桓温是咄咄逼人的，但是史籍中却不见桓、谢纠纷，说明谢安善避桓氏锋锐，而韬晦自处，以保全门户为第一要务。”这个说法自然不错，但并不全面，谢安在考虑谢氏家族利益的同时，也在为晋朝社稷着想。在古代有时家族利益和国家利益可以并行不悖，谢安只有在保全谢氏家族利益的前提下，才有可能后发制人，保全晋室江山。

咸安二年（372）七月，简文帝病势沉重，辗转床褥，急召桓温入朝辅政，一日一夜连发四道诏书，桓温皆推辞不至。原来司马昱未登基前任会稽王时，娶大臣王述堂妹为王妃，生了司马道生、司马俞生两个儿子。司马道生性格狂躁，没有德行，司马昱一怒之下，把他们母子三人都囚禁了起来，不久，三人在郁悒中死去。另一个妃子所生的三个儿子早已夭亡，其他的姬妾已绝孕近十年。后继无人令司马昱忧虑不已，他找来善于相面的术士，请其测算哪个妃子能够生育，术士看了一遍，都摇头不语。司马昱又让他看婢女丫鬟，有个叫李陵容的婢女正在织坊中织布，此女生得面黑而又个子高大，宫中都叫她昆仑，意思是高大得如同昆仑山一样。术士指着她说：大王若要光大门庭，此女是也。司马昱对术士的话深信不疑，急召李陵容侍寝，不久李陵容果然生下司马昌明、司马道子两个儿子。司马昱即位后，立司马昌明为太子，封司马道子为琅邪王，领会稽国（治今浙江绍兴）。

桓温不肯入朝，上疏推荐谢安、王坦之两人。他说：如今皇太子尚在幼年，在朝中能辅佐幼主且能抵御外侮的，只能是谢、王二人，他们必定会竭尽全力报效朝廷，不负陛下厚望。至于我本人位兼将相，应该入朝辅政，但我年迈多病，恐怕精力不济，反而误了朝廷大事，因此不能入朝。此时桓、谢尚未交恶，谢安的才干又为举朝上下所认可，因此桓温极力推荐谢安。

简文帝的病情继续恶化，他自知来日无多，遗诏大司马桓温依照周公居摄的故事，像当年周武王死后，周公旦辅佐周成王一样，辅佐自己的儿子司马昌明。又下诏说："少子可辅者辅之，如不可，君自取之。"（《资治通鉴》卷103）意思是说，我的儿子值得辅佐，你就辅佐他；如不值得辅佐，你就自己当皇帝吧。三国时刘备白帝城托孤时对诸葛亮说："君才十倍曹丕，必能安国，终定大事。若嗣子可辅，辅之，如其不才，君可自取。"（《三国志·蜀书·诸葛亮传》）简文帝此举是效法刘备，把江山拱手让人。朝中大臣显然不能接受，王坦之大怒，当着简文帝的面把诏书撕得粉碎。简文帝少气无力地说："天下，傥来之运，卿何所嫌？"意思是说，我这个天子宝座是捡来的，就是让出去了，你又何必如此认真呢？王坦之说："天下，宣、元之天下，陛下何得专之？"（《晋书·王坦之传》）这天下乃是宣帝（司马懿）、元帝（司马睿，建立东晋）艰苦创业得来的，陛下怎能随随便便送与他人？简文帝无话可说，只得把诏书改为："家国事一禀大司马，如诸葛武侯、王丞相故事。"（《资治通鉴》卷103）"王丞相"指王导。

这年八月，53岁的简文帝魂归道山。他从即位之日起，就生活在桓温的阴影下，小心翼翼恐怕被废黜，一切仰承桓温鼻息。他虽机智聪敏，但无济世大略，既不能驾驭桓温，也没有安邦定国的能力。谢安说他"为惠帝之流，清谈差胜耳"（《晋书·太宗简文帝纪》）。晋惠帝司马衷是历史上有名的白痴天子，听见青蛙叫，便问："此鸣者为官乎，私乎？"天下荒乱，百姓饿死者甚多，他说："何不食肉糜？"（《晋书·孝惠帝纪》）简文帝就是晋惠帝一类的人物，只不过在清谈方面比晋惠帝略胜一筹而已。

简文帝既死，谢安与群臣拥立太子司马昌明为帝，是为孝武帝，桓温摄政之事未再被提起。桓温在姑孰天天眼望捷旌旗，耳听好消息，指望简文帝禅位于己，即使不禅位，也应该让自己入朝摄政，不料这两件事都成了镜花水月。他不禁勃然大怒，自姑孰带领大批士兵入朝，新即位的孝武帝派吏部尚书谢安、侍中王坦之到新亭（今江苏南京南）迎接。道路传言，桓温此行的目的是诛杀谢安、王坦之，夺取晋室江山，一时建康（今江苏南京）城内人心惶惶。《世说新语》与《资治通鉴》对桓温、谢安、王坦之三人都有传神的描述。《世说新语·雅量》说：

> 桓公伏甲设馔，广延朝士，因此欲诛谢安、王坦之。王甚遽，问谢曰："当作何计？"谢神意不变，谓文度曰："晋祚存亡，在此一行。"相与俱前。王之恐状，转见于色。谢之宽容，愈表于貌。望阶趋席，方作洛生咏，讽"浩浩洪流"。桓惮其旷远，乃趣解兵。王、谢旧齐名，于此始判优劣。

桓温事先埋伏好甲兵，设宴招待朝中官员，想借机除掉谢安、王坦之。王坦之非常恐慌，问谢安该如何打算。谢安神色不变，对王坦之说：晋朝的安危存亡，就在于我俩如何应对这一局面了。于是两人一同前往。王坦之的恐惧明显地表现在脸上，谢安的镇定自如、从容不迫也表现在面容上。他眼望台阶，快步进入座席，还用洛生咏的腔调朗诵嵇康“浩浩洪流”的诗。桓温见谢安如此气度悠闲，不好意思再加害于他，赶快把伏兵撤走了。王坦之、谢安原来名望相当，通过这件事才分出了高下。《资治通鉴》卷103的记载是：

> 大司马温来朝，辛巳，诏吏部尚书谢安、侍中王坦之迎于新亭。是时，都下人情恟恟，或云欲诛王、谢，因移晋室。坦之甚惧，安神色不变，曰：“晋祚存亡，决于此行。”温既至，百官拜于道侧。温大陈兵卫，延见朝士；有位望者皆战慑失色；坦之流汗沾衣，倒执手版。安从容就席，坐定，谓温曰：“安闻诸侯有道，守在四邻，明公何须壁后置人邪！”温笑曰：“正自不能不尔。”遂命左右撤之，与安笑语移日。

谢安、王坦之两人去见桓温，王坦之害怕得战栗失色，汗流浃背，连手版（朝笏）都拿颠倒了；谢安则沉着冷静，还笑问桓温作为国家重臣，做事应该有分寸，堂堂正正，为什么要在墙壁后面埋伏甲兵呢。谢安不卑不亢，戳中了桓温的要害，桓温只得下令撤走埋伏的士兵。桓温设下鸿门宴，本意就是要诛杀谢安、王坦之，谢安只消三言两语，满天阴霾便云消雾散，这种大智大勇，着实可圈可点！

桓温未达目的，自然不肯善罢甘休，便与谋士郗超商议，要裁减朝中大臣。《世说新语·雅量》中也有精彩记载：

> 桓宣武与郗超议芟夷朝臣，条牒既定，其夜同宿。明晨起，呼谢安、王坦之入，掷疏示之。郗犹在帐内，谢都无言，王直掷还，云：“多！”宣武取笔欲除，郗不觉窃从帐中与宣武言。谢含笑曰：“郗生可谓入幕宾也。”

桓温与郗超商议要裁减他们认为不顺眼的大臣，名单已经拟就，因天色已晚，郗超就住在桓温帐中。次日早晨，桓温召来谢安、王坦之，把裁减名单的奏折扔给两人看。此时郗超在帐内还未起床，谢安看完没有表态，王坦之把奏疏扔了回去，说裁减得太多。桓温拿起笔来正要勾掉几个名字，郗超不由自主地在帐内同桓温说话。谢安含笑道：郗生真可算是入幕之宾。谢安几句调侃的话，紧张的气氛又一次缓和下来，桓温不再大批裁撤朝中官员了，只是把几个看不顺眼的人免了官，许多人得以躲过一劫。

桓温因疾病困扰，在京城只停留了14天便返回姑孰去了。他的弟弟桓冲不解哥哥如此匆忙离去，谢安、王坦之该如何发落。桓温回答说：他二人不会听从你的调遣，只要有我在，他们不敢萌生反对我的念头，你若加害于他们，只会损害桓家声誉，在朝中造成恶劣影响，切勿轻举妄动。桓温知道谢、王两人在朝中为众望所归，故不敢贸然加害，两人得以安然无恙。

宁康元年（373）七月，已过了花甲之年的桓温病势沉重，他篡位夺权的心愿一直未遂，因此念兹在兹。在有生之年，即使不能黄袍加身，他也想享受一下九锡的滋味。所谓“九锡”，是指古代帝王赐给大臣的9件礼器，王莽篡汉建立新王朝前，先加九锡，魏晋南北朝时期权臣夺取政权之前，也照例要加九锡。桓温行将就木，迫不及待地想得到九锡，因此屡屡派人催促。

谢安、王坦之知道桓温用意何在，便故意拖延，待催至无法再拖延时，才禀明天子，命袁宏起草行九锡之礼的文字。袁宏不敢怠慢，挖空心思，尽平生之学起草了一篇文章，拿给尚书仆射王彪之看。袁宏并不知道谢安、王坦之用意何在，但王彪之是何等聪明之人，他曾成功遏止过桓温当摄政王的企图，此次阻止桓温获得九锡更是义不容辞。他对袁宏说：先生文采出众，果然是大手笔，但写这样的文章应该朴实，不必太华丽，是否应该再修改一下？言外之意，是提醒袁宏不该如此吹捧、美化桓温。袁宏从王彪之那里出来，又去找谢安。谢安对袁宏的文章修改了几处，让他回去斟酌。袁宏修改后，再呈送给谢安、王彪之审阅，两人又提出几处修改意见，忙得袁宏频频修改，迟迟不能定稿，自然也无法呈送天子定夺。

又过了几天，袁宏又找王彪之商讨，王彪之直截了当地说：大司马病势沉重，群医束手，无力回天，估计凶多吉少，你起草文章，何必那么匆忙？稳妥一点又有何妨？袁宏马上心领神会，桓温势力虽大，但是座冰山，不能倚靠，现在讨好桓温，桓温一旦身死，自己也必有牢狱之灾，于是他听从王彪之的意见，故意推迟提交行九锡之礼的文章。

桓温果然没有等到九锡，便一命呜呼。桓温既死，九锡之事自然一笔勾销，不了了之。谢安只是略施小计，便成功阻止了桓温篡权的阴谋，使晋朝危而复安，国祚得以延续，真是功莫大焉！

耳提面命，训诫子弟

谢安弟兄众多，除了堂兄谢尚（谢安伯父谢鲲之子），还有兄弟6人，即奕、据、安、万、石、铁。除谢据、谢铁知名度稍低外，其余几位都是晋代声名煊赫的人物，他们的子女也都斐然有成。论其原因，禀赋过人固然有之，与谢氏家族的家风家教也大有关系，谢安对后辈子弟的教育就颇费苦心。

谢玄是谢安之侄，从小聪明颖悟，与从兄谢朗（谢据次子）俱为谢安所器重。《世说新语·言语》云：

> 谢太傅问诸子侄："子弟亦何预人事，而正欲使其佳？"诸人莫有言者，车骑（谢玄）答曰："譬如芝兰玉树，欲使其生于阶庭耳。"

按字面解释，这段话的意思是说，谢安问子侄们：后辈人的事和自己的事有何相干，为何总想让他们出人头地？谢玄回答说：这好比人们都希望芝兰玉树生长在自己的庭院中吧。这里"预人事"三字的诠释尚不确切。田余庆先生认为"预人事"就是"觊觎晋室权力"，谢玄答把生于深林幽谷的芝兰玉树移入谢家庭院内，言外之意是说谢氏子弟应当隐忍而不外露，不求非分。朱大渭先生则说，谢安说的“佳”字颇可玩味，谢玄的回答则在说明“佳”字的含义。把芝兰玉树移入谢家庭院内，是因为其能供主人欣赏，闻其芳香，睹其美姿，言外之意是不仅不觊觎晋室权力，还要为巩固晋室干一番事业。把芝兰玉树移入庭阶引申为干一番事业，未免牵强附会。实际上，芝兰玉树是比喻优秀子弟，集优秀子弟于庭阶，预示着有朝一日要建功立业，为国效力，不过现在时机不到而已。谢玄的话含蓄有致，富有哲理。

谢玄不但娴于韬略，而且风流蕴藉，举止不凡。他“少好配紫罗香囊，安患之，而不欲伤其意，因戏赌取，即焚之，于此遂止”（《晋书·谢玄传》）。谢玄喜欢佩戴紫罗香囊，这本是一件小事，谢安却见微知著，认为长此以往，谢玄会流入奢靡一途，可他不想疾言厉色地加以斥责，便婉转地以赌博的方式赢得紫罗香囊，然后投入火中烧掉，以此断绝谢玄崇尚浮华之念。谢玄是有自己见解的人，绝不人云亦云，即使叔父谢安的话，他也敢持不同意见。有一次，谢安对子侄谈起了弟弟谢万，说“中郎（谢万）始是独有千载”，意思是说谢万是谢氏家族中能享誉千古的人物。谢玄说：“中郎衿抱未虚，复那得独有？”“衿抱”就是怀抱，“衿抱未虚”是说为人不虚心，听不进不同意见，怎能称得上享誉千古的人物？因他言之有理，谢安未再反驳。

谢安善于引用历史故事教育子弟。一次，他引用了晋武帝司马炎赏赐“竹林七贤”之一的山涛财物总是很少的故事，问众子侄，如何解释这一现象。众人面面相觑，不知该如何回答。只有谢玄回答说："当由欲者不多，而使与者忘少。"意思是因为受赏赐的人要的不多，所以才使赏赐的人不觉得少。这真是绝妙的回答！山涛是晋初大臣，晋文帝司马昭与之相善，晋武帝司马炎时官至司徒。他虽官高位显，但生活俭朴，不纳姬妾，俸禄多散发给亲戚故旧。他曾多次辞官，晋武帝不准，对他慰勉有加，但给予的赏赐很简单。晋武帝也是一代开国明君，他提倡节俭，让浇漓之风返归淳朴，自然不会大量赏赐臣下。谢安引用这一段故事，教育子弟将来要效忠朝廷，不要争名于朝，争利于市，用心可谓良苦。

在谢安的熏陶下，谢氏子弟既善于清谈名理，文学修养也很了得，谢安常与他们讨论诗词。《世说新语·文学》说：

> 谢公因子弟集聚，问《毛诗》何句最佳？遏（谢玄）称曰："昔我往矣，杨柳依依；今我来思，雨雪霏霏。"公曰："讦谟定命，远猷辰告。"谓此句偏有雅人深致。

谢玄称道的这几句诗出自《诗经·小雅·采薇》，是周宣王时的诗，诗里写士兵为了防御少数民族猃狁的侵犯，离乡远戍。这四句诗是该诗的最后一章，写远征之人在回乡途中饥寒交迫，满心伤悲，声情凄婉，确实有强烈的感染力量。谢安不同意侄子的看法，他认为"讦谟定命，远猷辰告"这两句才有"雅人深致"。"讦谟"，指大的谋略；"猷"，指宏大的计划；"辰"，指时间。陈子展在《诗经直解》一书中把“訏谟定命，远猷辰告”翻译成“有伟大的计划就定为号召，有远大的政策就随时宣告”。谢安引用这两句，是鼓励谢氏子弟要有远大抱负，随时准备建功立业。

难能可贵的是，谢安对子侄的教育引导是循循善诱的，并不强迫他们接受自己的观点。一次，他对子侄说：“圣贤去人，其间亦迩。”意思是说，圣贤与平凡人之间并没有不可逾越的鸿沟，平凡人只要努力，也可以达到圣贤的境界。他的子侄辈则认为，圣人仰之弥高，不可企及，平常人难以超凡入圣。谢安摇摇头说：“若郗超闻此语，必不至河汉。”“河汉”指言论迂阔，大而无当。谢安的意思是说，如果精通玄学的郗超知道平常人离圣贤不远，也不至于说那些不着边际、空疏无用的迂阔言论了。《庄子·逍遥游》：“肩吾问于连叔曰：‘吾闻言于接舆，大而无当，往而不反。吾惊怖其言，犹河汉而无极也。”唐人成玄英解释这一段话说：“犹如上天河汉，迢递清高，寻其源流，略无穷极。”由是可知，“河汉”是指言论迂阔。

谢安对子侄奖掖呵护，想让他们尽快成才。谢朗是谢安次兄谢据之子，谢据早卒，其妻王氏抚孤成立，谢安对谢朗寄予厚望，耳提面命，希望他能成为栋梁之才。谢朗聪慧，善言玄理，但体弱多病。一次在叔父谢安面前与沙门支遁（支道林）辩论玄理，两人论战正酣，谢朗的母亲怕他身体支撑不住，几次派人催他回去，谢安却要谢朗和支遁辩论完再走。谢朗的母亲对众人说：我遭受过种种苦难，一生的希望都寄托在儿子身上，请诸位见谅。说完流着眼泪把儿子带走了。谢安对众人说：我只是恨不能使朝中大臣都见识见识我这个侄子而已。殷殷之情，溢于言表。谢朗后来官至东阳（治今浙江金华）太守。

谢安的子侄辈中还有一位才华横溢的女诗人谢道韫，她是谢安之兄谢奕之女。一次在寒冷的下雪天，谢安把子侄们召集在一起，讲解文章义理：

> 谢太傅寒雪日内集，与儿女讲论文义。俄而雪骤，公欣然曰："白雪纷纷何所似？"兄子胡儿（谢朗）曰："撒盐空中差可拟。"兄女曰："未若柳絮因风起。"公大笑乐。即公大兄无奕女，左将军王凝之妻也。（《世说新语·言语》）

谢安有意想测试一下子侄们的才能，因此才问纷纷飘扬的雪花像什么，谢朗脱口说白雪像撒在空中的盐。雪与盐虽然同是白色，但是雪花轻柔，盐不大可能像雪花一样在空中飘舞，这一比喻不甚贴切，谢安没有表态。谢道韫则说：雪花飘飘，像是狂风吹起了柳絮，漫天皆白，煞是好看。这一比喻贴切传神，使人浮想联翩，谢安高兴得哈哈大笑，肯定了谢道韫的说法。

谢道韫后来嫁给了大书法家王羲之的次子王凝之。王凝之得其父真传，在书法上也颇有成就，后来官至左将军、江州（今江西九江）刺史。谢道韫初嫁归宁，常闷闷不乐，谢安不解所以，问她："王郎，逸少（王羲之字）之子，人材亦不恶，汝何以恨乃尔？”王凝之是王羲之的儿子，人品、才学不差，你何至于如此不满意呢？谢道韫回答说：“一门叔父，则有阿大（谢尚）、中郎（谢万）。群从兄弟，则有封（谢韶）、胡（谢朗）、遏（谢玄）、末（谢渊）。不意天壤之中，乃有王郎！”谢道韫列举了谢家诸辈才俊，叔父辈中有谢尚、谢万，堂兄弟辈中有谢韶、谢朗、谢玄、谢渊，所以她没有想到，天地之间还有王郎这样的人。原来谢氏家族中人才济济，俊彦齐集，相比之下，王羲之家未免稍逊一筹，王凝之书法上乘，但文学才干不及谢道韫，无怪乎她郁悒不乐了。

谢道韫的才华在当时已备受称道。同郡张玄有妹，嫁与顾氏为妻，张玄称其妹之才可与谢道韫相颉颃。有个叫济的尼姑，对两位女子都很熟悉，她评论说：“王夫人（指谢道韫）神情散朗，故有林下风气。顾家妇清心玉映，自是闺房之秀。”意思是说，谢道韫潇洒飘逸，有名士风度。顾家妇冰清玉洁，自是大家闺秀。相比之下，还是谢道韫更胜一筹。谢玄是谢氏子弟中的佼佼者，谢道韫仍嫌他学业进步不快，批评他：“汝何以都不复进，为是尘务经心，天分有限？”你为什么没有长进，是世俗事务缠身而分了心呢，还是天资有限？

谢道韫有一次遇见丈夫之弟王献之与人谈论玄学，那人谈锋甚健，王献之几乎无招架之力。谢道韫派侍婢对王献之说自己打算给小郎解围。于是她设下青绫布障，坐在布障后面，接着王献之的话题谈论下去，口若悬河，舌灿莲花，将对方驳得体无完肤。年老后，谢道韫孀居会稽，太守刘柳闻其大名，前来拜访。谢道韫簪髻素褥，坐于帐中，刘柳则正襟危坐。谢道韫谈吐不凡，先谈家事，慷慨流涕，后谈玄学，条分缕析，见解精辟。刘柳大为赞叹："实顷所未见，瞻察言气，使人心形俱服。"

东晋末年孙恩起义时，谢道韫的丈夫和儿女同时罹难。她亲执刀剑报仇，不幸被俘。乱兵欲杀她的外孙刘涛，她说：事在王门，与别人无干，请先杀我。孙恩此前听说过谢道韫是一位才华出众的女子，今日又见她临危不惧，顿生钦佩之情，便派人将他们送回会稽。从此谢道韫孀居多年，家门严肃，动静循礼，直到晋宋之际去世。

谢安滋兰九畹，树蕙百亩，言传身教，乐此不疲，谢氏子弟建功立业者不可胜数。千载之下，犹使人想望其风采！

横遭排挤，郁悒而殁

谢安的赫赫功勋和他如日中天的权势，引起了权臣和奸邪小人的猜忌，他们散布流言蜚语，搬弄是非，要把谢安排挤出朝。

第一个与谢安有龃龉的是桓温之弟桓冲。淝水之战时，江州刺史空缺，因此地物产丰饶，林壑尤美，是理想的居官之地，桓冲看上了江州，上疏朝廷，推荐妻子的叔父王荟当江州刺史，孝武帝允如所请。不巧的是，正当王荟兴高采烈准备赴任之际，他的兄长王劭病逝，王荟不得不张罗丧事，无法莅任，于是谢安安排自己的部下、中领军谢輶（yǒu）接任。桓冲听闻此事勃然大怒，上疏天子，说谢輶既无文采，又无军事才能，不可当江州刺史，自己愿兼领此职。孝武帝虽不情愿，但桓氏家族是朝中举足轻重的家族，晋朝江山还得仰仗其权势，只得应允。桓、谢两家各以自己的亲信争夺江州刺史，表面上看，似乎是门阀士族之间的隔阂在国难当头之际尚未泯灭，实际上谢安举荐谢輶是在王荟因兄丧而固辞江州刺史之后，桓冲提出兼领江州刺史，谢安也未反对，谢安的胸怀还是宽广的。桓冲对谢安却心存芥蒂，东晋初年，桓氏家族势力权倾朝野之时，谢氏家族势力还小，不足与其抗衡。淝水之战后，谢氏家族不少人立有战功，势力急遽膨胀，很快便超过了桓氏家族，桓冲心有不甘，因此屡屡向谢安发难。迨桓冲病故，两家的矛盾才涣然冰释。

第二个排挤谢安的是会稽王司马道子。他与孝武帝司马昌明都是简文帝宫人李氏所生，二人既是亲兄弟，又都笃信佛教，再加上孝武帝一辈人已去世殆尽，兄弟辈中只余司马道子一人，因此孝武帝对他格外垂青。司马道子年轻时恬淡无为，性格和善，颇受谢安赏识。太元八年（383）九月，正当前秦大规模入侵、东晋君臣勠力同心抗敌之际，孝武帝突然任命年方20岁的司马道子为录尚书六条事，与谢安共掌朝政。此前谢安已是录尚书事，他一人调和鼎鼐、燮理阴阳已是绰绰有余，没有必要再配一人，孝武帝突然任命一个血气方刚的后生分谢安的权，明显是对谢安的不信任，怕他功高震主。有学者认为，司马道子虽是天子之弟，但年纪轻轻，没有从政经验，突然就当上了与谢安官职一样的宰相，很可能是谢安推荐的结果。谢安之所以这样做，就是怕朝廷猜忌他位高权重，推荐天子之弟也来担任宰相之职，朝廷便不会怀疑他有不臣之心，朝野之间也不会有闲言碎语了，这正是谢安的高明之处。但另一方面也证明，谢氏家族拥有令人羡慕嫉妒的权力，不得不交出一部分权力以消除别人的疑虑。司马道子能和谢安平分秋色，共同辅政，自然惬意，但如能把谢安排挤出朝，自己独揽朝政，岂不更好？从此以后，司马道子便处心积虑排挤谢安，势欲把他赶出朝廷而后快。

第三个陷害谢安的是他的女婿王国宝。王国宝是王坦之之子，王坦之与谢安忠心为国，共辅朝政，相处融洽，他临终前给谢安写了一封信，说的都是如何治理国家的建议，没有一句提及私事。谢安敬重王坦之的人品，把女儿嫁给他的儿子王国宝为妻。谢安原以为有其父必有其子，儿子会和父亲一样忧国忧民，谁知“国宝少无士操，不修廉隅。妇父谢安恶其倾侧，每抑而不用。除尚书郎”（《晋书·王国宝传》）。王国宝品行不端，不知廉耻为何物，又不学无术，谢安甚为失望。王国宝本想倚仗岳父的权势平步青云，跻身高位，谢安却抑而不用，只给了他一个尚书郎的小官。他赌气不去任职，谢安也不肯迁就，不再理他。正当王国宝百无聊赖、郁悒不乐之际，他的堂妹嫁给了司马道子为妃子。借着这层关系，王国宝对司马道子极尽阿谀奉承之能事，取得了司马道子的欢心。王国宝见有机可乘，便天天说谢安的坏话，说得多了，不由司马道子不信。司马道子本来就想排挤谢安，王国宝的谗言可说是正中下怀。孝武帝每逢饮酒，都把司马道子召去，酒酣耳热之际，司马道子便把王国宝说谢安的那些坏话转述给孝武帝，转述时又添枝加叶，将无作有。孝武帝本就猜忌谢安，听了司马道子的话，更加疏远了他。

当然朝中不尽是像王国宝那样的奸邪小人，也有为谢安鸣不平者，桓伊就是其中的一个。此人不但为人正直，还善于吹笛，“尽一时之妙，为江左第一”。王羲之之子王徽之与桓伊并不相识，但很欣赏他演奏笛子的技艺，派人问其能否为自己演奏一曲，桓伊当即应允。后来两人不期而遇，桓伊记得吹笛一事，下车为王徽之演奏一曲，奏完便上车而去，两人未交一言。

一次，孝武帝宴饮时宣召桓伊吹笛助兴，宰相谢安也在座，桓伊觉得这是进谏的好机会，稍一沉思，便有了主意。他先用笛子吹了一曲，然后对孝武帝说：臣除了吹笛，还会抚筝，但抚筝的本领不及吹笛，臣可以抚筝，陛下可再派一名御妓吹笛，筝笛合奏才能铿锵和鸣，悦耳动听。孝武帝当即找来一个善于吹笛的御妓。桓伊又说：抚筝吹笛必须配合默契，曲调才能和谐，陛下派来吹笛的人，恐怕与我抚筝的音调不合，有污陛下之耳。臣有一仆人，也善于吹笛，请求陛下允许其与臣合奏。孝武帝当即应允。桓伊一边抚筝，一边有意唱了一首怨诗：

为君既不易，为臣良独难。
忠信事不显，乃有见疑患。

周旦佐文武，金縢功不刊。

推心辅王政，二叔反流言。

这首怨诗说的是周公姬旦披肝沥胆，忠贞为国，用毕生精力辅佐周文王、周武王，厥功甚伟，但管叔、蔡叔仍在周成王面前说周公的坏话。当周武王病重时，周公祷于夏禹、商汤、周文王之灵，愿以己身代替周武王，史官把他的祝策皮藏在金縢柜中。周武王死后，周成王继位，管叔、蔡叔说周公趁周武王病重时想篡夺帝位，流言蜚语闹得沸沸扬扬，周公无以自明，只得避居东都洛阳。后来周成王打开金縢柜，看到了祝文，才知道事情的真相，派人把周公从洛阳迎了回来。历史上竟有如此相似的一幕，谢安也和周公一样陷入了尴尬境地。桓伊动情地唱着，那低沉的筝声、委婉的笛声，与歌声一起，如怨如慕，如泣如诉，谢安不觉触动了心事，泪水夺眶而出。他快步走到桓伊跟前，捋着胡须叹道："使君于此不凡！"坐在一旁的孝武帝也听出了弦外之音，面露愧色。然而孝武帝比不得周成王，周成王闻过即改，孝武帝明知道错了，还是对谢安存有偏见。

谢安受到排挤，无法在朝中立足，未免心灰意冷，决意离开京城这个是非之地。太元十年（385），66岁的谢安已是桑榆晚景，又体弱多病，要求出镇广陵，孝武帝巴不得他出朝，自然很快批准。谢安在广陵步丘这个地方修筑了一个新的小城，说是小城，其实只是一个土坝而已。《晋书·谢安传》说谢安"及至新城，筑埭于城北，后人追思之，名为召伯埭”。“埭（dài）”是土坝的意思。“召伯”即召公奭，与周公旦一起辅佐周成王，是西周重臣，封地在召（今陕西岐山西南），后人把谢安比作召伯，可谓恰当之至。

天不遂人愿，谢安离开京城刚三个月便病倒了，初时以为是疥癣之疾，过几天就会痊愈，谁知病势越来越重，转为沉疴。刚到广陵，人生地疏，求医问药没有京城方便，于是谢安向朝廷请求：一是回京城治疗，二是把儿子谢琰召回身边。鸟之将死，其鸣也哀；人之将死，其言也善。孝武帝看了谢安的奏章，不禁恻然动容。谢安功勋盖世，如今抱病在身，要求回京城疗疾，于情于理都不该拒绝，更何况会稽王司马道子已掌控了全部权力，谢安不会对朝政构成任何威胁。于是孝武帝很快答应了谢安的请求，谢安顺利地返回了京城。迨这年八月，谢安的疾病有加无瘳，越发沉重，他对侍候他的人说：

> 昔桓温在时，吾常惧不全。忽梦乘温舆行十六里，见一白鸡而止。乘温舆者，代其位也。十六里，止今十六年矣。白鸡主酉，今太岁在酉，吾病殆不起乎！（《晋书·谢安传》）

谢安自己解释，梦见乘坐桓温的车子是代替他当宰相，走了十六里路是当了十六年宰相，梦见白鸡是说白鸡主酉，太元十年正是乙酉年，遇鸡而止是说自己的生命就定格在这一年了。谢安这一番话近乎术士之言，虽不尽可信，但他还是上疏辞掉了所有官职。

八月丁酉（农历八月二十二日），一代名相溘然长逝，终年66岁。

谢安逝世，山河含泪，举国悲哀，不论是生前和他有嫌隙的人，还是平常仰慕他的人，都表示了沉痛的悼念之情。王珣、王珉兄弟两人都是谢氏的乘龙快婿，王珣娶谢安弟弟谢万之女为妻，王珉娶谢安之女为妻。后来王、谢反目，兄弟两人先后离异，两家不再往来。谢安逝世后，王珣捐弃成见，主动前往吊唁，又恐去了遭到冷遇，先去询问王献之，王献之鼓励他前往。王珣前往祭奠时，谢府管家刁约说宰相在世时，从未见过此人，还是免了吧。王珣不和他争辩，径直走到灵前哭祭。当时谢安之子谢琰也在灵前，王珣祭奠完便起身而去，两人未交一言。还有一个叫羊昙的太山名士，满腹才学且为人正直，为谢安所爱重。谢安殁后，羊昙甚为悲痛，数年不听音乐，也不再走谢安从广陵回建康时经过的西州门前那条路。一次他喝醉了酒，不知不觉来到西州门，当旁人告诉他这里是西州门时，他一下子清醒过来，想起了已逝的谢安，不觉悲从中来，用马鞭敲打大门，并吟诵曹植的诗："生存华屋处，零落归山丘。"吟完便痛哭而去。

谢安去世了，但他的嘉言懿行还在百姓中流传，甚至他读书说话的声音，也有人刻意模仿。魏晋南北朝时期，人们称带浊鼻音的吟咏为洛生咏，东晋名士间尤为盛行。谢安本就善于洛生咏，但因鼻子有病，发音浑浊和别人不同。那些名士喜欢谢安说话、吟咏时的浑浊鼻音，学又学不像，便用手捏住鼻子来模仿他的声音，由此可见人们对他的仰慕。

隔江犹唱《后庭花》

——陈后主荒淫无道亡国

烟笼寒水月笼沙，夜泊秦淮近酒家。

商女不知亡国恨，隔江犹唱《后庭花》。

这是唐朝诗人杜牧有感于陈朝灭亡而写的一首诗，诗中所说的《后庭花》也叫《玉树后庭花》，乃陈后主所创之歌。这位“生深宫之中，长妇人之手”的皇帝，写诗填词不愧是行家里手，治国理政却一窍不通，最终落得社稷倾覆、客死洛阳的下场。他和南唐后主李煜、北宋徽宗赵佶俱是才华横溢但治国无方的亡国之君。

兄弟阋墙，血泊即位

陈后主（553—604）是南北朝时期陈朝的最后一位皇帝，名叔宝，字元季，小字黄奴，系陈宣帝陈顼长子，梁元帝承圣二年（553）生于江陵（今属湖北）。陈后主出生前后，正是中国历史上的多事之秋，兵连祸结，干戈俶扰，民无宁日。梁武帝太清元年（547），东魏大将侯景降梁，次年渡江攻陷建康（今江苏南京），城池被洗劫一空，梁武帝饿死台城（今江苏南京市内）。不久，侯景被萧绎击败于江陵，退还建康，自立为帝。侯景的军队荡无纪律，所到之处烧杀抢掠，激起了江南百姓的强烈反抗。大宝二年（551），侯景兵败为部下所杀，萧绎在江陵即位，是为梁元帝。当时陈后主之父陈顼在萧绎手下任职，甚受倚重，娶梁元帝外甥女柳氏为妻。柳氏名敬言，出身于累世簪缨之家，父亲柳偃娶梁武帝之女长城公主，拜驸马都尉，任鄱阳太守，卒于任上，时柳氏方9岁。侯景乱起，柳氏母女孤苦无依，前往江陵投奔舅父萧绎，萧绎待之甚厚，视如己出。柳氏与陈顼结缡不久，陈叔宝呱呱坠地。其时兵燹四起，战事正酣，西魏和北齐乘侯景之乱出兵南下，西魏攻占了益都（今四川成都），北齐则夺取了淮南（今安徽当涂南）。梁元帝之侄萧詧（chá）见西魏兵锋甚盛，便弃戈投降，领着西魏兵攻陷了江陵，杀了梁元帝，在西魏的庇护下做起了傀儡皇帝，史称后梁。西魏军把江陵洗劫一空，官吏、百姓有几万人被掠为奴。陈顼远走关右，陈叔宝母子避难穰城（今河南邓州），才躲过一劫。

雨过天晴，时来运转。梁太平二年（557），陈叔宝的伯祖父陈霸先杀死王僧辩，取梁而代之建立陈朝，是为高祖。陈顼一家苦尽甘来，从亡命天涯、落魄江湖的难民一跃而成为陈朝的新贵。

陈霸先虽然黄袍加身，君临天下，但好景不长，登基 2 年便撒手尘寰，由其侄陈蒨继位，是为文帝。陈顼一家回到建康，陈顼被封为安成王，成为文帝的辅弼重臣。陈蒨登基只有短短 4 年，便一病不起，由其子陈伯宗继位，后称废帝。陈伯宗即位时年仅 15 岁，还是个少不更事的孩子，大权都掌握在他的叔父陈顼手里。陈顼虽然权势熏灼，但毕竟是臣子，与南面称孤不可相提并论，于是施出浑身解数想登上九五之尊。始兴王伯茂见陈顼专擅朝政，多次向慈训太后进谏，请求抑制陈顼的权力。陈顼则一不做，二不休，索性以慈训太后之名罢黜陈伯宗为临海郡王，自己入继大统，贬伯茂为温麻侯，并在伯茂赴任途中派人将其杀死。

陈顼名正言顺地当上了天子，大赦天下，立妻子柳氏为皇后，长子陈叔宝为太子，次子陈叔陵为始兴王。陈顼当了 10 年皇帝，在 53 岁那年积劳成疾，辗转床褥，百药罔治，终于撒手而去。陈叔宝是太子，由他继位本来是顺理成章的事，不料斜刺里杀出一个陈叔陵，围绕着继位问题，掀起了一场轩然大波。

原来陈宣帝陈顼有子 42 人，除 3 人早夭、8 人未及封王、陈叔宝已被立为太子外，其余 30 人均封有王爵。君临天下对每个人都有莫大的诱惑力，其中觊觎帝位最迫切的正是始兴王陈叔陵。他是个忮刻狠毒、怙恶不悛的藩王，在任湘州（今湖南长沙）刺史时，暴戾恣睢，“诸州镇闻其至，皆震恐股慄”（《南史·宣帝诸子·始兴王叔陵传》）。征伐所得，皆入私囊，一丝一毫也不肯赏赐部下；百姓有过，轻罪重判，甚至关押数年，不加审理。

至于发冢掘墓、析人骸骨、夺人妻女纳为小妾的事，更是屡见不鲜。他的生母彭氏去世，他竟挖掘东晋名相谢安墓以葬其母，种种不法之行为时人所不齿。他任扬州刺史时，政务多与中央有关，他上的条陈，经办人如果顺从他的意见，他便建议天子重用，稍微违忤其意，轻者被治罪，重者丧命。

新安王陈伯固和陈叔陵是叔伯兄弟，诙谐善谈，陈宣帝与太子陈叔宝对其甚为宠信，陈叔陵颇为忌妒，暗中搜集他的过错，想伺机中伤他。陈伯固甚为害怕，便处处讨好陈叔陵。陈叔陵喜欢发掘古墓，陈伯固喜欢狩猎，两人经常同行。陈叔陵阴有异志，图谋不轨，陈伯固在朝廷任侍中，有机会接近皇帝，便把刺探到的宫禁消息，悉数告知陈叔陵。

陈宣帝陈顼病重之际，太子陈叔宝与始兴王陈叔陵、长沙王陈叔坚一同入宫侍候。陈叔陵对掌管宫中药物的小吏说：剉药材的刀钝了，赶快磨砺。那小吏不知何意，只得照办。迨到陈宣帝崩逝之时，陈叔陵大呼左右取剑来，左右未猜透其意，便取他平日所佩木剑以进，陈叔陵大怒，弃剑怀揣剉药刀前往。其时陈叔宝之母柳氏、乳母吴氏正在大行皇帝遗体旁。乘陈叔宝哀顿俯伏之际，陈叔陵抽出剉药刀狠狠砍去，陈叔宝猝不及防，顿时血流如注，闷绝于地，柳氏上前救护，身上也中了数刀。乳母吴氏情急智生，从陈叔陵身后紧掣其肘，刀未能砍下，陈叔宝得以乘机起立。在这千钧一发之际，孔武有力的长沙王陈叔坚快步上前抱住了陈叔陵，夺下了剉药刀，用衣袖将他绑缚在殿柱上。

陈叔坚欲问陈叔宝该如何处置，而此时陈叔宝已被乳母吴氏扶往后殿。于是陈叔陵趁机挣脱了束缚，驰马还于府第。他命令士兵截断青溪桥道，赦免囚犯充当士兵，自己则身披战袍，头戴白帽，登上城西门招募百姓，并赏赐金银以笼络人心。他自知势力单薄，不足与朝廷抗衡，又征召诸王将帅，但除了新安王陈伯固响应，其他诸王均拒不应命，最后只聚集了千余人马。

当时陈朝兵力俱沿长江防守，以抵御隋军进攻，抽调不出兵力，长沙王陈叔坚禀明太后，命太子舍人司马申急召右卫将军萧摩诃平叛。陈叔陵知道萧摩诃是能征惯战的骁将，惶恐不已，派部下拉拢萧摩诃说：将军若能相助，事成之后，当享有王侯之位。萧摩诃假装应允，提出大王须遣心腹之将来此，方能从命。陈叔陵便派亲信戴温、谭骐驎两人前往，萧摩诃将两人斩首，把头颅悬挂在朱雀门上。

陈叔陵欲负隅顽抗，自知不是萧摩诃的对手；欲束手归降，又自知罪孽深重，无法获免。情急之下，他把妃子张氏和宠妾7人沉入井中，因他有部分士兵屯驻新林（今江苏南京西善桥街道，濒临长江），便与陈伯固商定率从人至彼处会合，再徐图后举。不料行至中途，他们又被大军邀击，陈伯固见追兵至，慌忙逃往一僻巷中，被陈叔陵持刀追还。陈叔陵部下见陈军势大，纷纷弃甲逃命，顷刻之间，只剩下了陈叔陵、陈伯固两人。萧摩诃麾下将领陈智深、王飞禽挥刀砍死陈叔陵，另一将领陈仲华下马割了首级，陈伯固战战兢兢欲逃走，被乱军杀死。至此，一场叛乱宣告平定。

云消雾散，月朗风清。平定叛乱后，陈叔宝在太极殿前即位，是为陈后主。登基后的第一件事自然是论功行赏。萧摩诃功劳最大，被封为散骑常侍、车骑大将军、绥建郡公，食邑三千户，“叔陵素所蓄聚金帛累巨万，后主悉以赐之”（《陈书·萧摩诃传》），后来又以其女为皇太子妃，宠幸无比。陈叔坚也是功高位显，被封为骠骑将军、开府仪同三司、扬州刺史，不久又迁为司空。当时陈朝刚刚丢失了淮南之地，隋朝军队虎视眈眈，屯驻于长江北岸，陈宣帝崩逝不久，陈后主又颈伤未愈，“不能视朝，政无大小，悉委叔坚决之，于是势倾朝廷”（《陈书·长沙王叔坚传》）。母亲柳氏被尊为皇太后。讨伐陈叔陵立功的陈智深、王飞禽、陈仲华等也都加官晋爵，皆大欢喜。

通晓经史，稽古右文

不过一年，陈后主颈伤痊愈后便亲自处理朝政了，那年他 31 岁，刚过而立之年。亲政之初，他宵衣旰食，励精图治，是一个颇有作为的帝王，单看他亲政两个月后所下的诏书，便可窥见一斑：他奖励垦荒：“其有新辟塍畎，进垦蒿莱，广袤勿得度量，征租悉皆停免。私业久废，咸许占作，公田荒纵，亦随肆勤。”（《陈书·后主本纪》）只要是蒿莱中新开垦的土地，不必丈量亩数，免征租税。不论是私田还是公田，只要荒废已久，任何人均可垦殖。

这一措施大大激发了百姓耕稼的热情。他擢用清廉官吏，只要关心民瘼、教百姓耕耘、百姓以醇酒相报的官员，便可不次升擢。他虚怀纳谏，晓谕文武百官，若有治国济世之术、救民疾苦之策，各进忠谠之言，不要隐讳。他禁止奢靡，提倡节俭。倘若他能做到言必行，行必果，究竟是隋朝混一区宇，还是陈朝荡平海内，天下一统，恐怕就在未定之天了。

陈后主聪慧好学，擅长文墨，工于诗词，当太子时，曾让人把古书中的警策妙语辑录成册，时时翻阅。儒士王元规 18 岁便精通《春秋左氏传》《孝经》《论语》，陈后主在东宫引其为学士，让他讲解《礼记》《左传》，赏赐优厚。陈郡阳夏（今河南太康）人谢贞，少时读《论语》《孝经》，过目成诵，13 岁通“五经”，又擅长书法，草虫隶篆，无一不精，名噪海内。陈后主即位后，召其为中宫管记，不久迁为南平王（陈后主第四子陈嶷封南平王）座上客，掌管文书册簿。南平王府长史周确升官，他辞而不就，请谢贞写辞表，陈后主见辞表文字清新流丽，于酒宴间问周确：这篇辞表是你自己写的吗？周确回答说：臣才疏学浅，见不及此，表系谢贞所作。陈后主下诏说：“谢贞在王处，未有禄秩，可赐米百石。”谢贞丁母忧去职，隔了几日，陈后主便下诏让他重回王府，加招远将军，掌记室。谢贞辞而不就，陈后主便下手诏说：知你辞官不仕，是因为在家守母丧之故，但是官府急需人才，朕因此才夺情起复，望你节哀顺变，即日就道。谢贞因丧母而哀毁过度，羸弱不堪，终于没有到任，不久便殂逝于家。陈后主得知，甚为哀痛，“敕赙米一百斛，布三十匹”（《陈书·孝行·谢贞传》），又问掌管人事的吏部尚书姚察谢贞还有何亲属，姚察说：“贞有一子年六岁。”陈后主随即下令常给衣粮。

武城（今河北清河西北）人张讥，祖、父皆仕于南梁，他14岁即通《孝经》《论语》，誉满海内。陈后主在东宫集僚属宴饮，拿着新制的玉柄麈尾说：“当今虽复多士如林，至于堪捉此者，独张讥耳。”（《陈书·儒林·张讥传》）说罢，便把麈尾授予张讥。古代以鹿的尾巴做拂尘，故称拂尘为麈尾。魏晋时名士清谈，常持麈尾，清谈也被称为麈谈。陈后主把镶有玉柄的麈尾送给张讥，意思是说只有他才有讲学的资格。张讥常在温文殿讲解老、庄之学，当初陈宣帝陈顼常来听讲。陈后主即位后，任命张讥为南平王府咨议参军、国子博士。一次陈后主听张讥讲经，索麈尾而未至，便命人取来一根松枝，亲手递给张讥说：“可代麈尾。”又对群臣说：将来谁有了张讥那样的学问，才可执麈尾。张讥性格恬淡，不慕荣利，讲课授徒，诲人不倦。他著述颇丰，对《周易》《尚书》《毛诗》《孝经》《老子》《庄子》等都有独到见解，陈后主派人将他写的书抄录藏于秘阁。

对于有才干的儒士，陈后主信任有加，委以重任，姚察便是其中之一。陈后主在东宫任太子时，姚察任东宫学士，侍从左右，陈后主知他学富五车，文采斐然，多有赞誉。即位后，吏部尚书一职尚未找到合适人选，朝中大臣一致举荐姚察。陈后主说：姚察不但学识渊博，而且品德高尚，掌管诠选官吏的人才不易找到，姚察正是合适的人选。姚察赴任之后，选用官吏鉴空衡平，正直无私，果然十分称职。他身体羸弱，丁母忧期间又天天食斋茹素，健康每况愈下。陈后主关切地说："朝廷惜卿，卿宜自惜，既蔬菲岁久，可停持长斋。"（《陈书·姚察传》）一个帝王连臣子吃什么样的饭都要过问，实在难得！陈后主对姚察主持吏部非常满意，姚察谦逊地说：铨选官员是国家的大事，陛下委任我主持其事，是选错了人。后主说：你任此职是众望所归。过去有人任此职时，或善于听从别人的建议，或公正无私，或荐举的人皆有才能，三项中只占一项，而你则兼而有之。我与你虽有君臣之分，但情分与平常人不同，掌管好铨选之事是我对你的希望，你一定不会辜负我的期望。陈后主与姚察均是写文章的行家里手，每有新作，都送给对方品评，全无君臣的禁忌。陈后主曾对人说："姚察达学洽闻，手笔典裁，求之于古，犹难辈匹，在于今世，足为师范。且访对甚详明，听之使人忘倦。"还赞扬他"是一宗匠"。君臣契合，情同手足。

陈后主对孙玚、陆琼、陆琰、陈瑜等文人学士的关怀，在历代帝王中也不多见。吴郡吴州（今江苏苏州）人孙玚不但博闻强记，精于书法，而且智勇双全，娴于韬略，陈宣帝时便委以重任。陈后主即位后先后任命他为度支尚书、步兵校尉、祠部尚书，政事之暇，又频频亲幸其宅第，与他讨论辞赋，全无天子威严。孙玚曾以年老累乞骸骨，即请求致仕（退休），陈后主不许，最终他以 72 岁高龄卒于任上。陈后主亲临吊丧，送去鼓吹、朝服，尚书令江总作墓志铭，陈后主亲题四十字，派人去其家镌刻于石上。词曰：

秋风动竹，烟水惊波。
几人樵径，何处山阿？
今时日月，宿昔绮罗。
天长路远，地久云多。
功臣未勒，其意如何？

哀忱之情，溢于言表。

同是吴郡吴州人的陆琼是江左名士，6岁便能赋诗，号为神童。陈后主即位，诏告皆出其手，官至吏部尚书。他的母亲病逝，陈后主派人持册祭奠，并自制墓志铭，以示哀悼之忱。

陆琼堂弟陆琰留心经史，学问淹博，陈宣帝时任武陵王明威府功曹史兼东宫管记，后卒于家。时为太子的陈后主甚为哀恸，为其制墓志铭，即位之后又追赠他为司农卿，还搜集他的遗文编为两卷，颁赐给其他大臣。

陆琰的弟弟陆瑜少年时便有博学之名，陈后主即位前于太学祭奠先圣孔子，参与者均有诗篇，集成一册，命陆瑜写序。陆瑜写的序果然辞藻华丽，文采飞扬，众人赞不绝口。陈后主喜欢读书，但藏书汗牛充栋，检阅不便，遂命陆瑜挑选其中经世致用者抄写进呈。谁知陆瑜身体孱弱，还未抄写完毕，便奄然物化。陈后主不胜悲伤，手令举哀，官给丧事，又亲写祭文，派人吊祭。尽管如此，情犹未尽，他给当时任詹事的江总写了一封长信，抒发自己对陆瑜的怀念之情。此文声情并茂，先写对陆瑜突然撒手而去的惋惜及对硕儒贤士的仰慕，赞扬江南自梁以来，卓荦不群之士，仅陆瑜一人而已；接着写陆瑜颖悟绝人，经史子集，过目成诵，激浊扬清，切中腠理；又写自己政事之暇，与陆瑜诗歌唱和，共赏美景，促膝举觞，流连忘返，可惜如今都成镜花水月；最后写陆瑜玉折兰摧，撒手而去，每睹遗物，便涕泗沾襟，不能自已，即使写上千言万语，也是言有穷而情未尽。

> 管记陆瑜，奄然殂化，悲伤悼惜，此情何已。吾生平爱好，卿等所悉，自以学涉儒雅，不逮古人，钦贤慕士，是情尤笃。……卓尔出群，斯人而已。……论其博综子史，谙究儒墨，经耳无遗，触目成诵，一褒一贬，一激一扬，语玄析理，披文摘句，未尝不闻者心伏，听者解颐，会意相得，自以为布衣之赏。……每清风朗月，美景良辰，对群山之参差，望巨波之涀瀁，或玩新花，时观落叶，既听春鸟，又聆秋雁，未尝不促膝举觞，……自谓百年为速，朝露可伤，岂谓玉折兰摧，遽从短运，为悲为恨，当复何言。……（《陈书·文学·陆瑜传》）

这一段悼念的文字，比起向秀的《思旧赋》来，一点也不逊色！

声色狗马，玩物丧志

陈后主当了7年皇帝，在这7年中，只有很短一段时间政治清明，海内升平，可说是昙花一现。究其原因，陈后主可能认为陈朝的江山已固若金汤，无须居安思危；也许是受了朝中奸臣宵小的蛊惑，觉得人生苦短，须及时行乐。总之，他不再宵旰忧勤，励精图治，而是纵情声色，放浪形骸，成了昏庸之君，刚即位时的朝气已消磨净尽，与以前判若两人了。《陈书·江总传》说：

> 后主之世，总当权宰，不持政务，但日与后主游宴后庭，共陈暄、孔范、王瑳（cuō）等十余人，当时谓之狎客。由是国政日颓，纲纪不立，有言之者，辄以罪斥之，君臣昏乱，以至于灭。

陈后主的皇后叫沈婺华，其父是仪同三司沈君理，母亲是陈朝开国皇帝陈霸先之女会稽穆公主。沈婺华端庄贤淑，聪敏强记，涉猎经史，工于书翰，是个不可多得的才女。但她羸弱多疾，常年以药物调理，因此虽贵为皇后，却不受宠。陈后主即位时为始兴王陈叔陵所伤，养疴承香阁，皇后与诸位妃子皆屏斥于外，只有贵妃张丽华得以侍奉汤药，因此之故，张丽华宠冠后宫。

陈朝只有江南半壁河山，且连年征战，百姓贫困，国库空虚，陈后主却不管不顾，在光昭殿前建造了临春、结绮、望仙三阁，各高数十丈，连延数十间。装修时不惜重金，窗户、门楣、栏槛等皆用珍贵的檀木做成，再以金玉装饰，每间房屋门口挂珠帘，屋内陈设宝床、宝帐、服饰之类，瑰丽无比，价值连城，自古未有。每有微风吹来，氤氲芳香飘彻数里，晨曦初照，满院生辉。阁下积石为山，引水为池，种植奇花异卉，每到春夏之际，百花盛开，姹紫嫣红，真是别有洞天。

陈后主自居临春阁，张贵妃居结绮阁，龚、孔二贵嫔居望仙阁。三阁之间有复道相通，往来甚为方便。除以上几位嫔妃外，还有王、李二美人，张、薛二淑媛及袁昭仪、何婕妤、江修容等 7 人，皆有恩宠。另以宫人袁大舍为女学士。每次宴饮，陈后主便命诸妃嫔及女学士、狎客等共赋新诗，互相酬答，挑选其中辞藻最美者谱成歌曲，选宫女千余人轮流演唱，以此为乐。《黄鹂留》《玉树后庭花》《临春乐》《金钗两鬓垂》等曲牌皆为陈后主创制，由宠幸之臣撰写歌词。这些歌词轻佻粗俗，或极言居住临春阁之乐趣，或赞美张贵妃、孔贵嫔等的姣好容貌，如“璧月夜夜满，琼树朝朝新”之类。君臣酣饮，自昏达旦，习以为常。

张贵妃本是武将之女，家庭贫窭，父兄以织席为业。初入宫时，她是龚贵嫔的仆女，当时还是太子的陈后主对其一见钟情，即位后封为贵妃，生太子陈深。她发长七尺，油光可鉴，风神秀彻，顾盼生辉，每于阁中临轩梳妆，宫中遥望，翩翩若仙。她又善于察言观色，有权术，陈后主每次宴请宾客，她都引荐宫女参与，宫女们甚为感激，争相言说贵妃之善。张贵妃还喜欢魇魅之术，设置淫祀于宫中，聚集女巫做法事。其时陈后主怠于政事，百官奏事都通过宦官蔡脱儿、李善度进呈，陈后主背靠隐囊（靠垫），让张贵妃坐在腿上处理国家大事。李、蔡两人所不能记者，张贵妃一一梳理，一条奏折也不会遗漏。张贵妃借机干预政事，朝野中有何言论，有何重大事件，她都预先打听清楚，再告知圣上，大臣所奏之事，都与其所言无异。陈后主见她足不出宫闱，周知天下事情，对她愈加宠幸，于是宦官佞臣皆奔走于张贵妃门下，内外勾连，戚畹贵族，骄横不法，卖官鬻爵，贿赂公行，赏罚之命不出于中书省而出于宫掖。大臣有不肯附和者，皆乱加罪名被放逐贬谪。

《资治通鉴》卷 176 记载："孔、张之权，熏灼四方，大臣执政，皆从风谄附。"都官尚书孔范是一奸佞小人，为了寻求奥援，与孔贵嫔结为兄妹，对陈后主极尽阿谀奉承之能事，甚得宠信。中书舍人施文庆是陈后主未登位前的旧相识，此人涉猎经史，聪明强记，娴熟吏职，又善于逢迎拍马，颇受亲幸。施文庆又荐举同党沈客卿、阳惠朗、徐哲、暨慧景等人，说这几个人有治国才能，陈后主不问才能如何，一律加以重用：以沈客卿为中书舍人兼掌金帛局，管理征调赋税之事；以阳惠朗为太市令，管理市场商贩；以暨慧景为尚书金、仓都令史，管理仓库。

按照惯例，军人与士子不缴纳赋税，但朝廷因修建宫室府库空虚，帑藏告罄，陈后主苦于生金无术，沈客卿便奏请不问士庶，一律征收关市税。仅此一项，使得百姓叫苦不迭。阳、暨两人本是小吏出身，略有小才，不识大体，恃势横征暴敛，“税江税市，征取百端。刑罚酷滥，牢狱常满”（《南史·陈本纪下·后主》）。所谓“税江”是指即使在江河中打捞了几条鱼也要缴税；所谓“税市”是指只要在市场上交易，不论东西多少，也要缴税。如此一来，国库收入果然比平常增加了十倍，陈后主十分高兴，以为施文庆荐举得人，尤为倚重，事无大小，无不委任办理。施文庆又呼朋引类，荐举同党，一时由布衣拔擢为达官显宦者50余人。

孔范自谓文武才能，举朝无人能及，说朝中诸将出身行伍，只有匹夫之勇，而无深谋远虑，不可重用。陈后主半信半疑，又问施文庆，施文庆畏惧孔范权势，便附和孔范之说。自此武将微有过失，便褫夺兵权，交由文官掌管。这种不合常规的举动，使得人心涣散，将士解体，终至酿成了亡国之祸。

陈后主听信谗言，昏聩到了不分贤愚的地步。他的长子名陈胤，生母孙姬生陈胤时难产而死，沈皇后养为己子，视如己出。陈后主即位后，立其为太子。陈胤聪敏好学，擅长文墨，曾去太学讲过《孝经》。后来沈皇后失宠，太子也跟着受到冷落、猜忌，张贵妃、孔贵嫔多次进谗，数说太子之短，孔范等人与张贵妃沆瀣一气，推波助澜。陈后主听的谗言多了，也认为他懦弱无能，于是废其为吴兴王，转而立张贵妃所生之子陈深为太子。虽然朝中有不少大臣为太子鸣不平，但陈后主偏听偏信，拒而不纳，只能徒叹奈何。

声色狗马，不理朝政，陈后主把江山社稷都丢到了脑后，自然引起了朝中正直大臣的不满。他们屡屡进行谏诤，但皆被屏而不纳。大臣毛嘉多次进谏，被贬谪出朝。右卫将军兼中书舍人傅縡对施文庆、沈客卿等人飞扬跋扈、专制朝纲提出批评，施文庆便诬陷他受了高丽使臣的贿赂，下他于狱中。傅縡忠贞刚烈，在狱中上书说：

> 陛下顷来酒色过度，不虔郊庙之神，专媚淫昏之鬼；小人在侧，宦竖弄权，恶忠直若仇雠，视生民如草芥；后宫曳绮绣，厩马余菽粟，百姓流离，僵尸蔽野；货贿公行，帑藏损耗，神怒民怨，众叛亲离。恐东南王气，自斯而尽。（《陈书·傅縡传》）

傅縡所说并非危言耸听，如果陈后主不改弦更张，陈朝的气数恐怕就到了尽头。陈后主览书大怒，既而怒火稍息，派人对傅縡说：朕打算赦卿无罪，卿能改过自新吗？傅縡回答说：我的内心和面目一样，面目如可以改变，我的内心才会改变。陈后主知他无悔改之意，下令将他赐死狱中。

吴兴（今浙江湖州）人华章亦上书极谏说："陛下即位，于今五年，不思先帝之艰难，不知天命之可畏"，宠信奸臣，沉溺女色，不去祭祀祖先，却去亲近妃嫔，老臣宿将，弃于草莽之中，恐怕国家不久就要沦亡，麋鹿野兽就会出没在皇宫里了。陈后主读了，怒不可遏，下令将他斩首。

朝中大臣见陈后主玩物丧志，拒谏饰非，便都明哲保身，三缄其口，不再谏诤了。一个好端端的国家，已危机四伏，面对隋朝的进攻，灭亡只是时间问题了。

国破家亡，阶下为囚

隋文帝杨坚在统一了中国北方半壁河山后，便未雨绸缪，修造战船，为灭陈做准备了。他对大臣高颎(jiǒng)说：我为百姓父母，岂可局限于一衣带水而不拯救江南百姓！祯明二年（588），南朝梁宗室萧岩等率文武百官并百姓10万人降陈，杨坚趁机灭梁，并以陈朝纳叛为借口，大举伐陈。为了制造舆论，杨坚在这年三月下诏历数陈后主之罪：锦衣玉食，穷奢极侈；营造宫室，奴役百姓；后宫嫔妃，人数逾万，寻欢作乐，不分昼夜；杀戮忠臣，宠信奸佞，君子潜逃，小人得志。“自古昏乱，罕或能比”(《隋书·高祖本纪》)。他将诏书散写三十万纸，遍发于江外，以瓦解江南人心。

这年十月，隋文帝杨坚以晋王杨广、秦王杨俊、清河公杨素为行军元帅，杨广出六合镇（今属江苏），杨俊出襄阳，杨素出永安（今湖北武汉新洲区），荆州刺史刘仁恩出江陵（今属湖北），蕲州刺史王世积出蕲春（今湖北蕲春县蕲州镇西北），吴州总管贺若弼出广陵（今江苏扬州），庐州总管韩擒虎出庐江，青州总管弘农燕荣出东海（今江苏连云港东南），共50余万人，皆受晋王杨广节制，东自沧海，西自巴蜀，旌旗舟楫，横亘数千里，浩浩荡荡，向江南杀来，大有黑云压城城欲摧之势。

鼓鼙频敲，边圉孔棘。陈朝沿江守御将领见隋军势大，忙向朝廷告急，掌管机密的中书舍人施文庆、沈客卿却未向陈后主报告。原来陈朝宫廷正忙着筹备一年一度的元会（皇帝元旦那天朝见君臣）大典，沿江所有战船俱已调往京师附近，自撤樊篱，江防空虚。大将樊毅、尚书仆射袁宪、骠骑将军萧摩诃等人上奏说：长江是防止隋朝军队进攻的天然屏障，京口（今江苏镇江）、采石（今安徽马鞍山）乃长江重要津口，是兵家必争之地，应派驻重兵把守。陈后主却说：排兵布阵、戍守港口是兵家应有之义，边城将帅自会妥当处理此事，若大规模调动军队，必然会导致纷扰，百姓骚动不安。及至隋军进逼长江北岸，袁宪等见形势危急，焦灼万分，再次请求增兵。施文庆却怂恿陈后主说：元会之日将至，朝野正悉心筹备，今若出兵戍守，庆典之事势必停顿不办，如此一来，岂不扫了朝野人士之兴？大兵压境固然可虑，但停办元会，心中更为不甘。此番荒唐言论竟令陈后主犹豫不决，于是施文庆又贿赂江总，请他帮助说项，袁宪等也不甘示弱，反复陈说出兵利害，双方一时相持不下。

最终陈后主受了施文庆、江总的蛊惑，还是决定不再出兵防守京口和采石，他对左右说："王气在此，齐兵三度来，周兵再度至，无不摧没。虏今来者必自败。"（《南史·陈本纪下·后主》）陈后主一厢情愿地把希望寄托在长江天险上，认为北齐、北周都想进兵江南，统一全国，但都因长江天堑所限，没有成功，如今隋朝大军压境，也同样会无功而返。孔范一听皇上这么说，马上附和道：长江天堑，自古以来隔断南北，隋军岂能飞渡？边将为了立功，故意危言耸听，妄谈边事，实在可笑。我正愁官小位卑，无缘升迁，若敌兵渡江，我定可大显身手，官至太尉。陈后主听了，莞尔一笑，不再说调动兵马的事，天天召妓纵酒，赋诗不辍，似乎亡国的威胁并不存在。

就在陈朝君臣歌舞升平之际，隋朝军队在祯明三年（589）正月自广陵横渡长江。老谋深算的贺若弼使用了兵不厌诈的策略，买来陈军的船只，把战马藏匿于船内，再买破船五六十艘置于长江小港汊内，故意给陈军造成隋军没有水军的错觉；又让沿江部队在换防之际大张旗鼓，聚集于广陵，让陈军以为隋军要发动进攻，慌忙做应战准备，但隋军并不发一矢一镞，便匆匆而去。日子一久，陈军知道隋军只是换防，无意进攻，也就懈怠了。贺若弼这时派人在江岸狩猎，人马喧闹，声震江岸，以迷惑对方，而隋朝军队已悄悄渡过长江。与此同时，韩擒虎率领五百壮士，在一个月黑风高的夜晚攻占了采石，隋军统帅杨广屯驻六合镇之桃叶山。陈朝抗击隋朝进攻，倚仗的是长江天险，隋军既已渡江，陈朝便危若累卵了。

风声鹤唳，草木皆兵。眼看隋军渡过了长江，陈后主这才慌了手脚，召集大臣商议退敌之策。此时他还认为，陈朝兵多将广，与隋军对垒，可以稳操胜券，下诏吹嘘说：

犬羊陵纵，侵窃郊畿，蜂虿有毒，宜时扫定。朕当亲御六师，廓清八表，内外并可戒严。（《资治通鉴》卷177）

陈后主一方面胆小如鼠，一方面又气壮如牛，他说要“亲御六师，廓清八表”，不过是给自己壮胆而已。面对隋军进攻，他以骠骑将军萧摩诃、护军将军樊毅、中领军鲁广达为都督，以司空司马消难、湘州刺史施文庆为大监军，分兵扼守要害。

不久，贺若弼率兵攻克京口，俘获了在那里戍守的南徐州刺史黄恪。隋军所过之处，秋毫无犯，有一士兵抢夺了百姓的酒，贺若弼马上下令斩首，俘获陈军6000余人，皆无罪释放，并让他们散发招降文告，只要放弃抵抗，保证其人身财产安全，于是贺若弼所至之处，皆望风迎降。与此同时，隋将韩擒虎攻克姑孰（今安徽当涂），仅用半天时间，捎带着又攻占了南豫州（今安徽宣城），俘虏了樊巡，隋军声威大震。江南百姓素知韩擒虎之名，来拜谒投诚者昼夜不绝，“于是贺若弼自北道，韩擒虎自南道并进，缘江诸戍，望风尽走”（《资治通鉴》卷177）。隋军没费多大气力便占领了钟山（江苏南京中山门外紫金山），形成了对建康的包围之势。陈朝百姓惊恐不已，归降者络绎不绝。

当时陈朝还有十万人马，如果组织得当，尚可孤注一掷，鹿死谁手，或未可知。但陈后主素来怯懦，又不谙军旅之事，见国事蜩螗，吓得六神无主，日夜啼泣，将朝政大事都交给施文庆办理。施文庆知道三军将领痛恨他是奸佞之臣，不服从他的调遣，便对陈后主说：这些将领嫌功高赏薄，时有怨言，不可委以重任，因此诸将凡有建议，皆不可采纳。所以当贺若弼攻京口时，萧摩诃请战，陈后主不许；贺若弼攻占钟山时，萧摩诃又建议偷袭，又被陈后主拒绝。大将任忠提出固守之计："北军虽来，勿与交战，分兵断江路，无令彼信得通"，然后我方率精兵一万，金翅船三百艘下江，对岸尚未渡江的敌人必以为其渡江之兵已被擒获，自然垂头丧气。"淮南土人与臣旧相知悉，今闻臣往，必皆景从。"我再声言去徐州断了他们的退路，则敌军必不击自去。待来年春天水涨，上流我兵沿流赴援，如此，则我朝江山可保。应该说任忠的建议切实可行，但陈后主优柔寡断，又未听从。

当初隋军初渡江之时，诸将请战，陈后主不许，如今隋军频频攻城，陈后主又欲出兵应战了，任忠叩头说：敌强我弱，此时只应坚守，不宜出战。孔范却说："请作一决，当为官勒石燕然。"此时以汉朝窦宪打败匈奴，勒石燕然山自比，分明是一派胡言，陈后主却深信不疑，命大将鲁广达布阵于白土冈，位于诸军之南，任忠、樊毅、孔范次之，萧摩诃位于诸军之北，南北绵亘 20 余里，首尾不能相顾，排成标准的一字长蛇阵。

贺若弼挥兵进攻，萧摩诃因妻子与陈后主有奸情，心有不满，因而消极应战，只有鲁广达拼死抵御，杀死隋军 273 人，贺若弼纵火才得以逃脱。贺若弼知道陈军骄惰，便率兵攻打孔范。刚一交锋，孔范所部便溃不成军，贺若弼又乘胜进攻，俘获了萧摩诃，本下令斩首，但见萧摩诃神色自若，便将其释放。

这时任忠急驰入告陈后主说：陛下好自为之，臣已无力报国了。陈后主给他两串黄金，让他募兵。任忠说：为今之计，陛下应当准备船只，去上游与我军会合，臣当拼命保驾。陈后主深信不疑，命他出去部署，又让宫人打点行装，等他归来一起出发。谁知任忠见大势已去，竟觍颜降敌，领着韩擒虎直奔朱雀门（今南京中华门内）。陈军欲战，任忠大呼说："老夫尚降，诸军何事！"众军一哄而散，一时城内文武百官皆逃遁，朝堂上只剩下尚书仆射袁宪、尚书令江总等数人。

陈后主吓得魂不附体，也打算逃匿，袁宪阻拦说："北兵之入，必无所犯。大事如此，陛下去欲安之？臣愿陛下正衣冠，御正殿，依梁武帝见侯景故事。"侯景举兵叛梁，把梁武帝围困于建康台城，梁武帝最终饿死。陈后主自然不愿蹈此覆辙，率宫人十余人来到后堂景阳殿，准备投井自杀。袁宪苦苦谏止，后阁舍人夏侯公韵以身蔽井，但陈后主惶急中也顾不得九五之尊，躲入枯井中。很快隋军发现此井，环立在井旁大呼，陈后主不应，隋军便扬言要投石封井，陈后主这才慌忙答应。隋军以绳曳之，颇觉沉重，出井看时，原来除陈后主外，还有张贵妃、孔贵嫔两人。于是三人被一条绳子绑着，押往韩擒虎帐前。贺若弼得知韩擒虎俘获了陈后主，过来探视，只见陈后主战战兢兢，汗流浃背，叩拜不已，便安慰他说：小国之君拜大国之臣，乃自然之理，君侯不必惊慌，入朝之后定不失侯爵之位。陈后主一听这话，一颗悬着的心才放了下来。

隋军一面扫荡残敌，一面收图籍、封府库，将妃子张丽华与佞臣施文庆、沈客卿、阳惠朗、暨慧景等斩首于市衢。陈朝宣告覆亡，隋文帝杨坚终于用火和剑统一了全国。

开皇九年（589）三月，陈后主与王公百司在隋军押送下，从建康北上向长安进发。这支由陈朝宫属、降官降将组成的俘虏队伍，竟连绵数百里之长。一路上凄风苦雨，饥渴顿踣，比起建康城中轻裘肥马、锦衣玉食的生活来，不啻是天壤之别。陈后主感慨系之，别有一番滋味在心头。四月，隋文帝驾幸骊山（今陕西西安临潼区西南），迎接凯旋将士，又在太庙举行献俘之礼，陈后主及诸王侯将相与从陈朝运来的乘舆、服饰、天文图籍等，依次排列阙下。次日，隋文帝在广阳门观召见陈后主及太子、诸王 28 人，司空司马消难以下至尚书郎等官员 200 余人，令内史宣读诏书，指责陈朝君荒于上，臣嬉于下，不能尽心治国，导致社稷丘墟，国家灭亡。陈朝君臣惭惧交并，匍匐于地上不敢答对。隋文帝宽宏大量，不失仁慈，下诏赦免陈后主之罪，为其在长安安置好住宅，又给予许多赏赐，让他足以安心度日。

陈后主开始了他百无聊赖的平民生活。隋文帝对他优礼有加，多次召见，命他立于三品官员行列中。宫中举行宴会，照例邀他参加，奏乐时怕他听乐伤心，还下诏不奏江南音乐。面对这些宽容之举，陈后主不觉羞愧，反悠游度日，丝毫未把亡国之痛放在心上。一次，监守他的人报告隋文帝说：陈叔宝没有官职，以布衣身份朝见天子，多有不便，他愿得到一个官号。隋文帝叹息说：

“叔宝全无心肝！”监守人又说：陈叔宝天天饮酒，每次都喝得酩酊大醉，很少有清醒的时候。隋文帝大惊，命其节制，但陈后主离开了酒，竟是坐卧不安。隋文帝无奈道：“任其性；不尔，何以过日！”过了一些时候，隋文帝又问监守人陈后主有何嗜好，回答说好吃驴肉，隋文帝说爱吃多少就吃多少，不必限制。隋文帝知道陈朝子弟居住在京城长安者甚多，恐怕他们游手好闲，无事生非，便把他们分别安置在边陲州县，分给田产，让他们自食其力，每岁赏赐衣服，使他们无冻馁之忧。隋文帝对待陈朝亡国君臣，可谓仁至义尽了。

开皇十四年（594）八月，隋文帝巡察洛阳，陈后主奉诏前往。那年关中大旱，禾稼不收，许多百姓跟随天子前往洛阳就食。隋文帝特地下令，不得逼迫百姓于道路两侧相迎，遇扶老携幼者引马避之，见挑担者命左右扶持，此举颇得百姓好感。

十月间，隋文帝仍在洛阳，南朝齐、梁、陈三朝因国亡而宗祀废绝，隋文帝便命三朝后人准备礼品祭祀祖宗，祭品由官府提供，陈后主虚应了事，草草祭拜了祖宗。隋文帝登邙山，陈后主兴致勃勃地追随其后。待离开洛阳时，隋文帝设宴招待群臣，陈后主诗兴大发，献诗说：

日月光天德，山河壮帝居。

太平无以报，愿上东封书。

所谓“东封”，就是帝王去泰山祭祀天地，行封禅之礼。陈后主献此诗即是向隋文帝请封禅之礼，隋文帝没有答应。他评价陈后主说：陈叔宝的失败皆与饮酒有关，如将饮酒作诗的功夫用在治理国家上，岂能落得如此下场！当贺若弼攻打京口时，边人告急，陈叔宝正在饮酒，不予理会。高颎攻克陈朝宫殿，见告急文书还在床下，连封皮都没有拆，真是愚蠢可笑到了极点，陈朝灭亡也是天意呀！

革故鼎新，朝代更迭，这本是历史上的常见现象，但陈后主荒淫无道导致亡国的历史教训，值得后人深长思之。

是非功过任评说

——替冯道翻案

五代时的冯道（882—954）是我国历史上颇受訾议的人物。千百年来，凡是提到冯道，诋毁之者多，誉之者少，他的名字几乎成了寡廉鲜耻的代名词。欧阳修骂他“可谓无廉耻者矣”（《新五代史》）；司马光骂他“乃奸臣之尤”（《资治通鉴》）；清代的王夫之说 “道之恶浮于纣、祸烈于跖”（《读通鉴论》），罪恶比殷纣王还大，祸害之烈超过了盗跖。他们一个比一个慷慨激昂，一个比一个措辞刻薄，冯道简直成了罪恶的渊薮。当然也有说冯道好话的人，清代史学家赵翼在论及张全义、冯道两人时说：“统核二人之素行，则其德望为遐迩所倾服，固亦有由。”（《廿二史札记》）同样一个人物，评价竟如此大相径庭，是欧阳修等人心存偏见，未能公允评价冯道的功过；还是赵翼以偏概全，对冯道过多溢美呢？

冯道气节有亏吗?

欧阳修、司马光之所以鄙薄冯道，是因为他气节有亏，但这个评价并不公允。冯道是五代时瀛州景城（今河北沧县西北）人，字可道，自号长乐老。他出生于唐朝末年，长大以后，先在镇守幽州（今北京）的刘守光麾下当参军，“参军”是“参军事”的简称，即刘守光的僚属。刘氏失败后，他到太原依宦者张承业，不久被后唐庄宗李存勖辟为掌书记，掌管文翰之事，后唐明宗李亶拜他为相，从此他累朝不离将相、“三公”、“三师”之位。后晋时任宰相；耶律德光灭后晋后，出任契丹太傅；后汉时任太师；后周时任太师、中书令。除了没有在后梁任职，四朝中他都是显宦，如加上契丹，他共历五朝。他历事十君，三入中书，居相位 20 余年，于后周世宗显德元年（954）去世，享年 73 岁。

鉴于冯道是个不倒翁式的人物，尽管五代政权更迭频繁，他依然官运亨通，不失功名富贵，因此受到了后世的猛烈抨击。司马光在《资治通鉴》一书中言：“道之为相，历五朝、八姓，若逆旅之视过客，朝为仇敌，暮为君臣，易面变辞，曾无愧怍，大节如此，虽有小善，庸足称乎！”胡三省在为《资治通鉴》作注解时说他“位极人臣，国亡不能死，视其君如路人，何足重哉”？冯道历五国十君固然是事实，但仅凭这一点说他气节有亏是不公允的。

稍微翻翻新、旧《五代史》便可知道，从 907 年朱温称帝至

960年赵匡胤建宋，为时只有54年，竟经历了后梁、后唐、后晋、后汉、后周5个朝代，最长的后梁享国17年，最短的后汉只存续了4年。在这一特殊历史环境中，要求大臣们从一而终，不做贰臣，显然是不现实的。欧阳修也承认：“五代终始才五十年，而更十有三君，五易国而八姓，士之不幸而出乎其时，能不污其身得全其节者鲜矣。”（《王彦章画像记》）五代时的名公巨卿，几乎都出仕过几朝，不独冯道一人为然。后晋的郑韬光，“自襁褓迨于悬车（退休），凡事十一君，越七十载，所仕无官谤，无私过，三持使节，不辱君命，士无贤不肖，皆恭己接纳”（《旧五代史·晋书·郑韬光传》）。郑韬光比冯道还多事一个皇帝，按理说更应该受到口诛笔伐，但他“无官谤，无私过”，可见当时人并不认为多仕几朝就是奸臣。即便是冯道，当时也没有受到过多非议，就连欧阳修也承认，“当世之士无贤愚皆仰道为元老，而喜为之称誉”（《新五代史·杂传·冯道传》）。

自欧阳修、司马光訾议冯道的气节，历代相沿不替，都鄙薄冯道的为人。但北宋初年那些位居枢要、官高爵显的文武大臣如范质、王溥、石守信、高怀德、王全斌、曹彬、潘美、慕容延钊、杨业等人，都是出仕过后周、北汉后来又仕宋朝的，欧阳修没有骂过他们“无廉耻”，独对冯道如此苛求，显然是不公允的。清人王鸣盛在《十七史商榷》中说：五代十国之际，国家像宾馆中的旅客一样，居住时间甚短，帝王如下棋一样，不时更换新人，像冯道这样为好几个王朝服务的人很多，不应该受到抨击。“只因道偏好自矜衒，又浪得美名，齿德位望兼优，反令后世笑骂不已。”这一分析非常中肯，冯道写过一篇洋洋洒洒的《长乐老自叙》，收入《旧五代史·周书·冯道传》中，历数自己仕于五朝所得阶、勋、官爵的历史，大有过屠门而大嚼的味道，使人读了忍俊不禁。但是仅仅因为他写了一篇不该写的东西，就以一眚掩大德，全面否定其人，甚至把冯道的儿子冯吉会弹琵琶也算作罪状，指责《宋史》把冯吉列入《文苑传》“殊为舛谬，此书无怪不慊人意”，未免偏激过甚！

冯道是应当肯定的政治家

应当怎样评价冯道，不在于他侍奉过几个皇帝，而在于在五代这个动荡不安的社会中，是随波逐流、尸位素餐，还是献可替否、尽心辅国。冯道既不是欧阳修所说的“前事九君，未尝谏诤”、遇事三缄其口的庸人，也不是司马光说的只有小善、大节不可取的卑劣角色，更不是王夫之所说的“摘小过以炫直，自饰而藏奸”的小人。如果冯道没有一点治国才能，仅凭圆滑便能左右逢源，使十个皇帝争相委以重任，那是说不通的。

冯道先是在后唐明宗时当宰相。后唐明宗李嗣源本是李克用养子，备受猜忌，直到60岁时才登上帝位。后唐庄宗李存勖晚年不理朝政，沉溺于声色狗马之中，弄得天怒人怨。冯道提醒李嗣源，要居安思危，不可再蹈覆辙，选用官吏尤当慎重：“夫国以人为本，今之亲人者，节度、刺史、令录而已，得其人则治，非其人则乱，不可不慎选。”（《册府元龟》）天成初年，淄州（今山东淄博一带）等四县遭受水灾，禾稼淹没，颗粒无收，但地方官仍照旧督促赋税，以致百姓大量逃亡，冯道特别奏明后唐明宗要蠲免赋税，赈济灾民。有一次，后唐明宗问冯道：治国之道哪条最重要？冯道说：爱惜百姓生命最重要。后唐明宗又问：如果今年粮食丰收，百姓是否就无后顾之忧了？冯道说：“农家岁凶则死于流殍，岁丰则伤于谷贱，丰凶皆病者，惟农家为然。臣记进士聂夷中诗云：‘二月卖新丝，五月粜新谷。医得眼下疮，剜却心头肉。’语虽鄙俚，曲尽田家之情状。农于四人（士农工商）之中最为勤苦，人主不可不知也。”（《资治通鉴》卷 276）后唐明宗听了这番话很是高兴，命左右录其诗，常常讽诵。

有人说后唐明宗是比较开明的帝王，能虚怀纳谏，大臣没有直言贾祸之忧，因而冯道敢于谏诤。这种说法有点道理，但不尽妥帖。后唐明宗时任过宰相的数人中，如豆卢革、韦说、赵凤、任圜诸人，调和鼎鼐的本领，显然不能和冯道比肩。在后唐明宗当政的 8 年间，政治比较清明，百姓的生活比较安定，“天成、长兴间，比岁丰登，中原无事，言于五代，粗为小康”（《旧五代史·唐书·明宗纪》）。这些成绩当然不能都记在冯道名下，但他的辅弼之功是不应被湮没的。

冯道在当宰相期间，荐贤举能，延纳后进，一时被传为佳话。凡孤寒士子抱有才艺、知识渊博者皆得重用，那些衣冠世家，“履行浮躁者，必抑而置之”。这在动辄以门第标榜的五代，是一个了不起的举措。后周位兼将相的郭崇韬为提高身价，自称是名将郭子仪之后，他用人不问才能，只看门第，对有才能但出身寒门的官员说：“公虽代邸之旧，然家无门阀，深知公才技，不敢骤进者，虑名流嗤余故也。”（《旧五代史·唐书·郭崇韬传》）宰相卢程“褊浅无他才，惟矜恃门地”（《旧五代史·唐书·卢程传》）。显然只凭门第、不问才能的人组成的政府，是效率低下的官僚机构，五代时期国祚短促，与此大有关系。冯道敢于打破门第禁区，力挽颓风，唯才是举，无疑是值得肯定的。

难能可贵的是，对于和自己有些芥蒂的人，只要他有才能，冯道便不计私怨，照旧荐举，后晋的史圭就是一个例子。冯、史二人同在后唐为官时曾有过龃龉，但在石敬瑭称帝后，冯道首荐史圭，“圭素厉廉守节，大著公平之誉”（《旧五代史·晋书·史圭传》）。至此，史圭才佩服冯道的度量在己之上。判国子监田敏又是一个例子。田敏长于诗赋，颇受冯道敬重，冯道对后晋高祖石敬瑭说：“臣所为官，合授于敏，臣不敢党蔽也。”（《册府元龟》）虽然石敬瑭并未因此而改授田敏的官职，但冯道这种举荐人的风格是值得称道的。

冯道为相20余年，布衣蔬食，自奉俭朴，从不奢靡，扶危济困，乐此不疲。他初任后唐庄宗李存勖的掌书记时，后唐与后梁的战事正酣。他在军中刻苦俭约，所得俸禄，与厮仆同食。诸将中有人掠得美女相赠，他亦不受，归还于其父母。他丁父忧居丧在家，“遇岁饥,悉出所有以赒乡里,而退耕于野,躬自负薪。有荒其田不耕者,与力不能耕者，道夜往，潜为之耕。其人后来愧谢，道殊不以为德”（《新五代史·杂传·冯道传》）。当时冯道已是后唐庄宗李存勖麾下的翰林学士，乃侍从之臣，在丁父忧期间，拿出所有的积蓄周济乡邻，自己躬耕田亩，砍柴为炊。有的农户田地荒芜或缺少丁壮而无力耕田，冯道就偷偷为其耕种，当人们表示感谢时，他认为不过是小事一桩，不值得感谢。这种胸襟、这种气度，是一般人所没有的。

他当宰相多年，从不因位高权重而受赇枉法，“牧宰馈遗，斗粟匹帛，无所受焉”（《旧五代史·周书·冯道传》）。这在贪浊污秽、苞苴公行的五代时期，是难能可贵的。他自己的俸禄，悉数赈济乡邻；他居住之处，环堵萧然，仅避风雨而已。这一切都不是矫揉造作，为了沽名钓誉，因而唐明宗称赞他“不以素贵介怀，真士大夫也”。他在后晋居官时，有一次后晋少帝石重贵赐他生辰器币，“道以幼属乱离，早丧父母，不记生日，坚辞不受”（《旧五代史·晋书·少帝纪》）。事实上，冯道当然知道自己的生日，只是不想无缘无故地接受天子的馈赠而已。

冯道声名远扬，甚至远在北方的契丹国也想把他罗至麾下：“时契丹方盛，素闻道名，欲掠而取之，会边人有备，获免。”后来石敬瑭即位后，冯道奉命出使契丹，将要到达契丹国京城时，“契丹主欲郊迎，其臣曰：‘天子无迎宰相之礼。’因止焉，其名动殊俗也如此”。契丹国的天子要去京城郊区迎接后晋的使臣，确实不合常规礼仪，但由此可知，冯道的名声已是无远弗届了。辽太宗耶律德光灭后晋进入汴京（今河南开封）时，追查晋朝君臣与契丹失欢的责任，有人说冯道身为宰相，难逃罪责。耶律德光却说："此叟非多事者，勿妄引之！"（《资治通鉴》卷286）他受人敬重，由此可见一斑！

忮刻褊狭、恃才傲物是一般官僚的通病，而冯道却气度恢宏，性格恬淡，不以势压人。后晋出帝时，冯道为人所谮，一度罢相出镇同州（今陕西大荔）。有一个管酒务的小官申请自己出钱修孔子庙，冯道将申请交给下属办理，那位小吏甚为不满，写诗讥讽冯道："荆棘森森绕杏坛，儒官高贵尽偷安。若教酒务修夫子，觉我惭惶也大难。"对冯道未参与其事表达了不满。"道览之有愧色，因出俸重创之。"（《旧五代史·周书·冯道传》）冯道并未因那位小官冒犯了自己而愠怒，而是拿出了自己的薪俸重修了孔子庙。还有一次，有个叫胡饶的小吏，系军人出身，性格粗犷，因一件小事在冯道的衙门口高声詈骂，下人向冯道报告，冯道徐徐说："此必醉耳！"便把那人召入府内，"开尊设食，尽夕而起，无挠愠之色"。度量之大，非常人可比！

雕印经书，使得经书广为流传，是冯道传播儒家文化的又一贡献。我国的印刷事业源远流长，分为雕版印刷与活字印刷两种，后者是从前者发展而来。唐代以前，凡书籍皆是写本，士子读书要辗转抄写，费时费力，因此书籍流传不广。雕版印刷始于唐代，唐文宗时已能印刷日历，唐僖宗时已能印刷书籍，这大大有利于文化的普及与传播。不幸的是，唐代末年军阀混战，天无宁日，文化事业停滞不前，刻书业自然也遭到了厄运。五代时后蜀宰相毋昭裔与冯道在战乱中雕印“九经”，使这些经籍广为流传，是一件了不起的事。

同样是雕印经书，冯道比毋昭裔遇到的困难更多。毋昭裔所在的后蜀，偏处西南一隅，未罹兵革之苦，社会秩序较为安定，因而雕印书籍比较容易。冯道所在的中原地区战火纷飞，朝代更迭频繁，无人留意文治。更重要的是，五代帝王多出身行伍，是在马背上得天下的赳赳武夫，只想攻城略地，称王称帝，要他们同意雕印书籍，戛戛其难。后唐长兴年间，冯道见坊间流行的雕版图书，多是民间常用的日历和一些通俗的佛教经文，没有士大夫所需的经书，便与大臣李愚联名奏请，让判国子监田敏校订经书，雕印贩卖，以广流传。后唐明宗李亶批准了这一请求，于长兴三年（932）十月开始雕印，直至后周广顺三年（953）方告竣工，历时21年之久。

冯道主持雕印经书极为认真，一丝不苟。当确定以唐代开成石经文字为准刻“九经”印版后，他又令国子监召集博士、儒士取来西京石刻本，以自己常用的经书对勘，抄写作注。为杜绝刻印书籍中的差错，冯道又委派太子宾客马缟、太常丞陈规、太常博士段颙等人为详勘官，勘查印刷时是否有错、讹、倒、衍等问题。勘查完毕后，他委派“国子监于诸色选人中，召能书人端楷写出，旋付匠人雕刻，每日五纸”（《五代会要·经籍》）。该种经书因系国子监负责雕印，故被称为“监本”。以政府的名义大规模雕印经书，使莘莘士子可以省却抄写之劳，毫不费力地读到经书，这在我国历史上还是第一次。北宋初年，民间已允许刻印经书，但须以“监本”作为底本。由于刻印的经书审查极为严格，因而舛误较少，后世称北宋所刻经籍最为完善。这个功劳应记在冯道名下，说冯道是保存和传播传统文化的功臣，绝不是溢美之辞！

冯道也有失误

冯道在五代从政多年，也有许多失误，他劝阻后周世宗攻打北汉就是一例。北汉建都太原，奄有山西大部及陕西东北部，原是契丹卵翼下的一个蕞尔小国，不在五代之数，是十国中的一个。它地瘠民贫，物产不丰，但因有契丹做后盾，屡屡侵犯中原。954年，北汉乘后周太祖郭威新丧、世宗柴荣刚立之际，联合契丹大举入侵，柴荣打算御驾亲征，对大臣说：昔日唐太宗平定天下，未尝不亲临行阵，朕也要效法他。冯道说：“未审陛下能为唐太宗否？”柴荣说：“以我兵力之强，破刘崇如山压卵耳！”冯道说：“未审陛下能为山否？”柴荣不听冯道的阻拦，率军出征，取得了高平（今山西晋城东北）大捷，契丹军从此不敢牧马南下，北汉国主刘崇狼狈逃回太原，北方暂时得以安定。冯道此举为后世所诟病。

后晋出帝时，朝中大臣在对待契丹的态度上分为两派：一派主张对契丹既称孙又称臣；另一派则主张对契丹只称孙不称臣，保持民族气节。冯道在这件事情上“依违其间”，不敢表态。后晋在契丹进攻时虽打过两次胜仗，但后来大将杜重威倒戈降敌，导致后晋覆亡，冯道不能辞其咎。

冯道为人圆滑，故能左右逢源，他从政多年，辅弼过多位君王，难免有失误之处。千百年来，人们提及冯道，总是毁多誉少，但宋代的王安石独具慧眼，称赞冯道：“荆公雅爱冯道，以其能屈身安人，如诸佛菩萨之行。”当有人提出冯道当过五代中四个朝代的宰相，侍奉过十个皇帝，算不上纯正之臣，王安石说：“伊尹尝五就汤五就桀者，志在安人而已，岂可亦谓之非纯臣也？”（赵善璙：《自警编》卷 6）把冯道比作伊尹，可谓恰到好处。伊尹是夏桀的臣子，后来又帮助商汤攻打夏桀，任商朝阿衡（宰相），后世称为贤相，从未受到过訾议。冯道历多朝，侍奉多位皇帝，目的是保境安民，这有什么好指责的呢？冯道不是奸臣，而是瑕不掩瑜的政治家。

冯道的诗浅显易懂，却饱含哲理。如五律：

天道

穷达皆由命，何劳发叹声。
但知行好事，莫要问前程。
冬去冰须泮，春来草自生。
请君观此理，天道甚分明。

这首诗中的“但知行好事，莫要问前程”两句，一向为后世所传诵。又如七律：

偶作

莫为危时便怆神，前程往往有期因。
终闻海岳归明主，未省乾坤陷吉人。
道德几时曾去世，舟车何处不通津。
但教方寸无诸恶，狼虎丛中也立身。

诗的最后两句是说，只要为人光明磊落，不存害人邪念，即使身处狼虎丛中，也能安身立命。如此教人为善，也值得称赞！

辨材须待七年期

——宋太宗的另一面

励精图治的帝王

宋太宗赵光义是历史上文治武功皆可圈可点的帝王，他在位22年，称得上海晏河清，国泰民安。割据福建泉州的陈洪进、浙江钱塘（今浙江杭州）的钱俶相继纳土，盘踞太原的北汉被其率兵荡平，天下终归一统。干戈不息，兵燹屡兴，而民不知兵；水旱蝗灾，殆遍天下，而民不思乱。原因何在？元人修《宋史》中对其的评价或可解答：“帝以慈俭为宝，服浣濯之衣，毁奇巧之器，却女乐之献，悟畋游之非。绝远物，抑符瑞，闵农事，考治功。讲学以求多闻，不罪狂悖以劝谏士，哀矜恻怛，勤以自励，日晏忘食。”这些话或有溢美之处，但大体合乎事实。

一次宋太宗对宰相说：治理国家不外乎宽、猛两手，如果政令太宽，百姓不去遵守，国家就无法治理；如果政令太严苛，百姓无所措手足，国家同样不能治理。由此看来，宽、猛应当适度。宰相吕蒙正上奏说：老子曾经说过，“治大国若烹小鲜”，但鱼太多了也会添加混乱。近来朝廷内外上奏疏请求更改制度者甚多，请陛下稍加限制。宋太宗摇摇头说：“朕不欲塞人言路。夫狂夫言而圣人择焉，亦古训也。”（《宋史纪事本末·太宗致治》）从谏如流、让人说话才是天子的美德，狂夫之言固然不足取，只要圣明君主择善而从就可以了，不必因其狂而治人之罪。宋太宗说“朕不欲塞人言路”，说明他敢于纳谏，要做到这一点自是不易。

淳化二年（991），旱灾、蝗灾频发，五谷不登，百姓食不果腹，辗转逃荒者甚多。宋太宗召集群臣，询问时政得失，众大臣皆以天灾答对，只有大臣寇準说：天下大旱，非关天灾，乃刑罚不公所致。宋太宗大怒，拂袖而起，径入宫中。过了一会儿，怒气稍息，他召来寇準，问其所言不公之事指的是什么，寇準说需召二府大臣至此才言。“二府”指枢密院与政事堂，枢密院掌军政，政事堂掌政务。二府大臣到后，寇準才说：不久前祖吉、王淮两人皆贪赃枉法，祖吉贪赃少，却被杀头，王淮因是参知政事王沔之弟，贪赃多，只受杖刑，又恢复了官职。这不是不公是什么？宋太宗问王沔有无此事，王沔只得顿首谢罪，表示愿意接受处罚。宋太宗知寇準正直可用，将其由枢密直学士升为枢密副使。枢密直学士是皇帝侍从，职责是皇帝有事时咨询应对，而枢密副使则是统领天下兵马的副长官，比枢密直学士级别高得多。有一次，寇準上殿奏事，与宋太宗意见不合，宋太宗大怒，起身欲去，寇準扯着宋太宗的衣服让他复坐。宋太宗大喜说："朕得寇準，犹文皇（指唐太宗李世民）之得魏徵也。"

有一次宋太宗问大臣：朕与唐太宗相比，如何？众大臣都说其圣明超过了唐太宗，只有参知政事李昉不肯随波逐流，微诵白居易的诗说："怨女三千放出宫，死囚四百来归狱。"宋太宗听后马上说："朕不及，朕不及，卿言警朕矣！"（《宋史纪事本末·太宗致治》）

宋太宗最值得称道的是稽古右文，他的"开卷有益"至今还被学者奉为圭臬。他搜求天下书籍不遗余力：

> 先是，遣使诣诸道，购募古书、奇画及先贤墨迹，小则偿以金帛，大则授以官。数岁之间，献图籍于阙下者不可胜计，诸道购得者又数倍。乃诏史馆尽取天文、占候、谶纬、方术等书五千一十卷，并内出古画、墨迹一百一十四轴，悉令藏于秘阁。图籍之盛，近代所未有也。（《续资治通鉴长编》卷31）

宋太宗做了一件利在当代、泽被后世的好事，他派人到全国各地收购古书、奇画及先贤墨迹，购得数量少的赏赐金帛，购得数量多的则给以官职。有了这种奖励办法，愈来愈多的人到京城献书。地方官员见朝廷如此重视图书，便千方百计购买。于是天下图书皆集中于京师，藏于秘阁之中。唐末五代兵燹不断，天无宁日，图书散佚严重，经宋太宗搜集整理，设专门机构管理，儒家经典粲然大备，得以流传后世，真是功莫大焉！

《太平御览》《太平广记》《文苑英华》三大类书的编纂，也是宋太宗的一大功绩。这三大类书搜罗宏富，卷帙浩繁，保存了许多行将湮没的典籍，借对其整理的机会，朝廷网罗了一大批五代十国的儒士，皓首穷经，死而后已。

> 太平兴国中，诸降王死，其旧臣或宣怨言。太宗尽收用之，置之馆阁，使修群书，如《册府元龟》《文苑英华》《太平广记》之类，广其卷帙，厚其廪禄赡给，以役其心，多卒老于文字之间云。（《挥麈后录》）

这一记载大致准确。不过《册府元龟》乃宋真宗时编纂，与宋太宗无涉。《册府元龟》应为《太平御览》。宋太宗论述读书的好处时说："朕无他好，但喜读书，多见古今成败，善者从之，不善者改之，如斯而已。"（《续资治通鉴》卷 14）《宋史》说他"帝之功德，炳焕史牒，号称贤君"，绝非虚诳之语！

好色忮刻的天子

宋太宗既是励精图治的帝王，也是好色忮刻的天子。他自诩

“视妻妾似脱屣尔”，把女色看得很平常，犹如脱鞋穿鞋一样。宋太宗好色，宋代天子恐无出其右者。他即位前任开封尹，也即所谓判南衙时，就曾仗势强抢过民女。《默记》一书载，有一青州人带一个10多岁的小女孩到京城办理产业之事。宋太宗见女孩生得眉清目秀，长大后必为天姿国色，不禁怦然心动，便派人购买，遭到了女孩父亲的拒绝。宋太宗手下有个叫安习的人，善于察言观色，拍马逢迎，说有办法得到女孩。宋太宗大喜，给了他两笏银子（古代50两为一笏）。安习藏匿了大部分银子，只用少量银子加上威胁利诱，终于把女孩送到了南衙。“不久，太祖知之，捕安习甚严。南衙遂藏习夫妇于宫中，后至登位才放出，故终为节度留后。”

即使在戎马倥偬之中，宋太宗也不忘渔猎女色。《烬余录》一书记载，宋太宗平定北汉后，把北汉国主刘继元的妃嫔悉数收纳，他的部下见天子如此，也纷纷仿效，抢掠百姓家妇女。然而其后宋军乘胜攻打契丹时，在燕京（今北京）城下一败涂地，“凡行在服御宝器尽为所夺，从人宫嫔尽陷没”。

宋太宗色胆包天，连其兄赵匡胤的宠妃也敢调戏。后蜀主孟昶有妃子费氏，风姿绰约，容华绝代，号称花蕊夫人，被宋太祖赵匡胤纳为嫔妃，宋太宗乘入宫探病之机调戏花蕊夫人。《烬余录》记载：

> 太宗屡于上前盛称花蕊夫人才，未匝月，蜀主暴卒。

> 太祖异之，亟召花蕊入宫，询蜀主状，因及亡国事。费占二十八字云："君王城上竖降旗，妾在深宫哪得知？十四万人齐解甲，更无一个是男儿！"悦其敏慧，留侍掖庭者十载，有盛宠。太祖寝疾，中夜，太宗呼之不应，乘间挑费氏，太祖觉，遽以玉斧斫地。皇后、太子至，太祖气属缕，太宗惶窘归邸。翌夕，太祖崩。

据《十国春秋》一书记载，孟昶入宋七日便殒命汴京（今河南开封）："越七日，后主薨，时宋乾德三年（965）夏六月也。年四十有七。"47岁正当壮年，遽然撒手尘寰，很有可能是非正常死亡，但新、旧《五代史》和《宋史》为尊者讳，只说入宋七日而亡，《烬余录》说"暴卒"，或是被人谋杀的隐讳表达。谋杀者为谁？可能就是宋太宗。他垂涎花蕊夫人的美貌，而孟昶健在，便无从下手，于是将其毒死。

宋太宗即位之后，大权在握，强夺人妻更是肆无忌惮，李后主的皇后小周后被他强暴一事，尽人皆知。《默记》一书云：

> 李国主小周后随后主归朝，封郑国夫人，例随命妇入宫。每一入辄数日而出，必大泣骂后主，声闻于外，多宛转避之。又韩玉汝家有李国主归朝后与金陵旧宫人书云："此中日夕，只以眼泪洗面。"

宋太宗封李后主之妻小周后为郑国夫人，其实包藏着祸心。小周后生得花容月貌，他早有觊觎之心，封为夫人，就得照例入宫掖朝拜，正好乘机下手。小周后每次入宫后，几天才出宫，她不敢詈骂天子，只骂李后主无能，不能庇护妻子，李后主无可奈何，只得宛转躲避。

明人沈德符的《野获编》一书收录了另一则宋太宗强奸小周后的逸事：

> 偶于友人处，见宋人画《熙陵幸小周后图》：太宗头戴幞头，面黔色而体肥，器具甚伟；周后肢体纤弱，数宫人抱持之，周作蹙额不能胜之状……此图后题跋颇多，但记有元人冯海粟学士题云："江南剩得李花开，也被君王强折来。怪底金风冲地起，御园红紫满龙堆。"盖指靖康之辱，以寓无往不复之旨。

这则逸事写得细致入微，宋太宗俨然一副流氓无赖的嘴脸。元人冯海粟的题词颇有深意，天道好循环，宋太宗淫人之妻，迨至靖康年间北宋覆亡，金人也奸淫了宋徽宗、宋钦宗的妻女！

忮刻狠毒是宋太宗的另一特色。开宝九年（976）十月，年仅50岁的宋太祖赵匡胤猝然崩逝，时任晋王兼开封尹的皇弟赵光义顺利入继大统，当了皇帝，给后世留下了不少疑窦。

对其兄敢下毒手，更遑论其他人。李后主之死是又一个例证。

李后主降宋后，定居于京城开封，一举一动都受人监视。他手下大臣徐铉归宋后，总想见见旧主，但没有宋太宗的命令，不敢私自谒见。一日，宋太宗心血来潮，召来徐铉说：近日曾见过李煜吗？徐铉惶恐地回答说：没有陛下的圣旨，臣安敢私下相见？宋太宗说：不妨事，你现在就去，就说朕让你前往可也。徐铉奉旨前往，至李后主门前下马，但见一老卒守门。徐铉说愿见后主，老卒说：圣上有旨，他不得与人相见，岂能通报？徐铉说：我乃奉旨来见。老卒这才进去通报，徐铉站立门口等候。少顷，李后主头戴纱帽、身穿道士服而出，徐铉正欲下拜，李后主已走下台阶，牵着徐铉的手进入屋中。徐铉欲行拜见君主之礼，李后主说：我落魄至此，安用行此大礼？徐铉于是把椅子移向一边坐下。《默记》一书在如此叙述后，接着说：

> 后主相持大哭，乃坐默不言。忽长吁叹曰："当时悔杀了潘佑、李平。"铉既去，乃有旨再对，询后主何言。铉不敢隐，遂有秦王赐牵机药之事。牵机药者，服之前却数十回，头足相就如牵机状也。又后主在赐第，因七夕命故妓作乐，声闻于外，太宗闻之大怒；又传"小楼昨夜又东风"及"一江春水向东流"之句，并坐之，遂被祸云。

《默记》一书的作者王铚是南宋初年人。与王铚同时的诗人陆游在《避暑漫钞》一书中也说："李煜归朝后，郁郁不乐，见于词语。在赐第，七夕命故妓作乐，闻于外，太宗怒。又传‘小楼昨夜又东风’，并坐之，遂被祸。”李后主是被囚禁的亡国之俘，身边没有一兵一卒，对宋朝江山构不成任何威胁，说了一句“当时悔杀了潘佑、李平”（潘佑、李平二人主张抗宋），也只是发发牢骚而已。至于他在《虞美人》一词中有“小楼昨夜又东风”“一江春水向东流”两句，也不过是抒发怀念故国之情罢了。宋太宗竟然因此杀心大起，用牵机药毒死他，可见其心思深重。

谋杀弟弟、侄子的凶手

宋太宗弑兄篡位，留下了“烛影斧声”的千古之谜。即位后，为安抚人心，他封弟弟赵廷美为开封尹兼中书令、齐王；以宋太祖之子赵德昭为永兴军节度使兼侍中，封武功郡王，并下诏赵廷美、赵德昭位在宰相之上；封宋太祖的另一子赵德芳为山南西道节度使、同平章事（地位同宰相）。宋太祖的三个女儿与自己的女儿待遇相同，均称皇女。老谋深算的宋太宗采用此策以释众人之疑。

但是此举不过是权宜之计，宋太宗念兹在兹的是把帝位传给自己的儿子，而他的母亲杜太后却说过由他传位赵廷美、赵廷美传位赵德昭的话，使他不能释怀。《续资治通鉴长编》一书引王禹偁的《建隆遗事》说：一次杜太后与赵匡胤、赵光义、赵廷美兄弟及赵匡胤之子赵德昭、赵德芳等设宴饮酒。酒酣耳热之际，赵匡胤对母亲杜太后说：“臣百年后传位于晋王（即宋太宗赵光义），令晋王百年后传位于秦王（即赵廷美）。”杜太后大喜，又问秦王赵廷美：“吾不知秦王百年后将付何人？”秦王曰：“愿立南阳王德昭。”杜太后大为高兴，对赵匡胤说：“陛下有此意，吾料之亦天意也。他日各不得渝，渝者罪同大逆，天必殛之。”赵匡胤令皇子赵德昭谢过太后，太后又命赵匡胤呼赵普来，记录下当日所约誓言，赵普以自己不善文推辞，又召陶穀为文，赵普负责告天地宗庙。赵匡胤将记录此事的文书庋藏于金匮中，史称“金匮之盟”。《续资治通鉴长编》一书认可了王禹偁的说法：

> 始太祖传位于上（指宋太宗），昭宪（杜太后）顾命也。或曰昭宪及太祖本意，盖欲上复传之廷美，而廷美将复传之德昭。

宋太宗要把帝位传给儿子，必须剪除赵廷美、赵德昭，利益所在，他把手足之情与叔侄之情都抛到了脑后。因此等地位稳固以后，他便逐步开始实施他的剪除计划了。赵匡胤之子赵德昭是中箭倒下的第一个。

太平兴国四年（979）五月，宋太宗亲征割据太原的北汉政权，北汉国主刘继元衔璧出降，宋朝将士人人盼望天子有所赏赐，但宋太宗急于征伐契丹，未行封赏，将士啧有怨言。七月间，宋兵至幽州城下，四面攻城，士兵因平北汉不赏又出师远征，心中不平，遂哗变，宋太宗与亲信趁黑夜逃遁。一时军中无主，有人提议立跟随宋太宗一起北征的赵德昭为帝，但不久宋太宗返回，立赵德昭为帝之事便不再被提及。宋太宗得知这一消息，以为是赵德昭策划此事，甚为愠怒。北征归来后，宋太宗仍无封赏太原胜利之意，将士们议论纷纷，于是赵德昭乘间入言。宋太宗大怒说："待汝自为之，赏未晚也！"赵德昭退而自刎。（《宋史·宗室·燕王德昭传》）宋太宗本就对赵德昭猜忌，见他又提封赏之事，就恶狠狠地说：等你当了天子，再行封赏不迟。赵德昭受不了这一番羞辱，便自刎身亡，年仅 29 岁。赵德昭一死，百年后传位于他的事自然就无从提起，宋太宗乐不可支。他抱着赵德昭的尸首大哭，追赠他为魏王、吴王、越王，纯粹是惺惺作态，掩人耳目。

两年之后，即太平兴国六年（981）三月，赵德昭的弟弟赵德芳又不明不白地死去，年仅 23 岁。大多数史籍均未言其死因，只《宋史·宗室·秦王德芳传》云："（太平兴国）六年三月，寝疾薨，年二十三。"所谓"寝疾"，就是卧病。赵德芳年纪轻轻，一向并无疾病，怎么可能辗转床褥，又突然撒手尘寰？联想到宋太祖崩逝时，宋皇后令宦官王继恩召贵州防御史赵德芳，而王继恩却去召晋王赵光义入继大统，可见赵德芳对皇位的威胁依然存在，这成了宋太宗心头挥之不去的阴影，必欲除之而后快。

宋太祖赵匡胤有四个儿子，长子赵德秀、三子赵德林早亡，如今次子赵德昭、四子赵德芳又先后死于非命，宋太祖一脉绝嗣，对皇位继承构成威胁的，只剩时任开封尹的秦王赵廷美了。

赵廷美与宋太宗是一母同胞，《宋史·后妃·太祖母昭宪杜太后传》记载，杜太后“生邕王光济、太祖、太宗、秦王廷美、夔王光赞、燕国陈国二长公主”。赵廷美了解宋太宗的为人，自赵德昭、赵德芳死后，便终日战战兢兢，如履薄冰，想以低调小心躲过一劫。

太平兴国七年（982）三月，金明池水心殿建成，宋太宗准备泛舟游览，突然有人告发“秦王廷美谋欲以此时窃发，若不果，则诈称病于府第，候车驾临省，因作乱”（《续资治通鉴长编》卷 23）。这则记载扑朔迷离，使人如入五里雾中。是何人告发，史无明文。赵廷美明知赵德昭、赵德芳死后，自己举手投足都在宋太宗的严密监控之中，却还要冒风险去谋杀他，天下岂有如此笨人哉！又说如果谋杀不成，则谎称有病，等宋太宗来探病时再次作乱，这也太荒唐可笑。漫说宋太宗未必会来探病，即使前来，也必然有一大批仪卫侍从跟随，戒备森严，赵廷美从何下手？这显然是在宋太宗的指使下编出的漏洞百出的谎言。既然有人告发，宋太宗亦无意核实，便罢了赵廷美开封尹之职，授西京（洛阳）留守。开封尹权力甚大；留守则是皇帝亲征或巡视时，命亲王或大臣留守京城的职位。留守开封者称东京留守，西京河南府、北京大名府、南京应天府（今河南商丘）也均设有留守，以知府兼任。

赵廷美从开封尹降为西京留守，昔日的风光荡然无存，他的一批亲信、部下“皆坐交通秦王廷美及受其私犒故”被问罪，这真是城门失火，殃及池鱼。这一批人本来就是赵廷美的部下，有来往并接受犒赏也是情理中事，怎么就成了罪过？几天后重新任宰相的赵普又告发中书侍郎、同平章事卢多逊与秦王赵廷美交通，宋太宗大怒，贬卢多逊为兵部尚书，旋即下于狱中，命翰林学士承旨李昉等人审讯。十多天后，卢多逊等人“皆伏罪”，罪名是卢多逊多次派中书守当官赵白以中书机密事密告赵廷美，而且还口出狂言：“愿宫车（指宋太宗）早晏驾（死亡），尽心事大王（指赵廷美）。”赵廷美也派手下樊德明告知卢多逊：“承旨（卢多逊曾任翰林学士承旨）言正会我意，我亦愿宫车早晏驾。”还赠给卢多逊弓箭等物，卢多逊一一接受。阎密系在赵廷美麾下当差的小吏，“恣横不法，言多指斥”。秦王府小吏王继勋，尝为赵廷美求访声妓，怙势取贷，赃污狼藉。赵廷美还派小吏赵怀禄私召“同母弟”军器库副使赵廷俊“与语”；派小吏阎怀忠到淮海王钱俶那里“求犀玉带、金酒器”，阎怀忠私自接受钱俶所送的“白金百两、釦器、绢扇等”，还在赵廷美的指派下拿着“银碗、锦綵、羊酒”到赵廷美岳父御前忠佐马军都军头开封潘璘处“营燕军校”，也就是犒劳官兵。

细看来，赵廷美的这些罪名没有一个经得起推敲：他与同母弟说话竟成了罪过，让人匪夷所思；他派人向钱俶索要犀玉带、金酒器，接受钱俶回赠的礼物，也是官员之间的正常来往，谈不上谋反；他部下小吏横恣不法，至多是管教不严，也不该有褫夺开封尹的处分；诅咒宋太宗早日晏驾，确实是大逆不道之罪，但诅咒并不能致人死命，只能给人以口实，赵廷美作为法定的接班人，何必如此给自己招来杀身之祸？因此“愿宫车早晏驾”的话，更可能是宋太宗的诬陷。正如元人陈世隆在《北轩笔记》一书中所说："反复廷美，始终未尝有一显罪确情。"

宋太宗并未坐实也不可能坐实赵廷美的罪名，便急不可待地下了诏书，削夺卢多逊官爵，流放崖州（今海南三亚崖州区）；勒赵廷美罢官归私第；王继勋、阎密、赵怀禄、阎怀忠等处斩。赵廷美的子女也跟着遭殃，儿子不再称皇子，改称皇侄；女儿去公主之号，女婿降官并去驸马都尉之号，子女一并发遣西京洛阳，跟随赵廷美居住。西京留守判官阎矩、开封府推官孙屿"坐辅导无状"，分别被贬为涪州（今重庆）涪陵司户参军、融州（今广西融水）司户参军，他二人都是赵廷美的部下。至此，赵廷美的部下已被芟刈殆尽。

赵廷美落魄至此，宋太宗还不放过他。宰相赵普上疏说赵廷美谪居西京对朝廷不利，又教唆知开封府李符上奏说："廷美不悔过，怨望，乞徙远郡，以防他变。"（《宋史·宗室·魏王廷美传》）宋太宗仍未核实，便下诏降赵廷美为涪陵县公，房州（今湖北房县）安置。雍熙元年（984）正月，赵廷美因"忧悸成疾"，卒于房州，年仅38岁。赵廷美既死，宋太宗扫除了传位于子的一切障碍，可以高枕无忧了。

宋太宗与赵廷美本系一母同胞，他迫害亲弟弟至死，全无手足之情。为了掩人耳目，他对宰相李昉说：

> 廷美母陈国夫人耿氏，朕乳母也，后出嫁赵氏，生军器

库副使廷俊。朕以廷美故，令廷俊属鞬左右，廷俊泄禁中事于廷美。

这番话说罢，宋太宗作凄楚之状。宰相李昉回答说：廷美大逆不道，天下共知，“宫禁中事，若非陛下委曲宣示，臣等何由知之”。宋太宗这一番破绽百出的拙劣表演，被南宋史学家李焘当作信史写入了《续资治通鉴长编》一书中。清人毕沅的《续资治通鉴》一书对此提出了疑问。他说：李焘根据宋太宗这一番话，便说赵廷美不是杜太后所生。李焘是宋朝人，当然要为宋太宗讳。其实当时朝野皆知赵廷美与宋太宗是一母所生，宋太宗说他与赵廷美不是一母，不过是为了掩饰其罪恶而已。至于宰相李昉说宫禁中事陛下不说，臣等何由知之，也是欲盖弥彰之语。身为宰相，岂有不知诸王、太妃族属之理？还用得着皇帝“委曲宣示”吗？这一质问掷地有声，入情入理。宋太宗迫害亲弟弟赵廷美，千载之下，恐难逃脱忮刻、狠毒的评价！

毁誉参半海陵王

——漫说完颜亮是非功过

不同的评价

在我国历史上，金朝第四位皇帝海陵王完颜亮是颇有争议的人物，赞誉者有之，诋毁者有之，至今聚讼不决，没有定论。金朝人元好问在《中州集·贾左丞益谦》一书中说：“大定三十年（按：大定只有 29 年），禁近能暴海陵蛰恶者，得美仕，史官修实录，诬其淫毒狼骜，遗臭无穷。自今观之，百可一信耶？”这是说金世宗大定末年，朝中官员凡能说海陵王罪恶者皆能升官，史官修实录，说海陵王淫乱毒狠，遗臭无穷。今天看来，可信度连百分之一也没有。同是金朝末年人，刘祈在《归潜志》卷 12 中说：“至海陵庶人，虽淫暴自强，然英锐有大志，定官制、律令皆可观。又擢用人才，将混一天下。功虽不成，其强至矣。”

充分肯定了海陵王的功绩。托名南宋人宇文懋昭的《大金国志》卷15《海陵炀王》说："海陵少而知书，既长弥自矫饰，府库资财无所爱，当世称贤……一咏一吟，冠绝当时，沉深严重，莫测其志。"这是说海陵王不喜欢敛财，好读书，所写诗词冠绝当时。

当然抨击海陵王者亦复不少。《宋史纪事本末·金亮之恶》说他"为人慓急猜忌，残忍任数"。《金史·海陵本纪》说：

> 海陵智足以拒谏，言足以饰非。欲为君则弑其君，欲伐国则弑其母，欲夺人之妻则使之杀其夫。三纲绝矣，何暇他论。至于屠灭宗族，翦刈忠良，妇姑姊妹尽入嫔御。方以三十二总管之兵图一天下，卒之戾气感召，身由恶终，使天下后世称无道主以海陵为首。可不戒哉，可不戒哉！

《金史》所说皆实有其事，但海陵王在位期间施行的各项有利于社会发展的措施并未提及，如此全面否定，亦非持平之论。清人赵翼的《廿二史札记·海陵兼齐文宣隋炀帝之恶》说："海陵在位，盖兼齐文宣、隋炀帝之恶而更过之。"《北齐书》称文宣帝高洋狂暴，曾奸其嫂，凡高氏妇女无论亲疏皆与之乱，隋炀帝也是如此，而海陵王之恶尤甚于二人。

当代史学家对海陵王也是褒贬不一。吉林大学张博泉教授在《金史简编》一书中说："海陵完全是在中原封建专制主义思想影响下出现的一名秦始皇、隋炀帝式的人物。"中国社会科学院李锡厚研究员在《中国封建王朝兴亡史·辽金卷》中说：

> 完颜亮在位十二年（1149—1161），大致可以南迁燕京为标志，分为两个时期。他锐意求治、严肃吏治、乐于纳谏，在政治上力求有所作为。既迁燕京，完善中央集权，为金朝统治进一步的巩固奠定了基础。在金朝历史上，他的确是一个有作为的皇帝。

评价如此大相径庭，盖由于看问题的角度不同，得出的结论不同。要公平、准确地评价海陵王完颜亮的是非功过，还须细致考察他的生平和所作所为。

同室操戈，夺取帝位

金太祖天辅六年（1122），完颜亮呱呱坠地，他的父亲是阿骨打庶长子、梁宋国王宗干。宗干在金熙宗朝权势熏灼，是举足轻重的人物。完颜亮聪颖好学，文采斐然，当藩王时曾为人题扇云："大柄若在手，清风满天下。"（《归潜志》卷1）可知他胸有大志，自命不凡。他既是宗干之子，仕途上自然是一帆风顺，18岁时便以宗室子身份被封为奉国上将军，赴宗弼军前效力，授为行军万户，迁骠骑上将军；皇统四年（1144），加龙虎卫上将军，为中京（今内蒙古自治区宁城西大明城）留守，迁光禄大夫，再迁尚书左丞。

尽管完颜亮的官职不次升擢，但他不甘屈居人下，认为自己和金熙宗同为太祖阿骨打之孙，彼贵为天子，自己也应该黄袍加身，承继大统。他在任中京留守时，结识了猛安（女真部落统军首长，后来成为统领女真千户的千夫长称号）萧裕，两人每每谈论天下大事，完颜亮都流露出觊觎帝位之意。萧裕投其所好，怂恿他说："先太师（指宗干），太祖长子。德望如此，人心天意宜有所属，诚有志举大事，愿竭力以从。"（《金史·萧裕传》）所谓"举大事"，就是扳倒皇帝，由完颜亮取而代之。完颜亮听了这番话甚为高兴，几次在皇帝面前举荐萧裕，多次擢升他的官职，很快萧裕便成了完颜亮的心腹。

金熙宗完颜亶即位时年纪尚轻，由宗翰、宗干、宗弼等元老重臣相继辅政，迨至宗弼病殁，其他旧臣也大多物故，皇后裴满氏乘机干政，恣行不法，对金熙宗事事掣肘。金熙宗愤愤不平，变得狂躁易怒，常酗酒杀人。完颜亮也乘机招揽权柄，无所顾忌。一日，他与尚书令史高怀贞闲谈，两人各言志趣，完颜亮说："吾志有三：国家大事，皆自我出，一也；帅师伐国，执其君长，问罪于前，二也；得天下绝色而妻之，三也。"（《续资治通鉴》卷128）江山、美人他都要得到，口气真是咄咄逼人。不过他知道篡权时机还不成熟，只能隐忍不发，平日恭顺虔诚，以免生疑。有一次金熙宗召见他，两人谈及金太祖阿骨打创业艰难时，完颜亮呜咽流涕，不胜悲伤，金熙宗以为他对祖宗如此恭敬，必对国家忠诚，从此对他不疑。

完颜亮知皇后裴满氏大权在握，便暗中与她交通，好趁机攫取权力。完颜亮过生日时，金熙宗派近侍大兴国以司马光画像、玉吐鹘、厩马赐之，皇后裴满氏也赐有礼物。金熙宗素与皇后不和，得知她也送了礼物，勃然大怒，杖责大兴国一百下，并追回了所赐礼物。完颜亮得知金熙宗因自己与皇后有交往而动怒，甚为不安。

不久，金国京城突然狂风大作，暴雨倾盆，雷电震坏了宫殿房顶上的装饰物鸱尾，接着金熙宗寝殿中发生了火灾，帏幔被烧，幸好金熙宗趋走别殿，才未被烧伤。当时利州（今辽宁喀喇沁左翼蒙古族自治县）正遭遇大风，民居、官舍皆被毁坏，瓦木、人畜被刮到数十里外，死伤数百人。金熙宗认为这些天变正是对自己执政无方的示警，便命翰林学士张钧下罪己诏，以答天戒。张钧所拟文中有“惟德弗类，上干天戒”和“顾兹寡昧，眇予小子”等语，这本是历代天子罪己诏中常用之语，但参知政事萧肄平日与张钧矛盾甚深，便上奏说：张钧借起草罪己诏之机咒骂陛下。按字面解释，“弗类”是无道，“寡”是孤独无亲，“昧”是不晓人事，“眇”是目无所见，“小子”是婴孩之称。金熙宗听后大怒，命卫士拖张钧下殿，杖笞一百下。当时张钧气息微弱，但还未死去，金熙宗仍不解气，手持宝剑刺张钧之口，张钧终于三魂渺渺，七魄幽幽，向泉台报到去了。金熙宗余怒未息，大声问张钧写出如此文字，背后是何人指使。左丞相宗贤回答说是完颜亮指使。其实此事完颜亮并不知情，但他仍被以太保身份领行台尚书省事。行台尚书省是管理地区政务的机构，衙门设在汴京（今河南开封），这意味着完颜亮得离开朝廷，到地方任职了。

完颜亮赴任时途经中京，对同知留守萧裕说：我打算在河南建立位号，先定两河（河北、河东，今山西与河北中、南部一带），然后举兵北上，你应与各地猛安联络，助我一臂之力。萧裕凛遵照办。行至良乡时，金熙宗突然下旨召还，完颜亮完全摸不清金熙宗的意图，内心十分恐惧。及至回到京城，恢复了他的旧职，完颜亮心中的一块石头才算落地，但篡位的念头更急迫了。

皇统八年（1148），朝廷打算迁徙渤海人驻屯燕南，命平章政事秉德与左司郎中三合经办此事。近侍、渤海人高寿星亦在迁徙之列，他不愿前往，向皇后裴满氏哭诉。于是裴满氏故意激怒金熙宗，金熙宗一怒之下杖责秉德，杀死三合，高寿星得以不迁。秉德无辜受杖，愤恨不已，遂与驸马都尉、尚书左丞唐括辩，大理卿乌带等人密谋废黜天子，另立新君。皇统九年（1149）十一月，金熙宗因对皇后裴满氏屡屡干政甚为愠怒，下令将其杀死，还连带杀死了几个妃子。这种不分青红皂白的恣意屠杀，弄得人人自危，个个震栗，废黜天子几乎成了朝中大臣的一致意见，其中最积极者就是无辜被杖的秉德和他的同伙乌带、唐括辩。

乌带把此事告知了完颜亮。此时完颜亮任燕京（今北京）留守，不在上京（治会宁府，今黑龙江哈尔滨阿城区南白城），得知消息后，便潜回上京入唐括辩宅与众人商议废立之事。宫殿深杳，门禁森严，众人对如何进入宫殿一事踌躇不已。沉思片刻，唐括辩说：有一人可与同谋，就是金熙宗的贴身内侍兴国奴。此人贪财，如果送上一条好犀带，再加上完颜亮的照夜白马，必定能够为我所用。完颜亮又问唐括辩：废黜掉皇帝后，谁人可以继位？唐括辩说：胙王常胜是合适人选。完颜亮又问：如果胙王不能继位，其次是何人？唐括辩说邓王子阿楞。完颜亮说：阿楞非金太祖阿骨打直系，关系疏远，怎能继位？唐括辩说：莫非你有意继位吗？完颜亮说："果不得已，舍我其谁！"（《金史·唐括辩传》）唐括辩所言的胙王常胜乃金熙宗之弟，其时太子未立，常胜颇有人望，有继位之可能。适逢发生兵变，为首者自称皇弟。完颜亮便趁机上奏，诬告常胜乃这次兵变的主谋。金熙宗大怒，将常胜处死。完颜亮略施小计，除掉了竞争对手，心中非常高兴。

皇统九年十二月九日夜晚，代国公主为母亲裴满氏做佛事，宿于佛寺中，完颜亮、乌带、唐括辩等人决定当晚动手。二更时分，被完颜亮收买的兴国奴已窃得符牌，矫诏打开宫门，把完颜亮、唐括辩一伙引入宫内。把守宫门的卫士见是驸马唐括辩到来，毫不怀疑，未加阻拦。唐括辩等行至寝殿门前，卫士发觉有疑，欲上前拦阻，唐括辩等抽刀将其劫持。之前与完颜亮交好的护卫阿里出虎、忽土领着唐括辩等径直来到金熙宗面前，金熙宗大惊，忙去卧榻寻找用以防身的佩刀，不料佩刀早已被兴国奴藏匿别处。忽土、阿里出虎首先动手，完颜亮也上前补了一刀，金熙宗登时毙命，"血溅满其面与衣。帝崩，时年三十一"（《金史·熙宗本纪》）。完颜亮就这样用堂兄项上的人头铺平了通往天子宝座之路。

天不可无日，国不可无主。秉德表示，接下来立谁为帝，还须斟酌。忽土说："始者议立平章（指完颜亮，其是平章政事），今复何疑？"于是大家奉完颜亮入座，皆拜，称万岁。为了进一步剪除异己，他们谎称金熙宗要商议立皇后事，召大臣入宫。等大臣到齐后，他们不由分说，杀了可能不赞成完颜亮称帝的曹国王宗敏、左丞相宗贤。秉德、乌带、唐括辩等人沐猴而冠，一个个都封官晋爵，如愿以偿。完颜亮改皇统九年为天德元年，追封其父宗干为睿明皇帝，庙号德宗，降金熙宗为东昏王。

大开杀戒，诛戮无辜

完颜亮在血泊中黄袍加身，登上帝位，令许多人猝不及防，尤其皇室中不少人并不认可这位新天子。为巩固帝位，完颜亮大开杀戒，许多人惨遭杀戮，死于非命。

完颜亮之父完颜宗干虽是阿骨打长子，但系庶出，按照封建宗法制度，他的子孙不可能继承帝位，因此金太祖一系子孙中许多人对完颜亮登基不服；金太宗吴乞买乃阿骨打之弟，这一系子孙对完颜亮即位也颇有微词。为巩固好不容易得来的帝位，完颜亮决定清除这两系子孙。

宗敏乃完颜亮叔父，辈分既高，又有威望，完颜亮甚为忌惮，早想除掉他。弑君后召大臣入宫时，完颜亮特命葛王（即后来的金世宗完颜雍）召宗敏。宗敏疑惧不敢往，葛王说：叔父今日不往，明日如何相见？宗敏这才入宫。完颜亮虽欲杀之，仍犹豫不决。乌带说：“彼太祖子也，不杀之，众人必有异议，不如除之。”（《金史·太祖诸子·宗敏传》）完颜亮立即命忽土杀之。齐国王宗雄乃金康宗乌雅束的长子，金康宗与金太祖阿骨打是亲兄弟，均是金世祖劾里钵之子，乌雅束系阿骨打之兄。宗干是阿骨打之子，因此宗干与宗雄是堂兄弟。宗雄早死，按照女真习俗，宗干纳宗雄遗孀为侧室。但宗雄之妻与完颜亮不和，完颜亮即位后囚宗雄妻子于府署，杀其子及宗雄孙七人，弃其骨于水中。完颜宗弼乃阿骨打第四子，完颜亮即位前一年已病故，他的儿子完颜亨孔武有力，才勇绝人，颇受完颜亮猜忌。完颜亮不让他在朝任职，命他为真定（今河北正定）尹，中京、东京（今辽宁辽阳）留守，再改广宁（今辽宁北镇）尹，派人“伺察亨动静，且令构其罪状”（《金史·完颜亨传》）。完颜亨有个叫六斤的家奴，上告说完颜亨欲找机会刺杀完颜亮，结果完颜亨无罪被杀，他的两位妃子、儿子也同时毙命。至此金太祖一系已被诛戮殆尽。

完颜亮当宰相时，就猜忌金太宗诸子势大，即位后便与萧裕密谋，欲尽杀金太宗诸子，可惜一直找不到把柄。萧裕献计说：尚书省令史萧玉与金太宗之子宗本是莫逆之交，以萧玉之名上告宗本谋反，众人必信以为真。于是完颜亮使人召宗本击鞠，宗本与判大宗正事宗美（金太宗另一子）闻召赶到，被早已埋伏在这里的凶手杀死。宗本既死，萧裕召来萧玉，告诉他说：“主上以宗本诸人不可留，已诛之矣，欲加以反罪，令汝主告其事。今书汝告款已具，上即问汝，汝但言宗本辈反如状，勿复异词，恐祸及汝家也。”（《金史·太宗诸子·宗本传》）萧玉不得已，只得上奏说宗本谋反，一如萧裕所言。完颜亮大嘉，以宗本等谋反罪诏告天下。接着，他又杀东京留守宗懿、北京留守宗下，并下令迁益都尹宗哲、平阳尹宗禀、左宣徽使宗京等。讵料这些人在迁徙途中便被完颜亮派人杀死，无一人幸免，金太宗子孙七十余人全部罹难，此一系遂绝。

狡兔死，走狗烹，飞鸟尽，良弓藏。那些助纣为虐、帮助完颜亮登上帝位的人，下场也不美好。秉德系宗翰之孙，他在完颜亮即位后任左丞相，封萧王，赏赐甚多。但当初杀了金熙宗后，秉德未马上劝进，只是在忽土等奉完颜亮坐上皇帝宝座后才改口称万岁，完颜亮认为其心不诚，虽然对其加官晋爵，多有赏赐，但在除掉金太宗诸子的同时，也在打算除掉秉德了。秉德与乌带性格不合，不相往来。乌带知道完颜亮讨厌秉德，便诬告说：秉德与宗本谋反，臣找到了证据。原来秉德有一次在宗本家饮酒，海州（今辽宁海城）刺史子忠说秉德相貌酷似宋太祖赵匡胤，秉德不加辩驳，微笑着接受了这一番恭维。秉德从宗本家出来，两人分手时，秉德对宗本说历数有归，意思是宗本将来一定会当天子。完颜亮得知这件事后怒不可遏，当即命秉德离朝，赴汴京任行台尚书省事。秉德刚赴任所，完颜亮又派人在行台尚书省杀死秉德，还杀死了秉德之弟特里等，宗翰子孙“死者三十余人，宗翰之后遂绝”（《金史·秉德传》）。

唐括辩在完颜亮即位后，被任命为尚书右丞相兼中书令，封王，又进升为左丞相，赏赐甚多，更赐有铁券，犯法可以免死。唐括辩曾对完颜亮说他家中的奴仆个个有才，可以重用，完颜亮对此话甚为反感，认为他是想挟天子以令诸侯。一次，完颜亮与唐括辩一起观看金太祖阿骨打画像，完颜亮指着画像说：太祖的眼与你的眼相似。唐括辩没有回答，但面露喜色。完颜亮表现平静，内心甚为愤怒，由此对唐括辩猜忌更甚。萧裕曾参与谋害宗本之事，又诬告说唐括辩也参与了宗本谋反案，完颜亮不由分说，派人把唐括辩杀死，那张免死铁券也未能挽救他的性命。

乌带帮助完颜亮篡位后，被任命为平章政事，封许国王，赏赐铁券及金钱、马、牛、羊等，可谓优宠有加。乌带之妻唐括氏生性淫荡，与完颜亮通奸，秉德曾对金熙宗言其事，乌带甚为忌恨。完颜亮即位后，乌带诬告秉德与宗本谋反，完颜亮诛杀宗本后，株连许多无辜之人，乌带却安然无恙。完颜亮诛杀秉德后，把其家产悉数赏赐给了乌带。一次乌带上朝，见天色晦暗，将有暴雨，以为完颜亮不会视朝，遂下殿而去，其他文武百官也随着散去。过了不久，完颜亮升朝，见殿上空无一人，询问之下，得知乌带率百官出朝，恼怒不已，遂贬他出朝，任崇义军节度使，又令转告乌带之妻唐括氏，如能杀死乌带，许立为皇后。唐括氏后来果然杀了乌带，完颜亮纳唐括氏于宫中，封为贵妃。

阿里出虎自谓有拥立之功，骄恣不法，封为王后，视部下如奴隶，稍不如意便加棰楚辱骂。一次，他向卜者高鼎询问吉凶休咎，高鼎向他说了几句隐语，阿里出虎不解，拿着这几句隐语去问另一卜者张王乞，张王乞推算后说当有天命，即当天子的福分。阿里出虎大喜，把张王乞的话告诉了高鼎，高鼎马上报告给了完颜亮，于是“阿里出虎伏诛”，完颜亮“并杀其妻及王乞”（《金史·徒单阿里出虎传》）。

忽土又名仆散师恭，出身微贱，完颜亮之父宗干时常周济他，让他当宿卫队十人长。完颜亮即位后，忽土官职扶摇直上，任枢密使、右丞相。完颜亮迁都后赐忽土宅院，邻着完颜亮嫡母徒单太后所居的宁德宫。徒单氏是宗干正室，完颜亮的生身母亲大氏是侧室，完颜亮尊两人均为太后。忽土奉命征伐契丹，向徒单太后辞行，两人谈论甚久，徒单太后对完颜亮迁都及涉淮河伐宋表达了不满。徒单太后有一侍婢叫高福娘，因色美为完颜亮所幸，高福娘便将徒单太后的话报告给了完颜亮。完颜亮恐忽土将兵在外，太后或有异图，将来不好收拾，于是派人杀太后于宁德宫，又派人“自军中召师恭（即忽土）还，杀之”。

萧裕作为完颜亮的心腹，最终也没能逃过一劫。完颜亮迁都燕京后，以萧裕为右丞相兼中书令。萧裕志得意满，日益专横跋扈，势倾朝野，引起了其他大臣的不满，一时上告其擅权的奏章多如雪片。完颜亮起初不信，但又不好置之不理，遂封萧裕之弟和妹夫为高官，令他们离朝去地方任职，不久又任命弟弟完颜兖与萧裕共同为丞相。萧裕意识到完颜亮对自己已有猜忌，先后分权意在架空自己的势力，想到完颜亮生性多疑，动辄杀人，之前助其登上帝位者皆难有善终，与其坐等杀身之祸，不如拼一把，遂“与前真定尹萧冯家奴、前御史中丞萧招折、博州同知遥设、裕妹遏剌补谋立亡辽豫王延禧之孙”。谁料此事刚起，便东窗事发，完颜亮甚惊愕，未能尽信，亲自询问萧裕，萧裕说自己“大丈夫所为，事至此又岂可讳”，并表示“既犯如此罪逆，何面目见天下人，但愿绞死，以戒其余不忠者”。完颜亮不忍，以刀刺左臂，取血涂在萧裕脸上，哭着送其出门，杀之。至此，所有对完颜亮构成威胁，或者不是威胁但心存疑虑的人都被他芟刈净尽了。

迁都燕京，革故鼎新

金国初年没有城郭，百官星散而居，以所居住之地命名，皇帝所居之处称“皇帝寨”，宰相所居之处称“国相寨”，太子所居之处称“太子庄”。后来皇帝寨升格为会宁府，又建号上京。“城邑宫室，无异于中原。州县廨宇制度极粗，居民往来，车马杂沓，自前抵后，尽为出入之路，略无禁制。”（《辽史补注》卷 29）每年春节宫廷举行鞭打春牛活动，百姓成群结队聚集在宫殿旁边观看。百姓打官司，直接拦住皇帝倾诉，场面甚为混乱。而且上京偏在一隅，无法对广袤的中原地区进行有效管控，无论是金国的政治还是经济发展都受到制约。因此完颜亮即位后，想到了迁都。他广泛征求意见，下诏求直言，不少人认为“会宁僻在一隅，官难于转输，民艰于赴诉，宜徙居燕山，以应天地”（《三朝北盟会编》卷242引《正隆事迹》）。“燕山”也就是现在的北京，这一建议正中完颜亮之意。

一日，宫中举行宴会，完颜亮故意问宰相梁汉臣：朕栽种了200棵莲花，全都死去，这是何故？梁汉臣回答说：臣听说橘生在江南仍然是橘，生在江北就变成了枳，不是种橘人技术不行，是地理位置不同的缘故。“上都气寒，唯燕京地暖，可以栽莲。”（《大金国志·海陵炀王上》）两人说的是莲，其实指的是迁都一事。大臣萧玉则认为上京是兴旺发达之地，是国之根本，不能放弃。兵部侍郎何卜年也主张迁都，他说燕京地广土坚，车水马龙，人口众多，又是礼仪之邦，应早日迁都；而上京僻在一隅，终年黄沙扑面，不是帝王宜居之地。梁汉臣还提出了切实可行的迁都建议，即不可急于一时，应待工役修整宫苑后再迁都未迟。完颜亮听从了这个建议。

这次修筑燕京城，共动用了80万民夫、40万军匠，修建数年，死者无数。为了安抚女真贵族中那些反对迁都的守旧势力，完颜亮表示，虽迁都燕京，但上京亦不废，“两京一体，保宗社于万年”。天德五年（1153）三月，完颜亮在文武百官的簇拥下，抵达修缮一新的燕京城，以迁都诏告中外。他更改年号，以天德五年为贞元元年，并重新确定了五京：以燕京为中都，中京大定府为北京，渤海辽阳府为东京，山西大同府为西京，东京开封府为南京。完颜亮迁都燕京意义重大，这意味着金朝的政治中心南移，毗邻经济高度发达的中原地区，可以更好地吸收中原地区的先进文明与生产方式。这是女真族汉化的关键性一步，是完颜亮打击守旧势力、同守旧势力彻底决裂的一着妙棋。

完颜亮迁都燕京的同时，还有计划地把女真人的戚畹贵族、王公大臣迁入河北、山东等地，计口授田，让他们耕种自给。此举虽然招致了戚畹贵族的不满，但促进了汉人与女真人的民族融合，年深日久，迁入内地的女真人同汉人通婚，在语言、风俗习惯、宗教信仰、服饰上都和汉人毫无二致。完颜亮还把金太祖、金太宗的棺木迁于燕京附近的大房山。“金人旧无陵墓，自太宗晟以上，但葬于护国林，极草创。逮亮南徙，始令司天改卜于燕。岁余，乃得地于良乡县之西大洪山佛寺，徙太祖旻、太宗晟、德宗宗干于其中。”（《建炎以来系年要录》卷 167）为了表示不再返回上京的决心，完颜亮“命会宁府毁旧宫殿、诸大族第宅及储庆寺，仍夷其址而耕种之”（《金史·海陵本纪》）。拆毁上京旧日宫殿，辟其地为农田，如此大刀阔斧地改革，完颜亮可谓勇气可嘉！

选举制度的改革，也是完颜亮执政的一大亮点。金朝初年，随着攻占土地越来越多，官员的需求量也日益增加，因此便有了科举考试。金太宗下诏南方与北方各就其平日所习之业取士，称为“南北选”，分乡试、府试、会试三级。应试者先在本县本州赴乡试，然后南北选各以经义、词赋两科取士，再加策试。乡试第一名称“乡元”或“解元”，府试第一名称“府元”，会试第一名称“状元”。完颜亮在迁都燕京后，增设了殿试，即皇帝亲自取士，将选拔官员的大权控制在自己手中。凡乡试三人取一，府试四人取一。府试分六路：河北与燕京之人在大兴县（今北京西南），原辽朝之东北地区之人在会宁府，山后（今河北太行山北端、军都山以北地区）及河东（泛指山西）之人在大同，山东之人在东平，河南人在开封，关中考生在河中（今山西永济蒲州镇），总共录取500人。后来又罢经义、神童等科，只考试词赋、法律两科。

完颜亮虽然是杀人如麻的暴君，但他在改革刑法方面做了不少尝试。金朝初年有用沙袋压人致死的酷刑，金熙宗时被取消，完颜亮又取消了用木杖笞打犯人脊背之刑，“凡徒刑，止以荆决臀，为其近人心故也”（《建炎以来系年要录》卷164）。凡是徒刑（被罚服劳役）不用杖脊之刑，只用荆条打屁股，减轻了犯人的痛苦。徒刑分为五等，自5年至1年，都让犯人去服劳役，期满后予以释放。

大举攻宋，殒命江南

完颜亮自登基之日起，便以灭亡南宋、统一天下为己任，他说：“天下一家，然后可以为正统。”他与大臣张仲轲议论《汉书》时，颇有感慨地说：汉朝的封疆不过七八千里，而今我国幅员万里，可谓大矣。张仲轲连忙奉承说：我朝的疆域的确很大，但如今南边有宋，西边有夏，东边有高丽，若都能统一于陛下之手，号令天下，那才叫真正的大。完颜亮听后怦然心动，便产生了攻打南宋的念头。

要攻打南宋，就得大动干戈，而燕京距宋悬远，指挥不便，完颜亮想把京城迁往汴京。他先把吏部尚书李通等召来，故弄玄虚地说：

> 朕昨夕夜已三鼓，梦二青衣持牒称上帝宣朕，遂策小将军、腰弓矢，随彼而前。既行之次，但如踏空，转时到一门，青衣指之曰天门，朕随入焉。行一里之地，宫极严丽，朕欲纵马而入，前有二金甲，谓之曰："此非人间，可下马。"步趋及殿，垂帘如有待。一朱衣曰下拜而就跪，朕皆随之。但闻殿上语，如婴儿，令青衣持宣授朕曰："天策上将，令征某国。"（《三朝北盟会编》卷 242）

完颜亮讲述自己所做的一个荒诞的梦，末了还询问："岂非天假手于我令取江南也？"如此信口开河，就是为攻打南宋制造舆论。不久，完颜亮又召见吏部尚书李通、翰林承旨翟永固、宣徽使敬嗣晖、翰林直学士韩汝嘉四人，询问迁都汴京事宜。李通善于揣摩完颜亮之意，表示天时、人事不可失，应攻打南宋。翟永固则说：修燕京都城，费时数年，花费不少钱财，百姓负担沉重，如今疮痍未复，岂可再经营汴京？何况宋与我朝交好，每年都有岁贡，攻打宋朝，师出无名。敬嗣晖同意李通所言，韩汝嘉则赞同翟永固的意见。结果第二天李通便升为右丞，敬嗣晖升为参知政事，翟永固请求致仕，韩汝嘉从此不被重用。

贞元三年（1155），完颜亮派参知政事冯长宁修缮汴京宫室，不料刚刚竣工便遭遇大火，完颜亮大怒，杖杀了冯长宁，迁都之事只得暂缓。次年冬天，完颜亮又派左丞相张浩主持修复汴京宫殿，以梁汉臣为提举官，负责具体事宜，并下令修葺后的宫殿要和北宋的一模一样，不惜重金，务必焕然一新。此次修缮动用了两万民夫运送天下林木花石，说是修缮，其实是重建，北宋宫殿、台榭、柱石，甚至房顶上的瓦都弃而不用，墙壁上贴金，柱石换成了美玉，“运一木之费至二千万，牵一车之力至五百人。宫殿之饰，遍傅黄金而后间以五采，金屑飞空如落雪。一殿之费以亿万计，成而复毁，务极华丽”（《金史·海陵本纪》）。完颜亮如此挥霍，弄得国库空虚，民怨沸腾，他后来为部下所杀，不得善终，与此大有关系。

汴京宫殿修成后，正隆四年（1159），完颜亮派翰林侍讲学士施宜生为贺宋正旦使前往南宋，在随行人员中有一画工，受命描绘临安（今浙江杭州）的湖山、城郭。他归来后把这些图张贴在墙壁上，旁边又画上完颜亮策马立于吴山（在杭州市西湖东南）绝顶，一副踌躇满志之态。完颜亮亲自题诗说：

自古车书一混同，南人何事费车工？
提兵百万临江上，立马吴山第一峰。

这首诗表明了完颜亮决心灭掉南宋的野心。施宜生是福建邵武人，虽然在金朝为官，但还有眷恋故国之情，他知道完颜亮准备攻打南宋，而南宋却浑然不觉，于是指着天空对宋朝的接待人员说："今日北风甚劲。"还怕宋人未听明白话中含义，又拿笔扣在桌子上说："笔来，笔来！"（《金史·施宜生传》）这两句隐语明白无误地告诉宋朝，北方的金国势力强大，正虎视眈眈地要出兵攻打南宋，南宋这才警觉起来。随同施宜生入宋的金国副使也听出了弦外之意，回到金国后向完颜亮报告了此事，结果施宜生被烹杀。

正隆六年（1161）二月，完颜亮从中都出发，开始了他的迁都之旅，所过之处横征暴敛，禾稼一空。四月间他下诏百官先赴南京（今河南开封）理事，各部只留一人处理善后事宜；六月间一行抵达南京近郊。宋朝派使臣祝贺迁都，完颜亮派人止宋使于境上，谎称："朕始至此，比闻北方小警，欲复归中都，毋庸来贺。"（《金史纪事本末·海陵南侵》）他恐怕宋朝知其虚实，作应战准备，故作此语以麻痹对方。

据说完颜亮抵达南京后，一次携后妃及梁汉臣等人在新落成的宫苑内游览，忽闻一阵委婉细腻的歌声，循声走去，见一女子在唱歌作乐。女子叫李贵儿，她见天子到来，慌忙迎迓施礼。完颜亮问她所唱何曲，答曰宋人柳永所作《望海潮》。完颜亮饶有兴致地让她再唱一遍，那女子轻启朱唇，朗声唱道：

东南形胜，三吴都会，钱塘自古繁华。烟柳画桥，风帘翠幕，参差十万人家。云树绕堤沙。怒涛卷霜雪，天堑无涯。

市列珠玑，户盈罗绮，竞豪奢。

重湖叠巘清嘉。有三秋桂子，十里荷花。羌管弄晴，菱歌泛夜，嬉嬉钓叟莲娃。千骑拥高牙。乘醉听箫鼓，吟赏烟霞。异日图将好景，归去凤池夸。

此词乃孙何在杭州做官时，词人柳永赠之。词中写钱塘（今浙江杭州）是美景如画的大都会，人烟辐辏，昼夜笙歌，四时不断。完颜亮听得如痴如醉，遂起投鞭渡江之志。《大金国志》还记载，梁汉臣听完此词，极力夸赞说："此神仙词也。"少顷，皇后也至此与其一同饮酒作乐。汴京守将孔彦舟献上木樨一株讨好完颜亮，梁汉臣说此花产于江南。完颜亮问朝中大臣何人去过江南，梁汉臣说只有兵部尚书胡邻曾到，完颜亮当即把他召来，询问钱塘景色。胡邻答道："江南扬州琼花，润州（今江苏镇江）、金山（今江苏镇江西北）、平江（今江苏苏州）、姑苏（今江苏苏州）、钱塘、西湖，尤为天下美观。"（《大金国志·海陵炀王下》）完颜亮听了，大喜，决心尽快攻打南宋。

这年九月，完颜亮亲自率师自南京攻宋，此时距他迁都只有3个月。"时兵号百万，毡帐相望，钲鼓之声不绝，南方大震。"（《大金国志·海陵炀王下》）谁料螳螂捕蝉，黄雀在后，完颜亮刚刚兴兵攻宋，十月，东京留守、曹国公乌禄便在东京称帝，即金世宗完颜雍。完颜雍甫即位，便细数完颜亮弑皇太后徒单氏，杀太祖、太宗及宗翰与宗弼诸人子孙，毁上京宫室，杀宋天水郡王（即宋徽宗赵佶）等数十罪诏告天下。

完颜亮骑虎难下，只得继续南进，来至和州（今安徽和县），临江筑坛杀马祭天，想在采石（今安徽马鞍山市长江东岸）渡过长江，不料遭到宋军痛击，船只被击沉甚多，金兵败回长江北岸。完颜亮大怒，将逃回士兵全部处死。渡江不成，完颜亮返回和州，改道进兵扬州，将水师屯集于瓜洲渡（今江苏扬州瓜洲镇南），下令三日内渡过长江，渡不过则杀无赦。诸将认为南宋水师优于金人水师，如若开战，必败被杀，如果逃回，又会为完颜亮所杀。情急之下，有人提议，杀死完颜亮，与南宋议和，生命可保，众人异口同声赞同。完颜亮身边有只作护卫、从不打仗的侍卫兵，号称“细军”，要行刺完颜亮，必须调开细军。于是有人怂恿细军说：淮东女子、玉帛均已集中于泰州，我辈急欲渡江，无暇前往，汝等何不前往取之？细军士兵大喜，请求前往泰州，当即得到完颜亮批准。完颜亮又对威胜军统帅完颜元宜说：朕明日将亲自点验你所统之兵，如果人数缺少，定杀无赦。其时完颜元宜所统之兵已逃亡过半，明日阅兵必死，于是在当日夜晚与其子率军闯入完颜亮寝帐，将其杀死，完颜亮终年 40 岁。完颜雍把都城又迁回燕京，降完颜亮为海陵王，谥号“炀”。

真真假假费猜疑

——狸猫换太子的传说与真相

狸猫换太子是一则家喻户晓的民间传说，说的是宋真宗有李、刘二妃，宋真宗承诺谁诞下皇子，就立谁为正宫皇后。结果李妃生子，刘妃妒心大起，与都总管郭槐定计，用剥了皮的狸猫换出太子，命宫女寇珠用藤篮暗盛太子，扔在京城开封的金水桥下。但寇珠心地善良，不忍心戕害无辜生命，便把李妃所生之子送给了太监陈琳。陈琳为人正直，借为八贤王祝寿之名，把太子放入梳妆盒中，瞒过众人，径直送入南清宫，交八贤王抚养。不久，刘妃也生一子，但6岁时染病夭亡，宋真宗别无其他子嗣，便立八贤王抚养之子为太子，即宋仁宗赵祯。李妃因诞下“妖孽”，被打入冷宫。一日，太子过冷宫，见李妃花憔柳悴，起了恻隐之心，求母后刘皇后善待她。刘皇后顿生疑窦，叫来寇珠拷问，寇珠触槛身亡。刘皇后又奏李妃心怀怨望，应当惩治。宋真宗大怒，赐李妃七尺白绫自尽，幸有宫人搭救，将她暗暗送往陈州（今河南淮阳）居住。宋仁宗即位后，大臣包拯奉旨巡访四方，体察民情，途经陈州。李妃前来申冤，包拯得知实情，密报八贤王。八贤王询问陈琳，陈琳说是刘皇后与郭槐制造了这一桩冤案。其时刘皇后已死，包拯审讯郭槐，真相始大白于天下。最终郭槐被杀，宋仁宗母子相认，这桩公案圆满落幕。

编造这起离奇公案的是元朝无名氏的杂剧《金水桥陈琳抱妆盒》,但情节比较简单。后经清代艺人石玉昆在公案小说《三侠五义》中敷衍铺陈，添枝加叶，这桩公案便不胫而走，在民间广为流传。如今豫剧、曲剧、河南坠子中狸猫换太子的故事成了久演、久说不衰的节目，影视剧中也有宋真宗、刘皇后的身影。

刘皇后没有迫害李宸妃

狸猫换太子的故事中的寇珠、陈琳、郭槐都是历史上子虚乌有的人物。八贤王乃燕王赵元俨，是宋太宗之子、宋真宗之弟。宋太宗有九子，宋真宗排行第三，赵元俨排行第八，民间讹传为八贤王。他与狸猫换太子一事毫不相干，《三侠五义》一书把八贤王扯进来，不过是想增加点引人入胜的噱头而已。

刘皇后原是将门之后，先世家在太原，后来迁蜀，遂为蜀人。祖父、父亲都是武将，但到她出生时，已家道中落。她在襁褓中便成了孤儿，靠外祖母鞠育成人，10岁左右嫁给蜀人龚美。龚美是银匠，以锻银为业，携带刘氏来到了京师开封。那年刘氏15岁，出落得花容月貌。当时身为皇太子、开封尹的赵恒对其一见倾心，龚美当即割爱献出。但好景不长，太子的乳母把此事告知了宋太宗，宋太宗下令将刘氏逐出宫外。赵恒不得已，把刘氏安置在王宫指使张耆家中。

不久，宋太宗晏驾，赵恒继位，是为宋真宗。他把刘氏纳入宫中，封为美人。刘美人孤苦无依，没有宗族，宋真宗遂命她拜龚美为兄，龚美改姓刘。刘美人想认一高官为同宗，以抬高自己的身份，于是通过宋真宗找到权知开封府刘综，宋真宗启发他说："卿与后宫近属，已拟卿差遣，当知否？"刘综不敢攀龙附凤，据实回答："臣本是河中府人，出于孤寒，不曾有亲戚在宫内。"（《宋人轶事汇编》卷1）刘美人又找到权发遣开封府刘烨说："知卿名族，欲一见卿家谱，恐与吾同宗也。"刘烨战战兢兢地回答"不敢"。几天后刘美人再次问他，刘烨仍"无以对"（《皇朝编年纲目备要》卷9）。刘美人出身寒微，他日要正位中宫，母仪天下，出身是大问题，因此她颇在意此事。

刘美人在等待机会。景德四年（1007），郭皇后一病不起，中宫虚位，机会终于来了。刘美人一路升迁，先为修仪，又进位为德妃。此时宋真宗已是不惑之年，膝下尚无子嗣，他急于册封刘德妃为正宫皇后，好让她诞育龙种。参知政事赵安仁上疏反对说："刘德妃家世寒微，不如沈才人出于相门。"翰林学士李迪也屡上疏谏，"以章献（即刘皇后）起于寒微，不可母天下"。另一翰林学士杨亿拒不草拟立刘德妃为皇后的制书。但是宋真宗决心已定，二三大臣无力回天，刘德妃还是堂堂正正地当了皇后。

也是事有凑巧，就在刘皇后正位中宫之后，李宸妃产下一子，刘皇后便不动声色地抱为己有，让杨淑妃妥加看护。刘皇后既有子，她的皇后地位便稳如磐石了。李宸妃是杭州人，祖父、父亲都当过官阶低微的小官。李宸妃初入宫掖时给刘皇后当侍儿，侍候刘皇后起居。宋真宗一日偶过刘皇后处，见其明眸皓齿，风流玉立，当即召来侍寝。春风一度，珠胎暗结，生下一子。李宸妃当时还是一个婢女，地位低下，眼睁睁看着刘皇后抱走了自己的儿子，除了以泪洗面，只能默默无语。宋真宗念她侍寝有功，先封为才人，后来又进位婉仪，算是进入了嫔妃行列。即使身份有了变化，李宸妃仍然守口如瓶，不敢道出生子真相，免得惹来杀身之祸。宋真宗日理万机，政务丛脞，也无暇过问宫闱之事，还以为刘皇后真的产下了太子。朝中大臣有知情者，“但人畏太后（即刘皇后，宋仁宗即位后称太后），亦无敢言者。终太后世，仁宗不自知为（李宸）妃所出也”（《宋史・后妃・李宸妃传》）。

刘皇后自知夺人之子，于理有亏，便想方设法弥补这一缺憾。她派刘美、张怀德二人密访李宸妃有无亲属，如有，便召至朝中，给他一官半职。不久，事情就有了结果。原来李宸妃进入掖庭时才10余岁，父母亡故，只有一弟名李用和，时年7岁。当时临别时，李宸妃亲手织了一个刻丝鞶囊，挂在弟弟胸前，相约日后见面以此物为证。若干年后其弟长大成人，在一商贾家当佣工，他把鞶囊悬挂胸间，未尝须臾离身。一次他患痢疾，久治不愈，转为沉疴，被商贾弃于道路旁，幸遇一好心人收养于家。好心人看他衣衫褴褛，胸前挂一鞶囊，细加盘问，弟弟道出了事情本末。好心人“愁然惊异，盖尝受旨于（刘）太后，令物色访其弟也。复问其姓氏、小字、世系甚悉，遂解其囊。明日，持入示太后，及具道本末”（《东轩笔录》卷2）。刘皇后遂将此事上奏宋真宗，宋真宗授予李用和右班殿直的小官。宋仁宗即位后对李用和不次擢升，官至殿前都指挥使，领节钺，赠陇西郡王，世称李国舅。

由是可知，刘皇后非但无迫害李宸妃之事，反而因心存愧疚，对李宸妃家人多加照拂。

宋仁宗虽非刘皇后所生，但刘皇后视其如己出，呵护备至。“太后保护帝既尽力，而仁宗所以奉太后亦甚备。上春秋长，犹不知为宸妃所出，终太后之世无毫发间隙焉。”（《宋史·后妃·章献明肃刘皇后传》）这是说刘皇后与宋仁宗母子关系融洽，不曾有过龃龉。刘皇后不仅关心宋仁宗的生活，还遴选孙奭等耆宿硕儒为其讲解经史：“上在经筵，或左右瞻瞩，或足敲踏床，则奭拱立不讲，体貌必庄，上亦为竦然改听。”（《续资治通鉴长编》卷99）宋仁宗幼年读书，未免贪玩，孙奭讲课时，他或左顾右盼，或脚踢床板，孙奭便垂手拱立，不再讲课，宋仁宗这才竦然醒悟，潜心听课。尤其是刘皇后严格管束宋仁宗，不许他接近女色，免得弄坏身体。司马光大加赞扬说：“章献明肃太后保护仁宗皇帝，最为有法，自即位以来，未纳皇后以前，仁宗居处不离章献卧内，所以圣体充实，在位最为长久。章献于仁宗，此功最大。”（《续资治通鉴长编》卷 436）宋仁宗虽贵为天子，但在未纳皇后之前，仍不被允许单独居住，卧榻必须在刘皇后的视线内，免得他寻花问柳，伤害身体。历史上有不少帝王因沉湎女色而享年不永，宋仁宗却能在位 42 年，是宋朝在位时间最长的皇帝。宋仁宗治国时政治清明，天下太平，这与刘皇后的谆谆教诲大有关系。

刘皇后是治国有方的政治家

刘皇后不只尽心抚养宋仁宗，还是一个出色的政治家，史称“后性警悟，晓书史，闻朝廷事，能记其本末。真宗退朝，阅天下封奏，多至中夜，后皆预闻。宫闱事有问，辄傅引故实以对”（《宋史·后妃·章献明肃刘皇后传》）。刘皇后博闻强记，通晓经史，熟悉本朝掌故，宋真宗阅读奏章中遇到的疑难问题，刘皇后都能随手破解，表现出了过人的政治才干。尤其在天禧四年（1020）宋真宗“久疾居宫中，事多决于后”，刘皇后把朝中大事处理得井井有条，得到了朝野的认可。宰相说“皇后裁制于内，万务平允，四方向化”，宋真宗说“皇后所行，造次不违规矩，朕无忧也”（《续资治通鉴长编》卷 98），并非溢美之辞。

乾兴元年（1022）十月，在位 22 年的宋真宗赵恒崩逝，宋仁宗赵祯继位，遗诏尊皇后刘氏为皇太后，淑妃杨氏为皇太妃，军国事皆由皇太后裁决。从此她垂帘听政，称制长达 11 年之久，史称“太后称制，虽政出宫闱，而号令严明，恩威加天下”。北宋人邵伯温在《邵氏闻见录》中说：

> 本朝唯真宗咸平、景德间为盛，时北虏通和，兵革不用，家给人足。以洛中言之，民以车载酒食声乐，游于通衢，谓之棚车鼓笛。仁宗天圣、明道初尚如此，至宝元、康定间，元昊叛，西方用兵，天下稍多事，无复有此风矣。

邵伯温乃理学家邵雍之子，生于宋仁宗年间，家居洛阳，所记宋真宗、宋仁宗两朝事，翔实可信。他说咸平、景德年间兵革不兴，家给人足，洛阳百姓载歌载舞，游于街衢，至天圣、明道年间尚是如此。咸平、景德年间是刘皇后辅佐宋真宗执政时期，天圣、明道年间则是刘皇后垂帘听政时期，由此可见刘皇后的治国才能丝毫不逊色于北宋任何一位帝王。知河南府李迪曾强烈反对刘皇后垂帘听政，若干年后却被她的治国才干折服。两人有一段有趣的对话：

> 太后语迪曰："卿昔者不欲吾预国事，殆过矣。今日吾保养天子（指宋仁宗）至此，卿以为何如？"迪对曰："臣受先帝（指宋真宗）厚恩，今日见天子圣明，诚不知太后圣德乃至此。"（《续资治通鉴长编》卷108）

元人修《宋史》，对刘皇后大加赞扬："当天圣、明道间，天子富于春秋，母后称制，而内外肃然，纪纲具举，朝政亡大阙失。”（《宋史·段少连传》）《宋史·吕夷简传》说：“自仁宗初立，太后临朝十余年，天下晏然。”这些评价是恰当的。

刘皇后垂帘听政期间，在政治、经济、文化上均有建树。为防止外戚干政和裙带之风盛行，为宋仁宗选皇后时，她专门选了已故中书令郭崇的孙女，她说：“自古外戚之家，鲜能以富贵自保，故兹选于衰旧之门，庶免他日或挠圣政也。”（《续资治通鉴长编》卷102）自郭崇亡故，他的子孙官职低微，无法干预朝政，故娶其孙女为皇后。封建社会一人得道，鸡犬升天，戚畹贵族之家不管有无才能皆能升迁，寒微之家即使才能卓异，也只能屈沉下僚。刘皇后巧妙地遏止了这一弊端的产生。《默记》一书说：

> 章献太后（即刘皇后）智聪过人。其垂帘之时，一日，泣语大臣曰：“国家多难如此，向非宰执同心协力，何以至此。今山陵了毕（指安葬宋真宗），皇亲外戚各已迁转推恩，惟宰执臣寮亲戚无有恩泽。卿等可尽具子孙内外亲族姓名来，当例外一一尽数推恩。”宰执不悟，于是尽具三族亲戚姓名以奏闻。明肃得之，遂各画成图，粘之寝殿壁间。每有进拟，必先观图上，非两府亲戚姓名中所有者方除之。

刘皇后只是略施小计，那些宰执大臣便一个个入于彀中。他们把子孙及内外亲属的名字一一写在纸上，呈送刘皇后，刘皇后把名单画成图，贴在卧室的墙壁上，每当任命官员时，必先看图，图上有名字的一律不用。

宋仁宗时曾任枢密使的钱惟演系吴越王钱俶之子，他的妹妹嫁给了刘美，刘美是刘皇后之兄，这样钱惟演与刘皇后就有了姻亲关系。但他品质恶劣，奸臣丁谓权盛时，钱惟演刻意巴结，结为儿女亲家。丁谓排挤宰相寇準，他推波助澜，致使寇準被贬往雷州。后来丁谓获罪，他又上疏弹劾，以证自己清白。宰相冯拯恶其为人，上奏说："惟演以妹妻刘美，乃太后姻家，不可与机政，请出之。"（《宋史·钱惟演传》）刘皇后也认为钱惟演在朝不妥，改其为保大军节度使，知河阳（今河南孟州）。节度使乃武官高级虚衔，没实权，知河阳又比枢密使级别低了许多。钱惟演只得怏怏登程。一年之后，钱惟演回到朝中，打算凭借刘皇后姻亲关系当宰相。监察御史鞠咏上疏，历数钱惟演之恶行，并断言："今若遂以为相，必大失天下望。"（《宋史·鞠咏传》）于是刘皇后从善如流，没有任命钱惟演为宰相。

天圣年间外戚王蒙正之子王齐雄捶杀一个老兵，死者的妻子上告开封府说是病死，请求不验尸体。权知开封府程琳见妇人泪痕满面，知必有隐情，命人验尸，得知是捶杀而死，打算治王齐雄之罪，王齐雄搬来刘皇后说情。原来王蒙正是钱惟演儿子钱暧的岳父，与刘皇后有姻亲关系。刘皇后召来程琳说："齐雄非杀人者，乃其奴尝捶之耳。"程琳反对说："奴无自专理，且使令与己犯同。"我并非要独断专行，只是希望指使他人杀人与自己

犯罪等同。“太后默然，遂论如法。”（《续资治通鉴长编》卷110）

刘皇后此类事迹甚多。有人劝她学武则天君临天下，她说：“吾不作此负祖宗事。”（《宋史·后妃·章献明肃刘皇后传》）刘皇后是历史上有定评的女政治家，《三侠五义》一书加给她的莫须有的罪名应予澄清。

妥善处理李宸妃丧事

明道元年（1032），46岁的李宸妃进位为宸妃，谁料她不久便一病不起，香销玉殒。刘皇后打算以宫人之礼埋葬。宰相吕夷简得知此事，早朝时上奏说：臣以为丧礼宜从厚。正垂帘听政的刘皇后闻听此言非常生气，不等退朝，便拉着宋仁宗回宫。过了不久，她把吕夷简召来，问道：“一宫人死，相公云云，何与？”你身为宰相，宫人死这样的小事，你为什么要干预呢？吕夷简说：臣备位宰相，朝中大小事都应过问。刘皇后大怒，吕夷简从容说道：“陛下不以刘氏为念，臣不敢言；尚念刘氏也，丧礼宜从厚。”这时刘皇后才醒悟过来，若干年后，宋仁宗皇帝若得知刘皇后用宫人之礼埋葬其生身母亲，刘家岂不大祸临头？她焦急地问吕夷简该如何处置，吕夷简说：应该在皇仪殿治丧，太后您与天子在后苑发丧举哀，文武百官奉灵柩出西华门，用一品官的规格殡葬于洪福寺。您还要交代掌管宫廷事务的官员，要以太后服装殓李宸妃，要用水银实棺，一样都不能少，将来若出事，不要说我没交代过。刘皇后一一照办，给李宸妃办了个体面的葬礼。

埋葬李宸妃的第二年，65 岁的刘皇后也撒手尘寰。宋仁宗的叔父、燕王赵元俨上奏说："陛下李宸妃所生，妃死以非命。"（《邵氏闻见录》卷 8）宋仁宗得知真相，号啕大哭，数天未上朝视事，下哀痛之诏自责，尊李宸妃为皇太后，谥"章懿"。他派李宸妃之弟李用和开棺查验，见李宸妃容貌和生前一样，穿戴着皇太后的冠服，又因身旁有水银，尸体不坏。宋仁宗知道这一切都出于刘皇后的安排，感激不尽，从此对刘氏家族更加重用。吕夷简在历史上是毁多誉少的人物，但在处理李宸妃丧葬一事上是非常得体的。

千秋万岁名，寂寞身后事

——王安石的性格与人际关系

王安石是宋代著名的政治家、哲学家、文学家，是“唐宋八大家”之一。王安石变法是中国历史上的重大事件，他提出的“天变不足惧，祖宗不足法，人言不足恤”之说，体现了他敢于冲决罗网、勇往直前的进取精神，一直为后世所称道。其实，王安石不惟在变法上锐意进取，他的为人处世之道，亦多有可取之处。

三番五次辞官

王安石是宋神宗朝调和鼎鼐的宰相，但他从不汲汲于功名富贵，正如陆游在《老学庵笔记》中所说：“王荆公于富贵声色，略不动心。”南宋人赵善璙在《自警编》一书中也说：“金陵（指王安石）亦非常人，其粗行与老先生（指司马光）略同，其质朴俭素，终身好学，不以官职为意，是所同也。”

王安石自幼喜欢读书，能够过目不忘，“其属文动笔如飞，初若不经意，既成，见者皆服其精妙”（《宋史・王安石传》）。他的朋友，也是“唐宋八大家”之一的曾巩，曾拿着王安石的文章给大文豪欧阳修看，欧阳修以诗赠之曰：“翰林风月三千首，吏部文章二百年。老去自怜心尚在，后来谁与子争先？”王安石回答说：“它日若能窥孟子，终身何敢望韩公？”（《鸡肋编・欧阳文忠赠介甫诗》）欧阳修诗中的“吏部”指南朝的诗人谢朓，他在宋明帝时任尚书吏部郎，诗作名闻遐迩，沈约说：“二百年来无此诗也。”欧阳修把王安石比作谢朓，是对他的奖掖。不过王安石把“吏部”当作韩愈了，韩愈晚年官至吏部侍郎，人称“韩吏部”。

庆历三年（1043）御试进士，其时晏殊任枢密使，他的爱婿杨察的弟弟杨寘（zhì）参与了这次考试，杨寘让哥哥杨察通过晏殊打探消息。晏殊打听到杨寘榜上有名，名列第四。杨寘得知消息时正在酒肆与朋友饮酒，便以手击案说：不知哪个小子夺了我的头名状元。过了几天，天子呼名召见登第进士，考试官把状元的卷子呈递了上去，宋仁宗见卷子上有“孺子其朋”的句子，不高兴地说：此语犯忌讳，不可以魁天下。遂放在一边，而这张卷子正是王安石的试卷。挑来挑去，宋仁宗把第四名的杨寘改为状元，第一名的王安石改为了第四。此事朝野皆知，但王安石从未向人表白过自己曾经是状元。南宋人王铚的《默记》一书赞扬王安石说：“荆公平生未尝略语曾考中状元，其气量高大，视科第为何等事而增重耶！”

殿试后，宋仁宗命前十名的进士到晏殊家表示谢忱。晏殊等大家走后，只留下王安石一人在座，亲切地对他说：你和老夫乃同乡里之人，老夫久闻你德行纯正，文采出众，老夫备位执政，同乡里之人又进士及第，实在是莫大荣耀。一次饭后，晏殊又留王安石在座，对他说：你甚有才干，将来职位不会比老夫低，但我有两句话奉告：“能容于物，物亦容矣。”王安石不解其意，只唯唯诺诺答应。后来王安石罢相，同弟弟王安国谈及此事时说：“当时我大不以为然。我在政府，平生交友，人人与之为敌，不保其终。今日思之，不知晏公何以知之。”（《默记》卷中）

王安石考中进士后，被授淮南判官，即淮南府的幕僚，是个低级官职。按照宋朝的惯例，判官任期满后，可以献上自己的诗文以获得上级赏识，从而谋到馆职。宋代设史馆、昭文馆、集贤院，总称“三馆”，都在崇文院内。“三馆”设有直馆、直阁、编修、检讨、校勘等官职，不是满腹经纶的饱学之士，很难进入“三馆”。馆职一向是文臣向往的清贵之职，一旦进入馆阁任职，在天子辇毂之下，升迁的机会更多。以王安石的才能，谋求馆职可说是轻而易举，他却拒不求试，未把功名富贵放在心上。

朝廷见王安石不求试馆职，便调他知鄞县（今浙江宁波）。在鄞县任上，他兢兢业业，为民谋利。鄞县跨负江海，即使发大水，水也很快泻入江海，因此百姓无水患之扰。唐末至五代十国时期，钱镠统治浙江，曾设置营田吏卒，每年疏浚河道，百姓无亢旱之忧，每岁五谷丰登，丰衣足食。可惜后来干戈扰攘，营田废弃，官吏因循苟且，无所作为，导致鄞县连年旱灾。王安石知鄞县这年是丰收年成，他决定开河兴修水利，调集民工修筑堤堰，疏浚陂塘。他在给杜学士的信中说：

> 某为县于此，幸岁大穰，以为宜乘人之有余，及其暇时，大浚治川渠，使有所潴，可以无不足水之患。而无老壮稚少，亦皆惩旱之数，而幸今之有余力，闻之翕然，皆劝趋之，无敢爱力。夫小人可与乐成，难与虑始。诚有大利，犹将强之。况其所愿欲哉。（《临川先生文集·上杜学士言开河书》）

乘五谷丰登、人有闲暇之时，兴修水利，储蓄水源，这样就不怕旱灾了。因不在农忙时节，百姓也乐于参加，成效很快便可见到。王安石此举实在高明。在兴修水利的同时，王安石还在每年青黄不接时把谷物贷给百姓，以解百姓燃眉之急；又开办学校，让偏僻乡村的儿童入学读书；还严格保甲制度，给百姓创造夜不闭户、路不拾遗的良好风气。一个小小县令做出如此成绩，朝中大臣刮目相看，王安石的名声也不胫而走，传播远近。鄞县任满之后，王安石因政绩卓著，升任舒州（今安徽潜山）通判。通判俗称倅（cuì），是州的副长官，级别高于县令。王安石仍然恪守官箴，宵衣旰食，从不懈怠，离任时百姓又是一片赞扬之声。

皇祐年间，文彦博任宰相，得知王安石才干出众，遂向天子推荐，说其性格恬退，不慕荣禄，可以重用，为那些汲汲于升官的奔兢之徒做个榜样。宋仁宗对王安石大有好感，下诏让他再试馆职。孰料王安石仍然不肯应命，他在给欧阳修的信中道出了自己的苦衷：

> 某所以不愿试职者，向时则有婚嫁葬送之故，势不能久处京师。所图甫毕，而二兄一嫂，相继丧亡，于今窘迫之势，比之向时为甚。若万一幸被馆阁之选，则于法当留一年，借令朝廷怜悯，不及一年，即与之外任，则人之多言，亦甚可畏。若朝廷必复召试，某亦必以私急固辞。（《临川先生文集·上欧阳永叔书》）

王安石遭家庭变故，两兄一嫂相继丧亡，需要他回乡处理，但若当选馆职，势必留在京城任职一年，二者不能两全。如朝廷怜悯，让他提前到地方做官，这又必然引起其他人的闲言碎语，人言可畏。王安石所说不诬，但这只是他不愿试馆职的一个原因，更深层次的原因是他对如此遴选馆职有不同看法。他在给宋仁宗上的《论馆职札子二道》中说：我看到如今任命馆职人员，一次便达 10 人之多，此职本意是为公卿储备人才，但陛下欲遴选一个讲经筵的官，不知谁能胜任；想从中找一个谏官，也不知谁人合适；寻找一个监司官员，不知谁人允当。之所以如此，是因为陛下没有亲自测试他们的才干。《孟子》一书说，京城中的人都说此人贤能，然后进行观察，如果确有才能，再任用他。如今所任用的馆职人员，只是朝中一两个大臣说他有才能，并非举国之人都说他有才能。即使举国之人都说此人有才能，也必须亲自考察属实后再任用，岂能仅凭一两位大臣之说而下定论？臣恳请陛下考察众人都称此人才干出众、品德优良、他日可以做公卿的人，派他到三馆当祗候（宋代祗候分设于东、西上閤门，与閤门宣赞舍人并称閤职）。不过朝廷没有采纳王安石的建议，他也未去任馆职。

欧阳修见王安石未赴馆职，便推荐他当谏官，王安石又以祖母年迈，需要侍奉菽水，辞而不就。欧阳修再荐他任群牧判官（群牧判官是群牧司下属官员，掌管全国马匹饲养事务），王安石本也辞而不受，经欧阳修反复劝谕，才接受任命。当时任馆阁校勘的沈康，见王安石当上了群牧判官，要求宰相陈执中也给自己群牧判官之职。陈执中教训他说：王安石屡辞召试，故朝廷优先给予差遣。朝廷设馆阁是为天下储备优秀人才，应当以道德为先，你如今也要争夺群牧判官一职，比起王安石来，你脸皮何其厚也。沈康受了陈执中一顿斥责，只得诺诺而退。

就任群牧判官不久，王安石恳求外补，改知常州，“由是名重天下，士大夫恨不识其面，朝廷尝欲就以美官，惟恐其不肯就也”（《自警篇·恬退》）。未几，他自常州徙任提点江东刑狱。嘉祐年间，朝廷命王安石任馆职、三司度支判官，他固辞不许；不久朝廷又命他修起居注，他上疏推辞。奏章连上了十余次，宋仁宗不准，下旨让小吏拿着敕令到三司授给王安石，王安石情急之下躲入厕所中，小吏只得把敕令放在公案上掉头而去。王安石马上又派人追赶上小吏，硬是把敕令退了回去。第二年朝廷重申前命，王安石又推辞了七八次才接受知制诰（为天子起草诏令）的任命，从此之后，他才不再辞官了。

王安石任知制诰期间，奉命纠察京城刑狱，看案件判得是否公平。有一次，有位少年得到了一只善斗的鹌鹑，甚是高兴。他的朋友看见了，喜欢不已，要求把鹌鹑送给他，鹌鹑乃少年心爱之物，自然不许。他的朋友自恃两人关系非同寻常，乘其不备，攘夺而去。少年恼羞成怒，追上朋友照着胸部猛踢几脚，谁料朋友当即倒地毙命。开封府按照杀人偿命的法律，判了少年死刑。王安石纠察这起案件时提出异议，按照法律条文，公开抢劫与偷盗窃取都是盗贼行为，朋友强抢鹌鹑而去正是盗贼行径，少年追赶并殴打是捕盗，虽然打死了人，也应判无罪。开封府不同意如此处理，上报大理寺裁断，又经审刑院复查，否决了王安石的意见。宋仁宗下旨曰："王安石放罪。"按旧制，放罪者需诣殿门谢罪。"介甫自言，我无罪，不谢。御史台及阁门累移牒趣（促）之，终不肯谢。台司因劾奏之，执政以其名重，遂不问，介甫亦竟不谢。"（《三朝名臣言行录·丞相荆国王文公》）凡认定的事，王安石都会坚定不移地走下去，不管外界有什么议论，他都毫不在意。审查鹌鹑一案让人看到了王安石的性格，王安石变法之所以能冲破层层阻挠与压力，与他的坚毅性格不无关系。

宋英宗即位后，屡次征召王安石赴京任职，王安石皆以母丧丁忧或有病为由推辞不赴。宋英宗不解，问辅臣：王安石历仕仁宗朝，累次召命，他都拒而不就，如今召他，他仍然不来，是真有病，还是要挟朝廷？大臣曾公亮回答说：王安石满腹经纶，应当重用，累次召用不至，必是因为疾病，他不会欺君罔上。大臣吴奎则说：王安石任知制诰奉命纠察刑狱时，就因少年抢鹌鹑失手杀人一事判断不当，有旨放罪，他不肯去殿门谢罪，认为宰相韩琦有意刁难，故不肯入朝。宋英宗听了这两种截然不同的答案后，沉思片刻，下诏王安石知江宁府（今江苏南京），朝中大臣都以为王安石必辞而不赴，但这一次他未再推辞，即日赴任。原来王安石当初在论立宋英宗为皇太子一事上与宰相韩琦意见不合，此时韩琦仍在任上，赴江宁正合其意。

王安石还未取得显赫地位时，未被朝中士大夫信服，只与韩、吕两家兄弟私交甚笃。“韩、吕，朝廷之世臣也，天下之士，不出于韩，即出于吕。”（《邵氏闻见录》卷3）韩绛与王安石同年登第，其弟韩维学术尤高，但不乐出仕，被大臣荐为馆职。吕公著字晦叔，与王安石也是同年进士。这三人争相称誉王安石于天子之前，王安石之名始为朝臣所知，一时硕彦明德之士如司马光者也与王安石相善。

宋神宗还是藩王时，韩维为他讲论经义，议论恢宏，鞭辟入里，宋神宗赞叹不已。韩维乘机说：此并非臣之见解，乃好友王安石的见解。宋神宗自此对王安石甚有好感，甫一即位便问韩维王安石今在何处，韩维回答说在江宁。宋神宗说：朕召之肯来吗？韩维说：王安石有经世济民之志，非是甘愿终老于林泉之人，陛下以礼召之，他岂能不来？宋神宗便欲令韩维写信表达皇帝的意愿，谁知韩维说："若是，则安石必不来。"宋神宗问何故，韩维接着说："安石平日每欲以道进退，若陛下始欲用之，而先使人以私书道意，安肯遽就？"（《石林燕语》卷7）后来韩维通过王安石之子王雱传达宋神宗之意，再由王雱转告王安石，王安石知宋神宗有意重用，自己有了展经纶、施抱负的机会，这便有了后来的变法。

熙宁三年（1070）冬，王安石由参知政事（副宰相）升任宰相，拜相之日文武百官登门拜贺者多达数百人，王安石以还未谢恩为由一概挡驾不见。其实他不喜欢这些俗不可耐的繁文缛节，只愿与《东轩笔录》一书的作者魏泰坐在家中西厢房中清谈。王安石沉思有顷，挥毫在窗户上写了两句诗："霜筠雪竹钟山寺，投老归欤寄此生。""筠"和"竹"都是指竹子，无论是霜天的竹还是雪天的竹，都一样傲然挺立，王安石就是金陵钟山寺的竹子，告老归乡后愿卜居钟山寺度过余生。后来王安石罢相后，果然在金陵城白门外筑第而居，不问世事。元丰年间，魏泰再次拜访王安石，两人同游钟山，又到法云寺小憩，在僧房中闲话时，魏泰道及当年王安石的两句诗，王安石只是微笑而已。

王安石第一次罢相后居住金陵，当时他并不颓唐，还写诗说："投老归来一幅巾，君恩犹许备藩臣。芙蓉堂上观秋水，聊与龟鱼作主人。""幅巾"者，不戴表示官品的帽子，只用幅巾束发，表示已是一介平民。王安石罢相，成了用幅巾束发的平民，因此有闲暇坐在芙蓉堂上观看池中的秋水，做池中龟鱼的主人。第二次罢相，王安石居住在金陵钟山，又写诗说："乞得胶胶扰扰身，钟山松竹绝埃尘。只将凫雁同为客，不与龟鱼作主人。"（《东轩笔录》卷6）摆脱了朝中纷扰缠身的事务，卜居钟山与松竹为伍，把凫雁当作客人，不再做池中龟鱼的主人。王安石在金陵悠哉陶然，潇洒出尘，多么逍遥自在，何尝有一点罢相的悲伤！

王安石几次拜相，又几次求去：熙宁三年任宰相，施行变法，因遭保守派强烈反对，于熙宁七年（1074）罢相，以观文殿大学士身份出知江宁府；熙宁八年（1075）复相，熙宁九年（1076）再罢相，出判江宁府。《东轩笔录》一书记载，王安石几次上疏求退，有练亨甫其人者，对御史中丞邓绾说：大人何不上奏天子，以特殊之礼对待宰相，这样便可挽留住他了。他所说的"特殊之礼"是指以王安石之子王雱为枢密使（掌管军队），任命王安石的几位弟弟为两制（知制诰，分内制、外制），侄子、女婿为馆职，京城内再赏赐宅第，这样一来，礼数就完备了。邓绾果如所言一一上奏给宋神宗。邓绾品质恶劣，官迷心窍，不惜阿谀奉承，当别人耻笑他时，他竟说"笑骂从汝，好官须我为之"，不知人间有羞耻事。宋神宗也知道邓绾上奏此事并非为王安石着想，而是为了援引同党，便只是颔首示意而已：

一日，荆公复于上前求去，上曰："卿勉为朕留，朕当一一如卿所欲，但未有一稳便第宅耳。”荆公骇曰：“臣有何欲，而何为赐第？”上笑而不答。翌日，荆公恳请其由，上出绾所上章，荆公即乞推劾。（《东轩笔录》卷6）

邓绾此举玷污了王安石的名声，因此王安石要求弹劾此人。于是宋神宗免了邓绾御史中丞之职，贬为知虢州（今河南灵宝）；练亨甫原为馆阁校勘，被贬为漳州推官。这两个想借为王安石求情之名而从中渔利的人，受到了应得的惩罚。宋代理学家谢良佐在《上蔡语录》一书中称赞王安石：“平生养得气完，为他不好做官职。”这里所说的“气”，是凛然正气，是大节不亏之气，是不汲汲于高官厚禄之气，是要为国家做一番事业之气。这实在是切中肯綮的评价！

生活俭朴、平易近人的宰相

王安石平日生活俭朴，从不奢靡，即使官居调和鼎鼐的宰相，依然不改本色。南宋初年人叶梦得在《石林燕语》一书中说：“王荆公性不善缘饰，经岁不洗沐，衣服虽弊，亦不浣濯。”王安石与吴仲卿同为群牧判官，韩维在馆阁任职，三人是莫逆之交，相约两个月到定力院沐浴一次。每次都是吴、韩两家轮流拿出一套新衣，让王安石更换，王安石出浴见新衣辄服之，亦不问所从来也。可见王安石对生活琐事向来不大关心。

王安石的第二个女儿嫁给蔡京之弟蔡卞，其时王安石已居高官，夫人吴氏钟爱女儿，妆奁务求丰厚，用昂贵的锦缎织成帐幔。这在当时乃非常奢靡之举，合卺之礼尚未举行，此事已传得沸沸扬扬，连宋神宗也知道了。一日，宋神宗问王安石：卿是大儒之家，嫁女儿用锦帐做嫁妆，是否过于奢侈？倘其他大臣也起而效尤，岂不坏了社会上勤俭持家的风气？“介甫愕然无所对，归问之果然。乃舍之开宝寺福胜阁下为佛帐，明日再对，惶惧谢罪而已。”（《宋人轶事汇编》卷10）原来王安石起初并不知此事，等他知道了，便把帐幔捐给了京城中开宝寺福胜阁做佛帐，并向天子谢罪。王安石平日里“友爱诸弟，俸禄入家，数日辄无，为诸弟所费用，家道屡空，一不问”（《邵氏闻见录》卷11）。堂堂宰相，俸禄不薄，却家道屡空，王安石竟从不过问，可见他是真的不把金钱之事放在心上，也绝非生活奢靡之人。

封建社会中达官显贵莫不妻妾成群，王安石却是个例外，除妻子吴氏外，他没有纳妾，也没有其他风流韵事。王安石在任知制诰时，夫人吴氏为他买来一妾，要她侍奉巾栉，事先未对王安石说。当那名女子来到王安石身边时，王安石问：你是哪里来的女子？女子回答：是夫人命我来伺候大人的。王安石又问：你是哪里人氏？如何来到我家？女子不禁泪眼婆娑，哽咽着说：小女子的丈夫是军队中的将领，因运送稻米时船只沉没，朝廷责令赔偿，可家产尽没，仍不足赔偿，无奈，只得卖小女子抵偿。王安石听了，不觉起了恻隐之心，不仅替她偿清了债务，还赐以银钱，使得他们夫妇破镜重圆。

王安石即使身居高官，依然衣着简朴，与平常人毫无二致，以致旁人常以为他只是寻常百姓。《默记》一书记载，王安石知制诰时因母亲去世在家服丧，因哀毁过甚，不在卧室睡觉，只在厅堂地上铺稿秸当床，卧寝于上。当时一个姓潘的人，有要事须与王安石商量，派人至家中送信。送信人到了厅上，见一人席地而坐，衣衫不整，容颜憔悴，以为是王家仆人，便让他把书信送入内宅，交给王安石。王安石接过书信，正欲拆开阅读，送信人大怒说：这是送给王安石王舍人的书信，你一个仆人，怎敢擅自拆开？家人听闻厅中喧呼不止，忙走出告诉送信人，那个拆信的人就是舍人。送信人惶恐趋出，崇敬地说："好舍人！好舍人！"

王安石罢相后居金陵时，喜欢独骑出行。一日，他信步而行，见一群人谈经说史，便伫立静听。其中一人问道：老人家听懂我等谈论内容否？王安石笑答略懂一二。那人又问：请问尊姓大名？王安石徐徐回答说：老夫姓王，名安石。大家一听，知道遇见了大名鼎鼎的学者，一个个面面相觑，起身离去。

随遇而安、不讲排场、不飞扬跋扈构成了王安石低调为人的底色。他与宰相陈升之同朝共事甚久，王安石罢相后蛰居金陵，人皆不知；陈升之罢相后，以镇江军节度使判扬州（级别高的官员任较低官职称判），他的祖茔在润州（今江苏镇江），每年寒食节、十月一日，朝廷准许他在镇江、扬州两地扫墓省亲，届时两州官员迎送，旌旗招展，官员身穿新衣，肃立道路两旁。陈升之既与王安石有同僚之谊，镇江与金陵又近在咫尺，他便请求天子准许他前去看望王安石。陈升之调来几条豪华大船，首尾相衔，蔽江而下，又派人在舟中吆喝街上人让道，好不威风！王安石得知陈升之要来，坐着两人抬的鼠尾轿迎于江上。陈升之衣冠楚楚正坐在船上派人高喝，忽见王安石停轿于芦苇间等候，便令大船靠岸，大船体积太大，转动不便，回旋甚久，方才靠岸相见。陈升之"大惭，其归也，令罢舟中喝道"（《默记》卷中）。同是罢任宰相，一个铺张豪华，唯恐人不知，一个质朴低调，犹如乡村老叟，可谓高下立判！

还有一次，正值盛夏，王安石骑驴在钟山周围观赏山水风光，忽有提刑官李茂直前来拜见。王安石便下驴，与客人在路边攀谈，他坐在自带的"兀子"（凳子）上，李茂直则坐于胡床（一种可以折叠的轻便坐具，类似马扎）上，两人谈兴甚浓。中午时分，李茂直欲为王安石打伞，王安石摇头表示不必，全无宰相威严。

王安石虽闲居金陵，但他从不为此而戚戚。他养有驴子一头，每天吃过早饭，便骑驴至山间游览，疲倦时到山上的定林寺小憩，直至日落西山时返回，率以为常。钟山的百姓都知道这里住有一个好骑驴出行的老人，但不知姓甚名谁。一次有个叫王巩的人前来拜谒，交谈已毕，王巩刚退出门，见王安石乘驴而出。王巩上前问牵驴人：相公打算到何处去？牵驴人回答说：并无一定去处，若我在前就听我的，若我在后则听驴的，想停即停，或坐于松石之下，或到田野耕凿之家小憩，或入寺庙之中，"随行未尝无书，或乘而诵之，或憩而诵之”。又用布囊盛饼十几个，王安石吃罢，剩下的赏赐给牵驴人吃，若还有多余的，就让驴吃；“或田野间人持饭饮献者，亦为食之。盖初无定所，或数步复归，近于无心者也”（《宋稗类钞》卷4《志尚》）。罢相后的王安石闲适恬淡，潇洒自然，完全没有失意落魄的惆怅，真是雍容大度之人！

为国事结怨，没有私仇

《宋史·王安石传》说王安石心胸狭窄，睚眦必报，“吕公著、韩维，安石借以立声誉者也；欧阳修、文彦博，荐己者也；富弼、韩琦，用为侍从者也；司马光、范镇，交友之善者也：悉排斥不遗力”。此说非持平之论。王安石一生所做大事便是变法，只因变法触动了权贵者的利益，于是权贵者群起而攻之，王安石不得不起而应战，与不少人有了龃龉，他完全是因国事而结怨，没有私仇。宋神宗曾问司马光王安石是什么样的人，司马光回答：“人言安石奸邪，则毁之太过，但不晓事又执拗耳，此其实也。”（《自警编》卷7）大臣吕诲说王安石奸邪，司马光对宋神宗说：“诲于安石始参政事之时，已言安石为奸邪，谓其必败乱天下，臣以为安石止于不晓事与狠愎尔，不至如诲所言。”（《邵氏闻见录》卷11）在给吕公著的信中他又说：“介甫（王安石）无他，但执拗耳。”（《邵氏闻见录》卷12）这一评骘还是公允的。

王安石为相时，有个叫郭祥正的人知邵州武冈县（今属湖南），他上疏朝廷说天下大事应专听王安石擘画，凡朝中大臣有与王安石意见相左者，都应当贬谪。宋神宗未见过有如此上疏者，问王安石：卿认识此人吗？其才似可大用。王安石回答说：臣以前在江东任职时曾认识此人，他虽有才能，但品行不端，不知何人引荐，陛下竟也知道了此人。“上出其章以示荆公，荆公耻为小人所荐，因极口陈其不可用而止。”（《东轩笔录》卷6）郭祥正如此巴结王安石，并非真正赞成变法，而是想倚王安石为奥援，迅速升官。王安石洞悉此人品德恶劣，竭力劝天子不可重用，宋神宗便未再拔擢郭祥正，让他以本官致仕。还有个叫李师中的人，当过河东都转运使、秦凤路经略安抚使、知舒州等职。他平日议论与王安石不合，待王安石当了宰相，便想弥合这一裂痕。凑巧朝廷命他知舒州，而王安石也任过舒州通判，又被封为舒国公，他便在舒州建了一座傅岩亭，以此讨好王安石，还写了《巷议》十篇，说街谈巷议皆说变法之善，寄给王安石。李师中先前反对变法，如今又颂扬变法，分明是表里不一，王安石“薄其翻覆，尤不礼之”（《东轩笔录》卷6）。王安石磊磊落落，从不与蝇营狗苟之徒为伍。

王安石与韩琦相识甚早，庆历年间韩琦以资政殿学士身份知扬州时，王安石刚刚及第，任校书郎、签书判官厅事，两人政见多有不合。嘉祐年间，韩琦当宰相，王安石担任知制诰，两人又因对某些问题的见解不同而产生矛盾，特别是开封府断鹌鹑案一事，王安石对韩琦支持开封府甚为不满。及至王安石为相，韩琦对变法甚有异议，两人往来遂少。但王安石每评论宋代宰相，都对韩琦称赞不已：“韩公德量才智，心期高远，诸公皆莫及也。”韩琦逝世，王安石为他写挽词说：“心期自与众人殊，骨相知非浅丈夫。”又说：“幕府少年今白发，伤心无路送灵𫐐。”（《东轩笔录》卷 6）表达了深切的悼念之情。

曾任宰相的吕公著，与王安石同在馆阁任职，二人是莫逆之交，王安石以兄事之。王安石能言善辩，无人能折其锋芒，只有吕公著三言两语便能使其折服。王安石曾说：“晦叔为相，吾辈可以言仕矣。”（《宋史·吕公著传》）后来吕公著不赞成变法，两人始有矛盾，而王安石对吕公著仍非常尊重，在写给吕公著的信中说：“京师二年，鄙吝积于心，每不自胜。一诣长者，即废然而反。夫所谓德人之容使人之意消者，于晦叔得之矣。以安石之不肖，不得久从左右，以求于心而稍近于道。”又说：“师友之义，实有望于晦叔。”（《邵氏闻见录》卷 12）两人政见不同，但友谊长存。

王安石与司马光私交甚笃，尤其是司马光对王安石甚有好感。一次御史中丞吕诲要弹劾王安石，司马光惊讶地说：“王介甫素有学行，命下之日，众皆喜于得人。奈何论之？”（《邵氏闻见录》卷 10）当时王安石刚刚升为参知政事，设立了制置三司条例司准备变法，吕诲上书弹劾，显系有偏见，因此司马光才说朝野都说朝廷找到了贤臣，你为何要弹劾他。后来王安石因变法而升为宰相，司马光因反对变法而辞枢密使之职，“反复相辩论，三书而后绝。荆公知温公（司马光）长者，不修怨也”（《邵氏闻见录》

卷12）。虽然在变法问题上两人势同水火，但王安石知道司马光是忠厚之人，并未因此而与他结怨。王安石蛰居金陵时，“一日与门人山行，少憩松下，公忽回顾周穜（zhōng，周穜为王安石的门生）曰：‘司马十二（司马光），君子人也。’”（《宋人轶事汇编》卷10）司马光当了宰相，便废掉了王安石之法，王安石并未因此而仇恨司马光，仍然说他是君子。

欧阳修起初不认识王安石，经曾巩竭力推荐，才知王安石其人，但来往不多。后来王安石任群牧判官，欧阳修从知颍州（今安徽阜阳）任上还朝任翰林学士，始与其相识相知。后来他在任参知政事时，“荐可以为相者三人，同一札子，吕司空晦叔、司马温公与荆公也”（《避暑录话》卷上）。欧阳修也反对新法，因与王安石意见不合，他还一再请求致仕。欧阳修逝世后，王安石满怀深情地写了《祭欧阳文忠公文》，说欧阳修器质深厚，智识高远，学术精微，写出的文章豪健俊伟，怪巧瑰琦。就文章的内涵看，浩浩荡荡如大水充盈的江河，灿烂如日月的光辉。读他的文章，清音幽韵，如飘风急雨骤至，雄深恣肆，如轻车骏马之奔驰。尘世上的人，无论认识与否，读他的文章，便可知道他的为人。他还赞扬其人曰：“功名成就，不居而去。其出处进退，又庶乎英魄灵气，不随异物腐散，而长在乎箕山之侧，与颍水之湄。然天下之无贤不肖，且犹为涕泣而嘘唏。而况朝士大夫，平昔游从，又予心之所向慕而瞻依。”（《临川先生文集·祭欧阳文忠公文》）所谓“功名成就，不居而去”，是指欧阳修在功成名就之际溘然长逝。他逝世之后，无论是推崇他的人还是反对他的人，都涕泣感叹他的为人，王安石也“心之所向慕而瞻依”。

苏轼与王安石起初交无嫌隙，只因吕惠卿忌苏轼之才，屡屡在王安石面前诋毁苏轼，导致王苏两人不和。熙宁年间，王安石打算变更科举考试之法，苏轼认为此法行之已久，未见弊端，不必变更，惹得王安石不快；王安石设立制置三司条例司，议行新法，苏轼说祖宗以来都由三司管理财政，而今又另设制置三司条例司，指派六七个年少之人探讨富国之术，效果如同追捕大风，白白花掉国库大量银钱，王安石认为苏轼这是有意作梗，阻挠新法推行；大臣范镇上疏反对青苗法被强令致仕，苏轼安慰他说“公虽退而名益重矣”，此话传入王安石耳中，又增添了其对苏轼的反感。

“乌台诗案”后，苏轼被贬往黄州（今湖北黄冈），几年后，改为汝州团练副使。赴任途中，苏轼沿着长江东下，途经金陵北上，特地在金陵拜会了已经罢相蛰居于此的王安石。王安石身穿便服，悠闲地乘驴来至江边，苏轼下船相迎，双手抱拳打拱说：苏某今日以野服拜见大丞相，幸勿见怪！王安石笑笑说：礼岂为我辈设哉！苏轼又说自己无才，丞相当政不会重用，王安石以为其是要追究当年贬他出朝之事，脸色不禁大变。苏轼看出了他的尴尬，平静地说：此次见丞相，并非为了私事，愿说说国家大事。王安石一颗悬着的心放了下来，定了定神说：你试言之，我当洗耳恭听。苏轼说：大规模兴兵作战，多次捕人入狱，汉唐两朝均因此而亡，我朝祖宗以仁厚治天下，正应革除此弊，不再重蹈覆辙。但是如今朝廷对西夏用兵，连年不解；东南方数次兴大狱，牵连无辜甚多。丞相对此知之甚详，为什么缄口不言，不上疏谏诤？王安石伸出两个手指，一脸无奈地表示，此二事都是吕惠卿所为，与己无关，有道是不在其位，不谋其政。苏轼调侃道：丞相说得对，在朝则言，在外则不言，此乃侍奉君王的常礼。如今天子以非常之礼对待丞相，丞相也应该以非常之礼对待天子才是。王安石听了这番话便应允，他日一定将此事上达朝廷。停顿了片刻，他又小声说：今日之事出于安石之口，入于子瞻之耳，幸勿外泄。苏轼戏谑地说：今之君子，如果能减少半年磨勘，即使是杀人的事也敢干。王安石笑而不言。这一次短暂的相会，两人的矛盾涣然冰释。

有一次苏轼路过金陵，又去拜访王安石。王安石大病初愈，高兴地让苏轼朗诵最近的诗作，并书写一遍相赠，又朗诵了一首自己的作品，让苏轼书写回赠，同时相约他日苏轼卜居于此，以便时相过从。苏轼甚为感动，写诗说："骑驴渺渺入荒岐，想见先生未病时。劝我试求三径宅，从公已觉十年迟。"（《宋人轶事汇编》卷 10）

平心而论，王安石变法虽是为国家富强着想，但操之过急，用人不当，招致了不少怨怼。宋神宗对王安石信任有加，凡诋毁之言，皆不采信，"诸人辄溢恶，此人主所以不信，而天下之士至今疑之，以其言不公，故愈毁之，而愈不信也"（《自警编》

卷2）。正是有了宋神宗的支持，变法才得以在全国推广开来。司马光说王安石“用心过当，急于功利，小人得乘间而入，吕惠卿之流以此得志，后者慕之，争先相高，而天下病矣”（《自警编》卷8）。吕惠卿是奸邪小人，王安石却倚为左右手，他得势后便陷害王安石，王安石依靠这种人推行变法，不能不说是极大失误。大臣刘安世曾问王安石：你推行新法，关键岗位上所用之人，为何很多是不孚众望之人？王安石回答说：新法施行之初，那些守旧的大臣多持反对态度，只能起用有才能的新人，等到新法广泛推广之后，就把他们撤换，仍用老成持重者守之。刘安世说：此言差矣，君子难进易退，小人则易进难退，若是小人得志，岂能遽然退去？如若退去，必然反目成仇，他日定然后悔。刘安世的话不幸而言中。

王安石唯一后悔的事是信任了反复无常、阴险狡诈的吕惠卿，《宋史》把吕惠卿列入《奸臣传》，可说是恰到好处。吕惠卿是福建泉州人，进士及第后任真州（今江苏仪征）推官，期满回到京城时，见王安石，两人探讨《左传》《论语》《诗经》等书，见解契合，遂为王安石所赏识。王安石变法，设立制置三司条例司，命吕惠卿主其事，“事无大小必谋之，凡所建请章奏皆其笔”（《宋史·吕惠卿传》）。因得到王安石的信任，吕惠卿的官职也扶摇直上，由为天子讲说经史的天章阁侍讲到参知政事，只用了很短时间。

王安石罢相后，吕惠卿执掌朝政，恐王安石他日再获重用，多方诋毁，上疏攻讦王安石的隐私书信：一封说“无使齐年知”，所谓“齐年”者，同年生也，王安石与大臣冯京同年生，两人政见不合，王安石有些事不想让冯京知道；另一封书信中有“无使上知”字样，即有些事也要瞒着天子。宋神宗看了大怒。苏轼上疏指斥吕惠卿：“安石于惠卿有卵翼之恩，父师之义。方其求进则胶固为一，及势力相轧，化为敌仇，发其私书，不遗余力。犬彘之所不为，而惠卿为之。”（《宋史·吕惠卿传》）骂得真是痛快！吕惠卿陷害了王安石，又修书想与王安石和好，王安石回答说：我和你始则同心，后又分道扬镳，都是因为国事。当朝中大臣与我为仇时，只有你支持我，我心存感激。如今大臣们又攻你之短，我并未参与，想必你也不会怨我。接读来鸿，览之怅然。以前和你共事，我信任你，没有丝毫猜疑，今日我蛰居钟山，怎会因旧日恩怨而存芥蒂？你正值壮年，在当今圣世可大有作为，而我自己身体衰弱，只能老死于山林之间，我们两人既不能志同道合，相呴以湿，不如相忘了吧。吕惠卿给他带来了那么大的伤害，他也只是说相忘，不再来往而已，没有恶言相向。《邵氏闻见录》一书说：“王荆公晚年于钟山书院多写‘福建子’三字，盖恨为惠卿所陷，悔为惠卿所误也。”吕惠卿是福建人，王安石写“福建子”三字以抒发胸中郁闷不平之气，仅此而已。

流落天涯俱是客

——北宋覆亡后的赵氏家族

靖康元年（1126）闰十一月二十五日，金军攻陷了北宋京城开封，立国 166 年之久的北宋王朝覆亡，徽、钦二帝从“万国衣冠拜冕旒”的帝王一夜之间成了金人的阶下囚，在凄风苦雨中被押解北上，后来客死于异国他乡。城门失火，殃及池鱼，后妃与帝姬（原称公主，徽宗政和年间改称帝姬）也跟着沦落风尘，过起了以泪洗面的生活，境遇之惨，令人唏嘘！

精神与肉体的双重折磨

靖康二年（1127）三月，金军在掳掠了大量财富后返旆北归，徽、钦二帝被当作俘虏押解北上。凄风苦雨，长夜漫漫，天涯海角，山水迢递，徽、钦二帝从此开始了他们漂泊无定、以泪洗面的囚徒生涯。从此时起到建炎四年（1130）七月，短短 4 年时间中，徽、钦二帝辗转万里，栖迟无定，惶惶如丧家之犬，急急似漏网之鱼，由汴京（今河南开封）而燕京（今北京），由燕京而中京（今内蒙古自治区宁城西大明城），由中京而上京（今内蒙古巴林左旗南林东镇南古城），由上京而韩州（今辽宁昌图北八面城东南），由韩州而五国城（今黑龙江依兰），席不暇暖复登程，荒榛断梗苦楚多，忍辱偷生，俯仰由人，好不凄凉！金人视这些宋朝俘虏如草芥，宋徽宗眷属千余口，宋钦宗眷属百余口，日常生活费用浩大，但金人不按时发放粮食、衣物，致使这些宋朝俘虏一个个鸠形鹄面，骨瘦如柴，衣衫褴褛。

肉体上的折磨已深重，更让人感到耻辱的是精神上的摧残。建炎二年（1128）八月，当徽、钦父子1000余人栉风沐雨、长途跋涉抵达上京时，金太宗决定让徽、钦父子朝见祖庙，行献俘之礼，以此来羞辱宋朝君臣。金人逼着徽、钦父子脱去袍服，其他人皆袒露上身，身披羊裘，腰系毡条，入庙行牵羊之礼。在一片胡乐声中，金太宗亲手宰杀两只羊供入殿中，然后又逼迫徽、钦父子进入御寨，拜见金太宗于乾元殿。金太宗与皇后、诸王、郎君、大臣等骑马先行，接着是契丹乐，后面是5面白旗，上面分别写着“俘宋二帝”“俘宋二后”“俘叛奴赵构母妻”“俘宋诸王驸马”“俘宋两宫眷属”字样。宋朝俘虏一律金人装束，“宋帝后均帕头民服，外袭羊裘。诸王、驸马、妃嫔、王妃、帝姬、宗室妇女、奄（阉）人，均露上体，披羊裘”（《靖康稗史》之六《呻吟语》），跪听金人宣读诏书。金太宗封宋徽宗为昏德公，宋钦宗为重昏侯，他们父子虽然名义上是公侯，但仍是囚徒，且都带一个“昏”字，显然是有意侮辱。

建炎四年九月初五，即宋徽宗迁入五国城三天之后，郑皇后在颠沛流离中撒手而去，终年 52 岁。5 年之后的绍兴五年（1135）十月间，宋高宗之母韦贤妃从上京浣衣院获释，来到五国城与宋徽宗相聚。她被俘北上时 38 岁，徐娘半老，风韵犹存，如今荆钗布裙，花憔柳悴，与昔日已判若两人。她与宋徽宗于建炎二年十月劳燕分飞，天各一涯，度过了漫长的 7 年，直到这时才得相见，真是“从别后，忆相逢，几回魂梦与君同。今宵剩把银釭照，犹恐相逢是梦中”了。两个月之后，心力交瘁的宋徽宗病逝，终年 54 岁。绍兴二十六年（1156），宋钦宗因患风疾，殁于五国城，终年 57 岁。金人对宋朝天子、后妃刻薄寡恩，真是到了无以复加的程度！

亡宋宗室的悲惨遭遇

北宋覆亡后，金人在开封城中大肆搜索赵氏宗室，要求“解发尽绝，不许漏落一人”。开封府忙不迭派人捉拿，“大街小巷，无不周遍，如捕盗贼。每得宗室及家属，悉被拘监，饥饱不问，以待发遣出城”（《三朝北盟会编》卷 83）。所谓“发遣出城”，就是强行移送至金国当奴隶。《建炎以来系年要录》一书载：“金人来取宗室，（开封府）徐秉哲令坊巷五家为保，毋得藏匿。开封少尹夏承力争不听，添差少尹余大均主其事。前后凡得三千人，徐秉哲悉以使引押赴军前，当行者皆令衣袂相连属而往。济王（赵栩，徽宗子）之夫人曾氏避难他出，秉哲拘而捕之。”徐秉哲丧心病狂，甘心为虎作伥，搜得赵氏宗室3000余人，押赴金人营中，又恐这些宗室中途逃脱，把他们的衣服系在一起，使他们无法单独行动，甚至已经侥幸逃脱者也要搜索拘捕。徐秉哲的所作所为，狗彘不如!

宋徽宗一行由燕京迁往中京时，赵氏宗室“嗣濮王仲理等千八百余人尚在燕，金人计口给粮，监视严密，宗室之死者甚众”。宋徽宗一行由中京徙往上京时，“宗室三千余人……长途鞍马，风雨饥寒，死亡枕藉。妇稚不能骑者，沿途委弃。现存一千数百人，居甘露寺，十人九病”。宋徽宗一行由上京徙往韩州时，另一支宗室也迁到了韩州。《靖康稗史》一书记载：

> 宗室晋康郡王孝骞以下一千八百余人。自二帝离燕山后，日给粟一升，拘禁若囚卒。一岁之间，死者过半，濮王仲理亦薨。及是，转辗流徙，存者九百余人。虏酋令迁往韩州，给田四十五顷，种莳自给。

这些赵氏宗族平日里养尊处优，根本不懂稼穑之事，分给他们的又是贫瘠不毛之地，每年所收粮食不足果腹，没过多久，他们都在饥寒交迫中死去。金朝统治者对赵氏宗室的迫害无所不用其极，必欲置之死地而后快。今日读这些文字，仍使人惊悸不已。

帝姬成为金人的玩物

从开封陷落那一天起，宋朝的后妃与帝姬便交了厄运，稍有姿色者都成了金国达官显贵的玩物。最先蒙难的是宋徽宗第五女福金公主，后来改称茂德帝姬。当年她21岁，已嫁与宰相蔡京之子蔡鞗（tiáo）为妻。宋朝有个叫邓珪的宦官，此人品行不端，随宋军出战河北时被金人俘虏，便觍颜投降。为向金人献媚，他在金军统帅完颜宗望面前夸说茂德帝姬生得花容月貌，倾国倾城。宗望本是好色之徒，听邓珪述说，不觉垂涎三尺，便指名索要。因茂德帝姬已经出嫁，宋朝自然不允。邓珪给宗望出主意说，茂德帝姬是“干戾人蔡京媳，理宜发遣，迟则和议不成”。当时大奸臣蔡京因擅权误国被贬谪流放潭州（今湖南长沙），被称为“干戾人”，金人借口茂德帝姬是犯罪人儿媳必须献出，否则便不与宋朝签约和议，以此来要挟宋朝就范。宋钦宗希冀与金人达成一项和议，保住半壁江山，于是下手诏给开封府说：“比者金人已登京城，按甲议和，不使我民肝脑涂地。时事至此不获已，已许帝姬和亲，立大河为界。”（《靖康稗史》之四《南征录汇》）宋钦宗天真地以为，只要献出茂德帝姬，再以黄河为界，金人就会返旆退兵，还把金人强迫索要茂德帝姬美其名曰“和亲”。开封府把茂德帝姬送入宗望营中，茂德帝姬吓得“战栗无人色”，从此她成为宗望手中的玩物，后来死于金国。

第二个蒙难的是宋徽宗第六女洵德帝姬富金。当年她18岁，绮年玉貌，已嫁与田丕为妻。金人攻陷开封后，统帅宗翰、宗望设筵庆功，强迫徽、钦二帝及其后妃入席。酒酣耳热之际，宗望对宋徽宗说：我朝大将设也马看上了洵德帝姬，请你赏赐给他。宋徽宗立刻拒绝说：富金已经出嫁，中国最重廉耻，不似贵国毫无顾忌。宗翰拍案大怒说：我奉朝旨配俘虏，你一个亡国之君，岂能抗得住？命在座的金国将领各挑选两名宋朝妃子。宋徽宗忍无可忍，大声抗争说："上有天，下有地，人各有女媳。"宗翰不听他啰唆，将其赶了出去。郑皇后见侄媳还在堂下，怕被金人挟持，跪地向宗翰求情说：妾家从不参与朝政，请求放还侄媳。宗翰颔首表示同意，郑皇后的侄媳才得以安然离去。洵德帝姬终于没有逃脱魔掌，成了设也马的小妾。

金军统帅宗望好色，他的两个儿子也喜欢寻花问柳。《南渡录》一书载，宗望攻宋，他的儿子尚敷皂随行，若抢劫到宋朝女子，姿色平常者，"分与左右亲族，若皇族中及色美者，即赐与尚敷皂。皂有弟陆笃诜，年尚幼，每见女子，必就其父母求之。不与，又向尚敷皂求之。一日，伺皂醉，杀之，尽取其女子绝色者出奔"。《南征录汇》一书则说，陆笃诜年龄虽小，已官至守城千户，攻下开封城后，尚敷皂"守南薰门，踞大宅，淫及陆所掠女，陆杀兄遁。宗姬、宗妇十七人在所掠中，遂归寨"。陆笃诜为了劫夺宋朝有姿色的女子，竟杀死自己的哥哥，毫无人性可言。

宋朝后妃帝姬虽受侮辱，大多数人畏惧杀身之祸，只有忍气吞声，逆来顺受，但也有刚烈不屈者。一次宗望劫掠到宋朝后妃、帝姬 9 人，其中 8 人唯唯诺诺，俯首低眉，任凭宗望调戏，只有一人不从。宗望说：你是我用千锭金子买来的，何敢不从？妇人问：何人所卖？何人得金？宗望说：你家太上皇道君皇帝有令，用你们犒劳金国军人。妇人反驳说：谁下令犒劳军队，谁就自己去，我岂能受此侮辱？宗望说：你家太上皇有宫女数千人，均取自民间，金国看不上这些人，无须用她们犒劳金军。你虽贵为后妃，但宋朝已亡，你就是寻常百姓家妇女，按照惯例犒劳金军，也是你应尽的本分，更何况你是用金钱换来的，比你家太上皇白征民间女子，岂不更胜一筹？妃子愤而自刎。

从未浣衣的浣衣院

金人在北归途中，将徽、钦二帝及后妃、帝姬等作为俘虏分七批押解北上。宋高宗母亲韦贤妃、妻子邢妃，郓王赵楷（宋徽宗第二子）之妻朱妃及洵德、柔福两帝姬这一批俘虏由珍珠大王设也马、千户国禄、千户阿替纪押解。金人不准她们坐车，只能骑马。诸女未惯坐骑，纷纷坠马，欲速不前。

靖康二年四月初，这一行人与宝山大王押送的宋钦宗的朱皇后、朱慎妃、诸位女儿及惠福帝姬这一批俘虏在河南某地一座破庙中会合，继续一同北上。途中朱慎妃下车小解，千户国禄想乘机奸淫，朱慎妃奋力撑拒，得免。渡过黄河北行时，盖天大王完颜赛里见千户国禄与柔福帝姬同乘一马，怒而杀了千户国禄，弃尸于河。原来金将野利已为盖天大王聘定柔福帝姬，今见千户国禄拥抱柔福帝姬，遂杀以泄愤。四月十一日，韦贤妃、朱皇后、朱慎妃一行来到真定（今河北正定），那里的金人千户设宴款待珍珠大王与宝山大王。金人得知朱皇后、朱慎妃两人善于吟咏，便让其唱歌助兴。两人身为囚虏，愁眉泪睫，哪有心思唱歌，但金人不依，只得含泪作歌。朱皇后唱道：

> 昔居天上兮，珠宫玉阙。今居草莽兮，青衫泪湿。屈身辱志兮，恨难雪。归泉下兮，愁绝。

一阕未竟，已是泣不成声了。朱慎妃也唱道：

> 幼富贵兮绮罗裳，长入宫兮侍当阳。今委顿兮异乡。命不辰兮志不强。

朱慎妃述说自己的不幸遭遇，不禁悲从中来，唱着唱着，竟是“呜咽泪沾巾”了。（《靖康稗史》之五《青宫译语》）

在长途跋涉了两个多月之后，这年五月二十三日，韦贤妃一行被押解到了金国都城上京。征尘未洗，金朝皇帝便下了诏书：赐洵德帝姬，王妃徐圣英（宋徽宗子郓王赵材妻，时郓王已死），宫嫔杨调儿、陈文婉（此二人是宋钦宗妃子）侍候设也马郎君为妾；郡国夫人陈桃花、杨春莺、邢佛迷、曹大姑等人为奴婢。宋高宗赵构之母韦贤妃，郓王赵楷妃子朱凤英，宋高宗妃子邢秉懿、姜醉媚，柔福帝姬赵嬛嬛及亲王之女、宫嫔等多人被送入浣衣院。这个浣衣院并非浆洗衣服之地，实乃一座妓院，为金国戚畹贵族淫乐之所，用浣衣院作名，不过是掩人耳目而已。韦贤妃、柔福帝姬被送入此处，保持清白也不可能了。

最可怜的是沦为娼妓的妃子和宗姬（亲王、郡王之女）。金朝权贵将年轻且有姿色的宋朝女子据为己有，剩下那些年龄偏大或姿色稍差的女子，赏赐给最低层的官员谋克，也有分给殷实人家做小妾者，或者索性不管不问，任其自生自灭。这些女子衣食无着，生活拮据，大多沦为娼妓。“妇女分入大家，不顾名节，犹有生理。分给谋克以下，十人九娼，名节既丧，身命亦亡。邻居铁工，以八金买倡妇，实为亲王女孙。”（《靖康稗史》之六《呻吟语》）一个铁匠花 8 两白银买来一个娼妓，询问之下，竟是亲王孙女。沦落天涯，生死未卜，今日思之，犹使人洒一掬同情之泪！

宋徽宗之女嫁金人

宋徽宗之女嫁给金人者甚多，《金史 · 太宗本纪》载，天会八年（宋高宗建炎四年，1130）六月，“诏以昏德公六女为宗妇”。所谓“宗妇”，即金国皇帝宗室的妻子。此6人中有嘉德帝姬赵玉盘，被俘北上时 28 岁，宁福帝姬赵串珠，北上时 14 岁，其余 4 人名字不可考。金熙宗完颜亶于皇统元年（绍兴十一年，1141）封庆福帝姬为次妇、宁福帝姬为夫人、华福帝姬为帝姬；次年又封华福帝姬为次妇，荣德帝姬为夫人。同样是夫人，但她们和女真族夫人比起来，显然不可同日而语，金太宗、金熙宗、海陵王等人的后妃中，没有一个汉族女子列入《金史·后妃传》中。

金太宗既取宋徽宗的 6 个女儿为宗妇，便大发慈悲，赏给宋徽宗“缣绢十端”，并让他和儿子相见。宋徽宗感激涕零，连上两表，向金太宗叩谢。在第一表中他说：

伏念臣栖迟万里，黾勉四迁。顾齿发以俱衰，指川途而正邈。获居内地，罔间流言，得攀若木之枝，少慰桑榆之景。（《大金吊伐录·昏德公表》）

“指川途而正邈”，是说不知何时才能结束这种羁旅生活。“若木”，神话中指长在日入处的一种树木，这里比喻金太宗；“得攀若木之枝，少慰桑榆之景”，是希望在金太宗的庇护下，能有个安定的晚年。

在第二表中宋徽宗说：

窃以臣举家万指，流寓三年，每忧糊口之难，忽有联亲之喜。方虞季子（指战国时的苏秦）之敝，谁怜范叔之寒。

既冒宠荣，愈加惊悸。（《大金吊伐录·昏德公表》）

这是说，自己流寓数载，度日艰难，幸赖与金人结为婚姻，才得到了格外照顾。得到这十端缣绢不啻相当于穷愁潦倒、功名蹭蹬的苏秦忽然时来运转，登上了相位；不啻相当于行将冻毙街头的范雎得到了须贾的一领绨袍。陛下对臣的关怀，使人有受宠若惊之感！

绍兴元年（1131），宋徽宗嫁给金人的女儿中有两人生子，金太宗甚为高兴，赏赐徽、钦二帝每人白金10锭，又爱屋及乌，赐给两人“时服各两袭（套）”，宋徽宗又得呈上谢表，对金太宗吹捧一番。宋徽宗本就懦弱，国破家亡，一路北行早已吃尽了苦头，如今偏处北地，离自己相熟的环境与文明千里之遥，又在金人的淫威下苟且偷生，即便对于自己女儿的遭遇痛彻心扉，亦不敢表露。这些感谢、吹捧金主的上表，显然是违心之言，可悲可叹！

同是天涯沦落人

靖康二年五月，被押解北上的宋徽宗一行来到离燕京不远的某地。押解的金兵在馆驿中纵酒行乐，招来卖唱的女子侑酒助兴。宋徽宗本来心不在焉地坐在席上，忽瞥见一名胡妇携带女子数人入内，皆俊秀艳丽，或歌或舞或吹笛，或持酒劝客，金人也赏些金钱，但都装到了胡妇口袋中。少顷，金人持酒给宋徽宗，胡妇见状，命一吹横笛女子入室侑酒。那女子对着宋徽宗无语呜咽，吹笛不成曲调。宋徽宗从相貌上看出此女子是中原人，便问她是东京谁氏之女。那女子见胡妇走远，才自报家门说自己本是名门簪缨之后，“先嫁钦慈太后（宋神宗陈皇后，宋徽宗生母）侄孙，京城陷，被掳至此，卖与豪门做婢。遭主母诟挞，转鬻于此，俾在此日夕求酒食财物，若不及，即以棰楚随之”。如今是“孤客一身千里外，未知归日是何年”。一席话未完，已是泪水汍澜，滴湿衣襟了。宋徽宗听后不禁悲从中来，掩面哭泣，大有“同是天涯沦落人，相逢何必曾相识”的感慨。后来此女归宗翰为妾。降金的宋朝知太原府张孝纯曾在云中府（今山西大同）宗翰席上见过她，不胜悲悼，为之写词一首：

> 疏眉秀盼向春风，犹是宣和装束。贵气盈盈姿态巧，举止况非凡俗。宋室宗姬，秦王幼女，曾嫁钦慈族。干戈横荡，事随天地翻覆。一笑邂逅相逢，劝人饮酒，旋旋吹横竹。流落天涯俱是客，何必平生相熟。旧日荣华，如今憔悴，付与杯中渌。兴亡休问，为伊且尽船玉。（《坚瓠集》5集卷3《燕京酒肆》）

这首词进一步讲述了这个女子与宋徽宗相遇的经历，她眉清目秀，举止娴雅，不同流俗，尽管到了金国，仍旧是宋朝装束，流露出贵族气质。她在这里与宋徽宗萍水相逢，一边劝人饮酒，一边吹横竹（竹笛，吹时笛子横陈，故称横竹），往日享不尽的荣华富贵，都成了镜花水月。看这女子风鬟雾鬓，满脸憔悴，宋徽宗想安慰她几句，但千言万语不知该从何处说起。唉，一切都不必说了，国家的兴亡也不必问了，还是为她“且尽船玉”（玉制形状如船的酒杯，这里指酒），借酒浇愁吧！

韦贤妃之谜

韦贤妃，开封人，宋徽宗妃子，宋高宗赵构生母。初入宫时为侍御，由郡君、婕妤迁为婉容。宋高宗为藩王时出使金营谈判，宋徽宗又封她为龙德宫贤妃，故称韦贤妃。北宋灭亡后，她被编在北上俘虏中的第二批，长途跋涉了近两个月之久，才到达上京，与郓王之妃朱凤英，宋高宗之妃邢秉懿、姜醉媚，柔福帝姬及宫嫔朱淑媛等 300 人至“浣衣院居住”。前文已经说明，浣衣院并不主洗衣之事，实乃一座变相妓院，凡入此院者，不可能入淤泥而不染，保持清白之身。韦贤妃既入浣衣院，也不能幸免。《靖康稗史》之六《呻吟语》说：“韦后北狩年近五十，再嫁虏酋，宁有此理？虏酋舍少年帝姬，取五旬老妇，亦宁出此？”韦贤妃已年近 50 岁，金人嫌她年老，不会看上她。她也有自己的人格，不会别抱琵琶，再嫁金人。《呻吟语》的作者是北宋随宋徽宗北上之人，姓名不详，他写书时为宋人回护，自在情理之中。但如果仔细捋扯，此说破绽甚多，值得推敲。

首先，说说韦贤妃的年龄。《宋史·后妃·韦贤妃传》说，绍兴“十九年（1149），太后年七十”。她被俘北上是靖康二年，由此推算，她北上时48岁。而《靖康稗史》之三《开封府状》则说“韦贤妃，三十八岁”，两者相差10岁。究竟谁说的可以凭信？《开封府状》一书是金人占领北宋京城开封时，强行索要宋朝后妃、王子、帝姬、宗姬、驸马等人名单及宋廷需交付的犒军金银的条目记录，因是开封府根据金人的要求开列的名单，故名《开封府状》。这是一份其他书籍未曾收录的原始文件，其可信度之高，非其他书籍可以比拟。书中说韦贤妃38岁，当可凭信。开封府没有必要造假，也不敢造假。《宋史》是元人利用旧有宋朝国史编纂而成，中华书局在1976年《宋史》的出版说明中说：“《宋史》修撰者只重道学，文字不加修饰，史料剪裁、史实考订、全书体例等方面也存在许多缺点，使它在二十四史中又有繁芜杂乱之称。”《宋史》既然是利用旧有宋朝国史编纂，有关韦贤妃的事可能已被史臣篡改，因为韦贤妃的儿子赵构成了南宋皇帝，堂堂皇帝之母曾被金人奸污，皇帝还有何颜面立于朝堂？这虽然也是蠡测，但相信离事实不会太远。

其次，再看与韦贤妃同入浣衣院诸人的年龄。据《开封府状》统计，郓王妃朱凤英乃郓王继妃，17岁；康王妃邢秉懿22岁；柔福帝姬17岁；姜醉媚又称姜郡君，17岁；朱淑媛又称朱内宰，21岁；其余人虽未查出年龄，但与以上几人相差不会太远。浣衣院既是供金人戚畹贵族淫乐的机构，进入的当然都是年轻貌美之人，倘若韦贤妃真是48岁，恐怕不会被金人选中。若说韦贤妃38岁，徐娘半老，风韵犹存，金人肯定不会放过她。韦贤妃既进了浣衣院，证明她38岁的可能性最大。

再次，从金人的记载看，韦贤妃已经失身。凡入浣衣院之宋朝女性，鲜有不被奸污者。《呻吟语》一书载，绍兴元年，"自俘宋女入浣衣院，王子得乘其间，怂恿献俘，取三百人入院。兀术既败，怒取十人入宫。自此，浣院日空，宫院日盛"。据此可知，金人有权势的王室成员，可任意挑选浣衣院的女子玩乐。兀术侵宋被岳飞打败，回国后从浣衣院取走10人。由于金朝统治者不断挑选，"浣院日空，宫院日盛"。

《呻吟语》所载"韦后北狩年近五十"之语下面有双行夹注说："国钧按，据《开封府状》，韦后北行时，实三十八岁，此云年近五十，误。在洗衣院忍辱偷生者人人皆然，非如朱后之水死，谁能洁身？正不必辩也。"这里提到的朱皇后，乃宋钦宗皇后，因不堪凌辱而自缢，被人救出后，又溺水身亡，宋朝后妃中，刚烈不屈、以死抗争者仅此一人。金太宗因此下诏旌表："赵□（桓）妻朱氏，怀清履洁，得一以贞。众醉独醒，不屈其节。永垂轸恤，宜予嘉名，可封为靖康郡贞节夫人。"韦贤妃忍辱偷生，没有抗争，只有随波逐流，像柔福帝姬、邢秉懿一样，供金人玩弄生子了。

最后，从野史记载看。托名为辛弃疾写的《窃愤续录》记载，绍兴十年（1140），宋钦宗被羁押在北京（即上京，1138年改为北京）

一寺中，一日，他偶然“于壁隙中遥见韦妃同一官长潜行，从傍有一人抱三四岁小儿，皆胡服，每呼韦妃为阿母，于是帝知韦妃已为盖天大王妻也”。辛弃疾没有写过《窃愤续录》，这本书实系伪托之书，但说韦贤妃失身于盖天大王一事，必定是当时此事已传得沸沸扬扬，才被人写入书中的。辛弃疾名声很大，佚名作者为使该书广为流传，盗用了辛弃疾的名字。把这则记载与金太宗的诏书放在一起阅读，可知韦贤妃失身于盖天大王并为他生子，是不争的事实，没有必要再为她隐讳。北方少数民族风俗与中原不同，不甚强调老幼之别，更何况韦贤妃 38 岁，算不上老，金人中那些达官显贵多有妻室，强娶宋朝女子，即以妾媵蓄之，孤苦无依的韦贤妃自然难逃厄运，虽有白圭之玷，也颇值得同情。

真假帝姬之谜

柔福帝姬小名多富，又名嬛嬛，乃宋徽宗之女，初封柔福公主，政和年间改称柔福帝姬。她锦衣纨绔，饫甘餍肥，在宫中度过了无忧无虑的童年。倘若没有兵燹发生，她肯定会嫁给达官显宦，在富贵乡中终老其身的。但是金兵入侵，她被俘北上，在饱经磨难之后，悄然死于北方边陲，待宋高宗即位之后，金人才归还了她的尸骨。

靖康二年五月，柔福帝姬等人抵达金国首都上京，她和宋高宗的母亲韦贤妃一起，被分配到浣衣院。岁月不居，时光如流，转眼到了绍兴五年，柔福帝姬芳龄25岁，在金国已度过了8个春秋，当初她亭亭玉立，花容月貌，经过几年的摧残折磨，已是风鬟雾鬓，蓬首垢面，往事真是不堪回首了。和她同入浣衣院的后妃、帝姬，有的被金人强占为妾，有的不堪凌辱，死在荒裔异域，她却顽强地活了下来。就在这年十月，她和韦贤妃被从浣衣院放出，抬为良家子，也就是恢复了自由之身。正当她额手称庆之际，厄运又一次不期而至，盖天大王完颜宗贤看上了她，强逼她为小妾，她一个柔弱女子哪敢不从！这真是才离虎穴，又入龙潭。盖天大王始乱之，终弃之，玩弄够了，又弃之如敝屣，把她一脚踢开。柔福帝姬后来结识了随宋徽宗北迁的宋朝官员徐还，两人沦落天涯，同病相怜，便结成了夫妻。不幸的是，绍兴十一年，柔福帝姬突然婴疾，医治无效，终于香消玉殒，撒手而去，时年31岁。

柔福帝姬既死，竟有好事之徒冒名顶替她，骗过了宋高宗，白享了十几年富贵，这个人就是开封乾名寺的尼姑法静。当时宋金交恶，兵荒马乱，山水辽阔，音信阻隔，给法静冒充柔福帝姬提供了机会。法静原是开封人，自幼出家为尼，靖康之变时，她也被金人掠入军中，在那里认识了一起被掠为俘的宫娥张喜儿。张喜儿说法静相貌酷似柔福帝姬，法静便仔细询问柔福帝姬的下落，得知她已被押解北上，现在生死未卜，不禁心生一念，倘若冒充柔福帝姬，真假自然无从对证，这一桩富贵岂不是从天而降？但是自己对宫廷情况全然不知，一旦露了马脚，颈上的人头就难以保全了。不过宋高宗四处奔波，席不暇暖，未必会纠缠这些琐事。况且柔福帝姬与宋高宗虽系兄妹，但宋高宗之母是韦贤妃，柔福帝姬之母是懿肃贵妃，宋徽宗儿女众多，平常不生活在一起，彼此并不熟悉，只要能打听一些宫廷琐事，便可天衣无缝、万无一失了。

建炎二年，法静从金军中逃脱，回到了南宋。她四处宣扬自己是柔福帝姬，刚从金国逃回。管理宫廷事务的大宗正仲的听说柔福帝姬尚在人间，便把她迎入府中。当时宋高宗正被金人追赶，萍踪浪迹，四处迁徙，所以此事便耽搁了下来。不久，仲的患病死去，法静又被叛军刘忠掠入军中。建炎三年（1129），刘忠进犯蕲州（今湖北蕲春县蕲州镇），被宋将韩世清击败，法静又辗转落入宋军之手。她见时机已到，便在军中诉说自己是宋徽宗之女柔福帝姬。既然是上皇之女，韩世清不敢怠慢，便知会了蕲州守臣甄采共同勘问。为了表示慎重，二人身穿朝服，隔帘询问。那法静巧舌如簧，自述如何沦入金人之手，又如何从金国逃回；如何被仲的迎入府中，又如何被刘忠掠去，娓娓道来，无懈可击。她怕韩世清不信，还抛出几件宫中琐事，韩世清、甄采听后，当即决定把她送往宋高宗处发落。

当时宋高宗漂泊无定，驻跸于温州、台州（今浙江临海）之间，得知柔福帝姬从金国逃归，非常高兴，于是派内侍首领冯益、宗妇吴心儿前往越州（今浙江绍兴）验视。两人均称确是柔福帝姬，宋高宗便传旨召见。法静见了宋高宗，毫无畏惧之色，又把自己编造的经历叙述了一遍，说至伤心处，涕泪交流。宋高宗仔细观察，眼前这个女子和柔福帝姬的确相貌酷肖，所说宫中琐事也颇近情理，只是她脚大如船，未免令人生疑。法静见宋高宗盯着她的双脚，知道其起了疑心，便呜咽着说：金人驱赶俘虏，如同驱赶牛羊，我北上跣行万里，哪能保持旧日模样？宋高宗听她说得有理，也就深信不疑，即日召入宫中，封为长公主。法静诈骗成功，终于享受到了柔福帝姬应得的那份荣誉和富贵。

建炎四年，宋高宗把伪柔福帝姬下嫁给永州防御使高世荣，并资助妆奁一万八千缗。

就在高世荣成为驸马的第二年，有一男子诣阙自称徐王，刚从北方逃归。原来徐王名叫赵棣，在宋徽宗三十一子中排行第十三，靖康之变时，与宋钦宗一道北上，以后便杳如黄鹤，不知所终了。一个偶然的机会，万州（今重庆万州区）人李勃认识了曾在宫廷当过内侍的杨公瑾，杨自称曾与徐王一起生活过，李勃便冒充徐王，前来要求朝廷认可。但是他与徐王面貌既不相仿，对宫廷生活又不熟悉，稍加盘问，便露出了破绽，结果没有得到富贵，反而搭上了一条性命。

时隔不久，又有妇人自称荣德帝姬。荣德帝姬在宋徽宗三十四女中排行第二，长成后嫁给将军曹晟。靖康之变时，曹晟已经病殒，她被俘北上，改嫁给金国习古国王。冒充荣德帝姬的那位女子本是商人之妻，从一个军人口中得知荣德帝姬身陷金国未回，便决定冒充她碰碰运气，结果被杖死于大理寺。宋高宗虽然几次受骗，仍然说："吾宁受百欺，冀得一真。"然而真帝姬一个也没有回来。

绍兴十二年（1142），宋高宗之母韦贤妃被金人遣送回国，法静冒充柔福帝姬一事被揭穿。原来韦贤妃同柔福帝姬一路同行，又一起到了五国城，柔福帝姬嫁给徐还，后来一病不起，都是她亲眼所见，哪里可能又冒出一个柔福帝姬呢？不过她身为皇太后，不便作为告发人，便让跟随她一起南还的宫人杨氏出面检举。

宋高宗得知此事后大怒，当即下诏让殿中侍御史江邈、大理寺卿周三畏审讯此案。就在这时，又有两人自金方归还，一个是前相州（今河南安阳）观察使李揆，另一个是徐还之父徐中立，两人都说柔福帝姬已死于五国城，长公主是假冒的，应从严追究。法静知道无法抵赖，才原原本本交代出诈骗本末。她自受封以来，累计获得赏赐48万缗，又有临安（今浙江杭州）城外漾沙坑坡下第一区的府第，均被抄没。法静平日骄蹇自恣，杀戮婢妾甚多，都埋在府第之中，其余的婢妾也大多遭到过笞打，纷纷要求处死法静。这年九月，宋高宗下诏将法静重杖处死，驸马高世荣被追夺官职。冯益、吴心儿验视失实，被除名送往外地，并派人看管。《鹤林玉露》一书说："此女巫若非显仁（韦贤妃）之归，富贵终身矣！"

不久，冯益因与韦太后（韦贤妃是宋高宗之母，故称韦太后）联姻，吴心儿是宗室妇女，均被赦免，回到了临安。高世荣虽然身为驸马，但并未参与诈骗一案，得以从轻发落，乾道年间又积军功被封为江南兵马都监，但他已没有先前的威风和荣耀了。

不过，事情并未至此结束。当初韦贤妃与柔福帝姬一起被分配到供金人淫乐的浣衣院，自然不可能保持贞洁，独善其身。从浣衣院被释放后，柔福帝姬一度成为盖天大王之妃，稗史野乘中也有韦贤妃为盖天大王生子的记载，甚至金太宗的诏令中也如是说，因此宋人笔记小说《随园随笔》中说："柔福实为公主，韦太后恶其言在虏隐事，故亟命诛之。"南宋人叶绍翁的《四朝闻见录》也说：

> 上（宋高宗）以太母之命，置姬于理（指大理寺），狱具，诛之东市。或谓太后与柔福俱处北方，恐其讦己之故，文之以伪，上奉母命，则固不得与之辩也。

从这则记载来看，似乎宋高宗知道柔福帝姬是真，不是别人假冒，不过母亲韦太后一口咬定这个柔福帝姬是假冒，不好违背母命，只得将错就错，将真柔福帝姬斩首。这桩公案已过了近900年，恐怕史学家已难以考证清楚了。

报国无门赍志殁

——辛弃疾的抗金生涯

辛弃疾（1140—1207）是我国历史上的著名词人，也是抗金志士，他一生都矢志于重整山河，但遭到朝中奸佞宵小的排挤，几次被弹劾落职。他壮志未酬，赍志以殁，令人痛惜。

大义凛然归宋室

绍兴十年（1140）五月十一日，辛弃疾在山东历城（今济南历城区）一个名叫四风闸的普通村子里呱呱坠地，此时距北宋覆亡已 13 年。据辛启泰所编《辛稼轩年谱》，辛弃疾的始祖、高祖、曾祖、祖父、父亲均有官职，可谓簪缨之家。但辛弃疾从未提及过父亲，可能他在襁褓中时父亲已驾鹤西去，因而没有印象。辛弃疾屡次提及的是祖父辛赞。北宋覆亡时，山东士民随宋高宗南渡者甚众，但辛赞有家室之累，父母年迈，不能承受颠沛流离之苦，只得随波逐流，出仕金朝，当过亳州谯县（今安徽亳州）及开封等地的县令。他虽身在金朝，却心系故国，正如辛弃疾在《美芹十论》一文中所说："大父（即祖父）臣赞，以族众，拙于脱身，被污虏官。留京师，历宿（今安徽宿州）、亳（今安徽亳州），涉沂（今山东临沂）、海（今江苏连云港海州区），非其志也。"

辛弃疾从小便跟着任谯县县令的祖父生活，在那里度过了无忧无虑的童年。亳州有一个叫刘瞻的儒士，满腹经纶，才学出众，是写诗填词的行家里手，在当地颇负盛名。辛弃疾到了该入学堂读书的年龄，便跟着他读书。刘瞻门徒甚多，但出类拔萃、日后成大器者，只有辛弃疾、党怀英两人，时人号为"辛党"。

《宋史·辛弃疾传》称："始筮仕，决以蓍，怀英遇坎，因事留金；弃疾得离，遂决意南归。"所谓"筮（shì）仕"，是指古代人出仕时先占卜吉凶，占卜用的是蓍草。党怀英得到的是《易经》64卦中的第29卦坎卦，坎卦指险阻重重，倘要走险道，必招致祸殃，于是党怀英留在原地，出仕金国，累官至翰林学士承旨。辛弃疾得到的是《易经》64卦中的第30卦离卦。离卦乃南方丙丁火，人应该往南方走，于是辛弃疾选择了投奔南宋。这一记载未免牵强附会，辛弃疾投奔南宋，绝非仅因为用蓍草占卜而定，而是在祖父忠于故国思想熏陶下作出的正确抉择。他说："大父臣赞……每退食，辄引臣辈，登高望远，指画山河，思投衅而起，以纾君父所不共戴天之愤。尝令臣两随计吏，抵燕山，谛观形势。谋未及遂，大父臣赞下世。"根据这一记载，我们得知辛赞身在曹营心在汉，无奈出仕金朝是他心中挥之不去的阴影，倘有机会，他会毅然反正南归。每当闲暇之时，他会带着辛弃疾登高望远，指画山河，叙述山东如何沦陷的沧桑往事，时而慷慨激昂，时而长吁短叹，给辛弃疾留下了深刻印象。

绍兴二十七年（1157），18 岁的辛弃疾赴燕京（今北京）参加科举考试。当时的燕京称中都，是金国的都城。那时金国的皇帝是海陵王，下令于“五经”“三史”中遴选考试题，每三年一考试。这一次考试，辛弃疾名落孙山，铩羽而归。绍兴三十年（1160），辛弃疾第二次踏上了赴燕京考试之旅，这就是他所说的“两随计吏，抵燕山”。“计吏”是指执掌计簿的官吏，进京考试者是一批人，辛弃疾只是其中之一，他们的名字都在簿册之中，报考的人都跟随着计吏到了燕京。这次考试的结果如何，史无明文，但辛弃疾北上的目的，不在于蟾宫折桂，而在于借机考察金国形势，以便为返回南宋做准备，从这个意义上说，辛弃疾可说不虚此行。

辛弃疾第二次赴燕京时，他的祖父辛赞已调任知开封府。当辛弃疾风尘仆仆从燕京回到开封，辛赞已因病辗转床褥多日，祖孙两人还未来得及商讨回归南宋之事，辛赞便奄然物化。绍兴三十一年（1161），海陵王宣布迁都开封，九月率兵大举进攻南宋。由于金朝统治者横征暴敛，民不聊生，趁金兵南犯之际，中原百姓纷纷揭竿而起，反抗金朝的暴虐统治。此时 22 岁的辛弃疾也不甘落后，在济南以南的山区举起了抗金义旗。他登高一呼，千人景从，在很短时间里便聚集起了一支 2000 人的队伍。当时中原豪杰并起，济南人耿京率领的人马是起义军中最大的一支，他自称天平（今山东东平西北）节度使，节制山东、河北忠义军马，辛弃疾便率众投入耿京麾下。耿京胸无城府，对他信任有加，任命他为掌书记，负责军中文字事宜，并掌管印信。辛弃疾劝说耿京，不可忘记国恨家仇，应择机归依南宋。耿京是深明大义之人，直言人同此心，心同此理，一旦时机成熟，决不彷徨迟疑。

正当耿京、辛弃疾商议归宋时，突然变生肘腋，出现了义端和尚窃印叛逃事件。义端和尚也是山东人，平日喜欢谈论兵法，与辛弃疾时有过从。耿京起兵时，义端和尚也聚众千余人，占据州县，经辛弃疾劝说，投到了耿京麾下。但义端和尚品行不端，是反复无常之人，他不想屈居耿京之下，乘着一个月黑风高之夜，偷盗了耿京的天平节度使印信，打算投奔金人当晋见之礼。

军中大印一向由辛弃疾掌管，义端和尚也是辛弃疾劝说入伙的，如今义端和尚窃印而逃，耿京怀疑两人串通合谋叛变，一怒之下，要将辛弃疾斩首。辛弃疾不慌不忙，向耿京允诺，三日内必抓义端和尚归案，倘不能，就死未晚。耿京颜色稍霁，命令手下牵来一匹快马，示意辛弃疾乘此马追赶义端和尚。辛弃疾拱一拱手，摸了摸腰中的宝剑，翻身上马，飞驰而去。他料定义端和尚必定是沿着大道投奔金国，便扬鞭催马，约莫追赶了两个时辰，终于在暗淡月光下影影绰绰看见一个人策马前行。辛弃疾如霹雳般大喝一声：叛贼休走！义端和尚知是辛弃疾赶来，不由得慌了神，他知辛弃疾武艺高强，自己根本不是对手，只得求饶说：“我识君真相，乃青兕（青色的犀牛，力大无穷）也，力能杀人，幸勿杀我。”（《宋史·辛弃疾传》）辛弃疾没有回答，拔刀便砍，将义端和尚戳下马来。辛弃疾割了他的首级，从原路返回，到义军大营缴令。耿京见辛弃疾杀死叛徒归来，赞叹不已。

绍兴三十二年（1162）正月，耿京派麾下大将贾瑞渡江赴行在（皇帝临时驻跸之处）奏事。贾瑞是蔡州（今河南汝南）人，耿京起事攻克莱芜，有众万余，贾瑞也聚集了数十人，投入耿京麾下。贾瑞临行时恳告耿京说：末将才疏学浅，到了朝廷，若有所诘问，恐怕不能答对，须派一有文采之士偕行，才不会误事。时年23岁的辛弃疾是军中最有文采之人，耿京便派他偕同贾瑞前往。

贾瑞、辛弃疾一行11人先到楚州（今江苏淮安）见淮南转运副使杨抗，然后转赴行在。其时宋高宗赵构正在建康（今江苏南京）巡幸，接见了贾瑞、辛弃疾，并授予官职：耿京为天平军节度使；贾瑞为敦武郎、閤门祗候，赐金带；辛弃疾为承务郎，天平军节度掌书记；其他人也一一封了官职。宋高宗命辛弃疾拿着天平军节度使的印信召唤耿京。当辛弃疾返程时，传来了耿京被张安国、邵进杀死降金的消息，令辛弃疾悲愤不已。行至海州，辛弃疾与众人商议说：我奉主帅之命归顺朝廷，不料陡生事变，我如何向朝廷复命？于是邀约宋朝统制官王世隆和另一支起义军将领马全福直趋金兵大营，将正与金将饮酒的张安国用绳子绑了，放在马背上，绝尘而去。辛弃疾献俘行在，张安国被斩于市曹，辛弃疾由是名声鹊起，驰誉江南。宋高宗也欣赏辛弃疾的壮举，改任他为江阴（今属江苏）佥判。

多次上书抗金碰壁

辛弃疾踌躇满志从金国占领区归来，想做一番轰轰烈烈的抗金事业，但南宋皇帝并不重用他，未免使他心灰意冷。自己一心谋划抗金，怎奈官职甚低，人微言轻，所提建议不被人重视。此时做了30多年皇帝的宋高宗倦勤退位，由他的继子赵昚（shèn）继立，是为宋孝宗。宋孝宗起用主战派将领张浚为判建康府兼行宫留守，节制镇江、江州（今江西九江）、池州（今安徽贵池）、江阴等处军马。辛弃疾向张浚建议，应分军几路攻击金军，一路攻关陕，一路攻西京（今河南洛阳），一路攻淮北，使其首尾不能相顾，然后乘机恢复山东，山东豪杰必闻风响应。张浚以自己只受镇守一方之命，此事甚大，不能做主，拒绝了辛弃疾的建议，辛弃疾心情牢落，郁郁不欢。

隆兴二年（1164），辛弃疾江阴佥判任期已满，于秋天改任广德军（今安徽广德）通判。宋代在军事要冲之地设军，与州的级别相同，通判即州的副长官。辛弃疾由最低级的佥判改为通判，官阶上是提升了，但作为州的副长官仍然是因人成事，在抗金问题上难有作为。就在这一年，抗金将领张浚辞世，抗金势力受到削弱。冬天，宋金达成隆兴和议，主要内容是宋不再向金称臣，金、宋皇帝以叔侄相称；改岁贡为岁币，银、绢各 20 万两、匹；宋割商（今陕西商州）、秦（今甘肃天水）之地给金。

这是一个屈辱的协议，辛弃疾愤愤不平，于次年写成《美芹十论》呈送给朝廷。在这洋洋洒洒的十论中，辛弃疾详尽地分析了金国的形势，尤其说到了女真贵族在中原地区烧杀掳掠，中原百姓恨之入骨。他们在中原签发丁壮组成汉军，汉军的父祖不少死于金人之手，田园庐舍在兵燹中毁坏殆尽，汉军对金人积怨甚深，一旦开战，他们必然反戈相向，因此，金兵数量虽多，但未必能打胜仗。全国军民要同仇敌忾，要以昂扬的战斗精神夺取胜利，恢复旧日山河。他还对宋方如何制订对敌方略、如何扩充实力、如何树立必胜信念等方面，提出了自己的建议。

十论写完之后，辛弃疾意犹未尽，又写了一篇进书的札子作为对十论的补充。他说我朝自对金作战以来，一直畏首畏尾，不敢主动出击，只是被动应战，因此败多胜少。特别是秦桧任相以来，屡屡屈膝讲和，丧权辱国，瓦解人心士气，罪不容诛。他死虽已近 10 年，但其恶劣影响，今日尚未消除净尽。抗金将领张浚在隆兴元年（1163）发动的符离（今安徽宿州北符离集）之战因大将李显忠与邵宏渊不和而败北，但不应因这一失利而丧失恢复中原的信心和勇气。《美芹十论》和札子都送上去了，但南宋统治者刚刚经历过符离之战失败，畏敌如虎，不肯采纳辛弃疾的建议，辛弃疾又一次劳而无功。

乾道四年（1168），辛弃疾调任建康府通判，虽然仍是通判，但重要性远在广德军之上。建康既有行宫留守，也设有军马钱粮总领所，朝廷的许多大员都聚集于此。辛弃疾原以为到了建康，就可以施鸿图、展抱负，担起抗金的重任，但是他又失望了。在高官云集的建康，擘画任何军国大事，都没有他的份儿，只有在高官举行的灯红酒绿的宴会上，他才可以叨陪末座。他不愿过这种生活，但身在官场，别无选择，只能浑浑噩噩地过日子。

好在两年以后，有人向朝廷推荐辛弃疾，宋孝宗甚为高兴，特地在行在的延和殿召见他。当时宋孝宗当皇帝只有七八年光景，还有一股要恢复旧日河山的锐气。当宰相的虞允文也是一位主战派人物，绍兴三十一年曾在采石矶（今安徽马鞍山市长江东岸）大败金朝海陵王完颜亮，他欣赏辛弃疾慷慨激昂的抗金言论，宋孝宗能破格召见官品不高的辛弃疾，也许与虞允文从中斡旋有关。刚过而立之年的辛弃疾亢直敢言，在朝堂上纵论宋金两国形势，大谈三国、汉、晋时期人才的成长及使用，“持论劲直，不为迎合”（《宋史·辛弃疾传》）。尽管辛弃疾说得口干舌燥，但宋金双方刚刚签订过和议，此时不可能重开战端，因此朝廷没有采纳他的建议，只改调其为司农寺主簿。司农寺掌管仓廪、籍田、苑囿等事务，官职有司农卿、少卿、丞、主簿等，主簿是司农卿的僚属，级别是正九品。司农寺所掌之事与抗金毫不相干，辛弃疾又一次失望了。

在司农寺主簿任上，辛弃疾又向宰相虞允文提出了 9 项恢复旧日山河的建议，即《九议》。在《九议》中，他首先对那些长敌人志气、灭自己威风的消极抗金言论大力抨击，认为那些缙绅及主和派大臣所谓对金开战是为国生事、主和是爱护君王，守成与创业不同的言论皆出于一己之私。宋金还未开战，主和派的言论便大肆泛滥，如果宋金开战，宋方稍稍失利，便印证了主和派之说是对的。这样一来，主和派的阴谋得逞，主战派受到挫折，天下之人都不敢再说与金人开战的事了。为今之计，一是制订对敌斗争策略，不因小败而气馁；二是利用敌人矛盾，派遣间谍刺探情报，准确掌握敌人动态，出奇制胜，使敌人疲于应付；三是筹措足够的用兵费用；四是使全国军民知道，抗金恢复疆土非一家一姓之私事，是关乎天下苍生之大事；五是清除主和派散布的“东南地薄兵脆”“不足以抗衡中原”的错误言论，树立必胜信念；六是出兵应先恢复山东，由山东再趋往河朔。《九议》写成之后，他在引言中向虞允文表示，如果按照这一建议去做还不能取胜，自己甘愿受极刑“以谢天下之妄言者”。但《九议》未得到虞允文的回应，不知是他公务丛脞忘记了，还是不愿意回复。辛弃疾不死心，又连向宋孝宗上了两道奏疏，仍是谈论抗金问题，结局依然是石沉大海，杳无回音，辛弃疾不禁黯然神伤！

流年似水，辛弃疾绍兴三十二年归宋时 23 岁，到乾道七年（1171）仍在司农寺主簿任上，已 32 岁。10 年之间，他空有抗金的雄心壮志，却是岁月蹉跎，寸功未立，上疏献策毫无结果，百无聊赖，又无可奈何。好在辛弃疾在南渡后已娶妻范氏。范氏的父亲叫范邦彦，邢州唐山（今河北邢台）人。自唐代以来，范姓便是邢州著名大姓。范邦彦原是宋朝人，宋徽宗政和或宣和年间曾在京城开封太学读书，北宋覆亡后沦为金朝百姓。他虽身陷金国，却心系故国，拟定了一个缜密的计划——如果能在金国取得功名，肯定能够出任官职，那时再反正回到宋朝，就有报效国家的机会。果不其然，范邦彦中了金国进士，可以出任县令。他表示宋金交界处条件艰苦，愿到那里任职，于是金朝便派他当蔡州新息（今河南息县）县令。绍兴三十一年范邦彦率领阖城军民投奔宋朝，他的女儿就在那时嫁给了辛弃疾，他们的家就安置在了京口（今江苏镇江）。范氏知情达理，娴于文字，后来辛弃疾移家上饶带湖时，写有《定风波》词并题字说："大醉归自葛园，家人有痛饮之戒，故书于壁。"辛弃疾喜欢饮酒，经常酩酊大醉，范氏题字于墙壁上，劝夫君勿再痛饮伤身，可见两人伉俪情深。

辛弃疾多次向朝廷上抗金之策，但都未被采纳，心中未免五味杂陈，这些愤懑与不平便都宣泄在了诗词里。

鹧鸪天

有客慨然谈功名，因追念少年时事，戏作。

壮岁旌旗拥万夫，锦襜突骑渡江初。燕兵夜娖银胡䩮，汉箭朝飞金仆姑。

追往事，叹今吾，春风不染白髭须。却将万字平戎策，换得东家种树书。

辛弃疾南归时才 23 岁，故称“壮年”。“锦襜（chān）突骑”是指身穿锦衣的精锐骑兵。“燕兵”指金朝境内的起义军，“汉箭”指宋朝的军队，“金仆姑”指好弓箭，“娖（chuò）”意为整治，“银胡觮”是银色箭袋。这首词写自己满怀雄心壮志报效国家，军容整齐，兵强马壮。可惜青春岁月一去不返，等闲白了少年头，却壮志未酬，给朝廷上了万言平戎之策，换来的却是与平戎毫不相干的种树书。清人蒋廷焯在《白雨斋词话》一书中说，这首词“衰而壮，得毋有烈士暮年之慨耶”，所说极是。

一个忧国忧民的官员

乾道八年（1172），辛弃疾从司农寺主簿调任知滁州（今属安徽），此前他只是别人的幕僚和州官的副手，这次知滁州，成了主政一方的官员，自然非常高兴。滁州是宋金鏖兵的战场，经过多次兵燹，残破不堪，一派萧瑟景象。辛弃疾上任伊始，便巡视城郭，看到百姓居住的是简陋的茅篱草舍，路上的行人衣衫不整，集市上没有鸡豚，连吃饭都成了难题，不由心生感慨。宋金两国自休兵停战以来，大江以北百姓生活安定，鸡鸣犬吠，人烟稠密，而独滁州如此凋敝，是守土官员的过错，如今自己作为滁州的主要官员，不能辞其咎。于是他“宽征薄赋，招流散，教民兵，议屯田”（《宋史·辛弃疾传》），经过一番惨淡经营，滁州变成了一座熙熙攘攘的城市。公余之暇，辛弃疾在滁州修建了奠枕楼、繁雄馆，让百姓登临，尽览大好河山。

从乾道八年至淳熙八年（1181）的9年时间里，辛弃疾除因病短暂离职回京口居第外，先后在江东（今江苏一带）、江西、湖北、湖南、福建等地当过提点刑狱、知府兼安抚使等官职，足迹所到之处，兢业为民之誉传颂。淳熙二年（1175）四月，茶商赖文政起事于湖北，得手之后转入湖南、江西，几次打败围剿的官军。宋孝宗原以为赖文政聚集茶商起事只是疥癣之疾，不料竟连败官军，便忙下令把正在临安（今浙江杭州）任仓部郎官（掌管仓廪储积、出纳）的辛弃疾调任江西提点刑狱，节制诸军，进击茶商军。七月间辛弃疾由临安抵达江西提点刑狱所在地赣州，闰九月便平定了赖文政之乱，还一方太平。对那些骚扰盘剥百姓的官员，辛弃疾毫不留情地加以弹劾：江陵（今湖北荆州）统制官率逢原纵容士兵殴打百姓，被辛弃疾弹劾降职；知兴国军（今湖北阳新）黄茂财多收百姓税粮，被辛弃疾弹劾罢官。

淳熙六年（1179）三月，40岁的辛弃疾调任知潭州（今湖南长沙）兼湖南安抚使，安抚使是负责一路治安的长官，往往由知州兼任。辛弃疾发现那里的官吏贪得无厌，横征暴敛，百姓被逼为盗，便上疏宋孝宗说：“官吏贪求，民去为盗，乞先申饬，续具按奏。”意思是先对官吏进行告诫，然后再依法处理。宋孝宗回答说：你所说的办法是在官吏贪赃之后采取的措施，不能防患于未然。盗贼猖獗原因有三：一是帅臣监司未能厉行监督职责；二是盗贼初起时势力甚小，帅臣监司不以为意，致使盗贼坐大；

三是天下无事时军队不知操练，一旦有事便仓皇失措。况且官吏贪赃，自古以来都有惩治条例，岂能喋喋不休申斥，“今已除卿帅湖南，宜体此意，行其所知，无惮豪强之吏，当具以闻。朕言不再，第有诛赏而已”（《宋史全文》卷 26）。“行其所知”指遇事可自行决断，“无惮豪强之吏”指对贪赃官吏可以出手，看来宋孝宗还是很信任辛弃疾的。

第二年，湖南发生了灾荒，田地荒芜，禾稼不收，十室九空，炊烟不举。辛弃疾下令本路所属州郡以官仓之米招募民工浚筑陂塘，如此以工代赈，既帮助百姓度过了灾荒，又兴修了多年失修的水利工程，可谓一举两得。潭州附近的永州、邵州（今湖南邵阳）、郴州三地也同时遭灾，辛弃疾又紧急调拨粮食 5 万石赈济。湖南毗邻两广，境内溪峒密布，蛮獠等少数民族甚多，民风彪悍，稍不如意，便攻城略地，而官军疲软，调兵围剿往往铩羽而归。辛弃疾到任后，别创一军，名为飞虎军，经过训练，雄镇一方，为江上诸军之冠。

辛弃疾还注意陶育人才，奖掖贤能之士。郴州宜章县、桂阳军临武县（今湖南临武）那时还是蛮荒之地，多有峒民居住，文化落后，没有学校，辛弃疾请求朝廷在这两县设立学校，从此这两县有了弦歌之声。辛弃疾奖掖举子赵方一事，更是传为士林佳话。原来辛弃疾帅长沙时，有士人投诉考试官阅卷不公，第十七名《春秋》卷，文章甚差，却榜上有名，辛弃疾调来卷子查看，果然如此，启名一看，为赵鼎之卷。辛弃疾怒曰：“佐国元勋，忠简一人，胡为又一赵鼎！”遂将卷掷于地。他又取《礼记》卷查看，大喜说：“观其议论，必豪杰士也，此不可失。”启之，为赵方之卷。赵方登第做官后，专程拜谒辛弃疾，两人一见如故，畅谈三日之久。辛弃疾对妻子说：我近来认识一位有学识、有抱负的读书人，可惜没有东西送他。妻子拿出好绸缎十匹，让辛弃疾尽可赠送。辛弃疾遂将绸缎和几本经典书籍送给赵方，赵方感谢不已，两人从此成了忘年之交。

淳熙八年，42岁的辛弃疾改知隆兴府（今属江西南昌）兼江西安抚使，刚刚履任，又遇上了灾荒，人有菜色，路有饿殍，朝廷下诏让辛弃疾妥善处理此事。辛弃疾去年处置过湖南灾荒，自然是胸有成竹，他命人在大街小巷张贴榜文，上面只有8个字：“闭粜者配，强籴者斩。”如果囤积居奇，不让大家买粮，就发配充军；如果强行买进粮食，自己乘机从中谋利，一经发现，斩首不贷。同时他还拿出了官府仓库中的金钱、银器，召集官吏、儒生、商贾、市民中有才干者，斟酌自己的能力预借钱物，用这笔钱籴运粮食，一月之内运至隆兴府城下粜给百姓，但不得高价出售，赚取利润。许多人参与了这一拯救百姓免于饥荒的义举，从外地采购的粮食连樯而至，源源不断运至隆兴府城下，米价大减，百姓安然度过了灾荒。当时信州（今江西上饶）也发生了灾荒，信州的行政长官向辛弃疾求救，辛弃疾的僚属拒绝道：我们自顾尚且不暇，哪里能再把粮食分给别人？辛弃疾说：“均为赤子，皆王民也。”（《宋史·辛弃疾传》）信州的饥民是普通老百姓，也是天子治下的臣民，哪有见死不救的道理？于是把运米船中十分之三的粮食都拨给了信州。宋孝宗得知后，下诏嘉奖辛弃疾，并官升一级。

从知滁州至知隆兴府，这是辛弃疾一生中最辉煌的时期，也是他为国效力最多的时期。但只做地方官，不能到前线杀敌，仍使他惆怅不已。他知滁州时，他的副手、滁州通判范昂任满回京，他写了一首《木兰花慢》（老来情味减）词送别。

木兰花慢·滁州送范倅

老来情味减，对别酒、怯流年。况屈指中秋，十分好月，不照人圆。无情水都不管，共西风只管送归船。秋晚莼鲈江上，夜深儿女灯前。

征衫便好去朝天，玉殿正思贤。想夜半承明，留教视草，却遣筹边。长安故人问我，道愁肠殢酒只依然。目断秋霄落雁，醉来时响空弦。

这首词写于辛弃疾刚刚到滁州上任，时年 33 岁，正值壮年，他却说“老来情味减”，对着送别的酒宴，感叹似水流年，自己功名未立，不禁怃然！范昂进京朝见天子，天子思贤若渴，承明殿前，他为皇帝拟制诏书草稿，谋划筹边之策，而自己却在滁州，酒入愁肠，依然故我，醉眼迷离中似乎到了前线，耳边传来拉弓射箭的声音。辛弃疾是多么渴望戍边杀敌啊！

淳熙二年，辛弃疾赴赣州出任江西提点刑狱途中，经过今江西万安县的造口（也叫皂口），他不禁想起金兵追赶隆祐太后（宋哲宗孟皇后）的一段往事，宋人罗大经《鹤林玉露》一书记载，“南渡之初，虏人追隆祐太后御舟至造口，不及而还”。倘若被金兵捉住，隆祐太后的结局恐怕与宋徽宗、宋钦宗一样，死在异国他乡。赣州有一座郁孤台，乃唐朝虔州（即赣州）刺史李勉所建，用以瞭望长安。辛弃疾登上郁孤台，不禁感慨万端，写下了一首千古绝唱。

菩萨蛮·书江西造口壁

郁孤台下清江水，中间多少行人泪？西北望长安，可怜无数山。

青山遮不住，毕竟东流去。江晚正愁余，山深闻鹧鸪。

郁孤台下流淌着清澈的清江（即赣江）水，这水里边有多少宋朝北方逃难流亡人的血泪。李勉登郁孤台可以西北望长安，而我却望不见汴京，无数好河山都沦陷在金人手中了。但是纵有重重叠叠的青山阻挡，毕竟挡不住东流的江水，眼看着残暴的金兵如入无人之境，宋朝国运江河日下，令人痛心！如今我站在赣江江畔，看着暮色苍茫中“飞必南向”的鹧鸪，就如宋朝统治者从北方逃往南方一样，使人忧愁不已。辛弃疾触景生情，忧国忧民的情怀跃然纸上。

这一时期辛弃疾不能抗金杀敌的苦闷与彷徨，在诗词中屡屡出现。如淳熙元年（1174）应叶衡之聘，他出任江东安抚司参议官时登上建康城赏心亭所写的《水龙吟·登建康赏心亭》（楚天千里清秋）一词中有“落日楼头，断鸿声里，江南游子。把吴钩看了，栏杆拍遍，无人会，登临意”的句子。傍晚时分站在赏心亭上，耳旁传来鸿雁的鸣叫声，我这个远离家乡、流寓江南的游子，像一只失群的孤雁，纵然细看吴钩（吴地生产的宝刀），拍遍栏杆，想去前线杀敌，却是有志难酬，无人理会。他又说：“可惜流年，忧愁风雨，树犹如此！”流年似水，韶华不再，不禁想起了晋代桓温北伐时的一段逸事。《晋书·桓温传》记载，桓温“自江陵北伐，行经金城，见少为琅邪时所种柳皆已十围，慨然曰：木犹如此，人何以堪！”辛弃疾也有桓温的感慨了。

辛弃疾改知潭州兼湖南安抚使时，与同僚置酒小饮，还写成《摸鱼儿》（更能消几番风雨）词一首，其中说：“闲愁最苦。休去倚危栏，斜阳正在，烟柳断肠处。”闲愁最令人苦闷，不要再凭栏远望了，夕阳已经挂在烟雾笼罩的杨柳梢头，令人愁肠寸断。辛弃疾以夕阳西下隐喻南宋王朝江河日下，危机四伏。《鹤林玉露》一书说：“寿皇（宋孝宗）见此词，颇不悦。然终不加罪，可谓至德也已。”宋孝宗没有因此词有讥刺意味而怪罪辛弃疾，还算有肚量！

第一次被弹劾罢官

天有不测风云，人有旦夕祸福。淳熙八年冬，辛弃疾改任两浙西路提点刑狱公事，刚刚上任，便遭到监察御史王蔺的弹劾，说他“用钱如泥沙，杀人如草芥”[《宋史·辛弃疾传》。此处《宋史·辛弃疾传》记载有误，按《辛弃疾编年笺注》中《稼轩先生辛弃疾年谱》，王蔺以“用钱如泥沙，杀人如草芥”弹劾辛弃疾为辛弃疾上任两浙西路提点刑狱公事时，即本文所依，并非如《宋史》记载在辛弃疾于绍熙五年（1194）帅闽去职之时。——编者注]。《宋会要·职官》也说：“淳熙八年十二月二日，右文殿修撰、新任两浙西路提点刑狱公事辛弃疾落职罢新任。以弃疾奸贪凶暴，帅湖南日虐害田里，至是言者论列，故有是命。”如果辛弃疾真有这些罪状，当会有更严厉的处罚，比如贬谪之类，绝不会只有免官这么简单。所谓“用钱如泥沙，杀人如草芥”，是欲加之罪，完全经不起推敲。辛弃疾在剿灭赖文政的茶商叛乱时，杀了那些冥顽不化、负隅顽抗的人；为组织飞虎军筹措经费用钱过多，改税酒法为榷酒法，即把百姓卖酒收税改为国家专卖，利归政府，仅此而已。辛弃疾并未把钱攫为己有，装入私囊。但朝廷没有坐实王蔺的指控，便罢了辛弃疾的官。

罢了官的辛弃疾无事可做，便去信州营建新居。之前因调动频繁，处处流寓，未遑宁居，这次终于有了充裕时间去经营自己的家。他为何把新居地址选在信州呢？南宋人洪迈所撰《文敏公集》中有一篇《稼轩记》，其中说当时南宋的行在是武林（杭州），广信（即信州）离杭州甚近，东可乘船，西可坐车，交通便利，士大夫喜欢在这里寄居，信州城内有上百户官员购买了房屋。信州城北一里许，有一块闲散的土地，三面临城，前面是如宝带一般的澄湖，土地长230尺，宽830尺，地势平坦，是理想的建房之地。辛弃疾把这块地买了下来，并把这个湖泊取名为带湖。他在这块土地上“筑室百楹，才占地什四”。“楹”是堂屋前边的柱子，一楹即一间，辛弃疾建造了百十间房子，才占去十分之四的土地，左边低洼的地方被辟为稻田，稻田的旁边是一座楼和一排平房，登上楼可极目远眺。稻田面积不大，不过10弓而已，一弓为5尺。辛弃疾对这片稻田颇为重视，想到他日致仕挂冠，归隐林泉，必躬耕于此，因自号曰“稼轩”。他说北方之人以种田为要务，生活所需，不求于人，因此无甚贫富之家；南方之人从事商贾业者甚多，不重视农业，因此贫富悬殊。辛弃疾是北方人，故对稼穑之事更为重视。

辛弃疾遭罢官后营建新居，本是无奈之举，却遭到了后世史学家的抨击。香港大学教授罗忼烈1982年8月在香港《明报月刊》刊出的《漫谈辛稼轩的经济生活》一文中说：

> 从淳熙八年开始，他毕竟求田问舍了，而且不是马马虎虎的田舍。这一年冬天他又被劾罢官，在罢官前，他早已把江西上饶县城外带湖一大片土地买下，大兴土木，建筑亭台楼阁……里面有山有水有稻田，除了一百栋房子之外，还有稼轩、集山楼、婆娑堂、植杖亭、涤砚渚、满栽竹林的青径、种满海棠的锦路……这样庞大的园林豪华府第，需要多少建

筑费？岂是薪俸可以应付的？

这里的言下之意是，辛弃疾做官时贪污受贿了，因此才有那么多钱修建府第。这一说法遭到了老一辈宋史学家、北京大学教授邓广铭的驳斥。他说：首先史料记载辛弃疾建筑的房屋是“百楹”，不是百栋，一楹只是一间，与一栋的概念截然不同，不可任意曲解史料。其次“在宋代，凡被称做‘田庄’和‘庄园’的，主要都是以大片的农田（起码要几百亩）为主，而再配合一些附属的建筑物如碓房、牛棚和庄丁的居舍等等，而辛家的带湖居第，则只是附有小园林的一个宅院”。这就是说辛弃疾建造的是一座普通官员都能盖得起的宅院，并非像罗文所说的“庞大的园林豪华府第”，如此夸大其词，显然是有意贬低辛弃疾。最后，如果辛弃疾做官时贪赃受贿，死后必有大量遗产，但据宋人所撰《辛稼轩历仕始末》一文，“卒之日，家无余财，仅遗生平词诗、奏议、杂著、书集而已”，所以“他贪污所得，究竟用在哪里去了呢”？（《读〈漫谈辛稼轩的经济生活〉书后——与罗忼烈教授商榷》，《中州大学学报》1992年第1期）这个诘问真是掷地有声！

从淳熙八年至绍熙二年（1191）长达10年的时间里，辛弃疾都在带湖家中赋闲，岁月蹉跎，他罢官时42岁，到绍熙二年又被起用，已经53岁，快到暮年了。这10年时间里，辛弃疾虽然被罢了官，但他并未颓唐沉沦，生活毫不寂寞。在信州他结识了韩元吉、汤邦彦、陈德明、赵善扛、徐安国、杨民瞻、晁楚老等几个志同道合的朋友，经常一起唱和诗文。辛弃疾本是写诗填词的行家里手，这一时期他写了许多脍炙人口的诗词，抒发他忧国忧民的情怀和报国无门的悲愤。

丑奴儿·书博山道中壁

少年不识愁滋味，爱上层楼。爱上层楼，为赋新词强说愁。

而今识尽愁滋味，欲说还休。欲说还休，却道天凉好个秋。

东汉末建安年间，诗人王粲写《登楼赋》抒发忧愁，后为后世所仿效，辛弃疾词也模仿王粲，登楼赋诗说愁。在词中他用少年不知忧愁反衬而今的忧愁难以排解。“欲说还休”是说他遭受陷害时还得强压怒火，息事宁人，欲言又止，用天气凉爽来掩饰自己的悲情。

信州铅山县东北有鹅湖山，山上有湖，山下有寺，风景优美，辛弃疾常去游览。一次他大病初愈，从鹅湖游览归来，写了一首《鹧鸪天》（枕簟溪堂冷欲秋）词，下半阕是：

书咄咄，且休休，一丘一壑也风流。不知筋力衰多少，但觉新来懒上楼。

东晋殷浩北伐失败，受到革职处分，他在家里用手在空中写“咄咄怪事”四字，表示对朝廷的不满。唐朝司空图隐居中条山，建“休休亭”，表示不再过问政事。辛弃疾的处境和殷浩、司空图颇为相似，都是不被信任、重用，只落得个归隐林泉，实在无奈！不过这也未必是坏事，这里山水绝佳，一丘一壑都美不胜收。当然，这句话是反语，谁愿意在金兵入侵时采樵深山，垂钓江滨？读这几句词，我们不难体会到辛弃疾的满腹惆怅。据考证，此词写于淳熙十三年（1186），辛弃疾47岁，尚未进入老年，却说“不知筋力衰多少，但觉新来懒上楼”，可知无端免官给他心灵上带来了多大创伤！

最能体现辛弃疾对南宋统治者失望的是他写的一首《水龙吟》（渡江天马南来）词，自注说“甲辰岁寿韩南涧尚书”。“甲辰岁”是宋孝宗淳熙十一年（1184），“韩南涧”即作者的好友韩元吉。他官至吏部尚书，力主抗金，晚年寓居上饶。他是雍丘（今河南杞县）人，生于宋徽宗重和元年（1118），淳熙十一年时67岁。辛弃疾为他祝寿，写了这首词，上半阕是：

> 渡江天马南来，几人真是经纶手？长安父老，新亭风景，可怜依旧。夷甫诸人，神州沉陆，几曾回首！算平戎万里，功名本是，真儒事，公知否？

“渡江天马”指西晋末年司马睿与西阳、汝南、南顿、彭城五王从洛阳南逃，渡过长江到达建康（今江苏南京）。司马睿登上了帝位，是为东晋元帝。这里比喻的是宋高宗赵构在南京（今河南商丘）即位后，为了躲避金兵攻击，一口气逃到了临安。但是宋高宗身边那么多文臣武将，有几个是满腹经纶、能够恢复旧日河山的人呢？“长安父老”是指汴京和中原沦陷区的百姓。“新亭风景”则是引用了《世说新语》一书中的一个典故：东晋朝廷中南渡的士大夫，每逢天晴风爽的日子，便相约到建康城南的新亭聚会。一次，大臣周顗叹息说：“风景不殊，正自有山河之异！”这里的风景与中原无异，山河却不一样了，众人皆相视垂泪。“夷甫诸人”指的是太尉王衍，字夷甫，他喜清谈，不理政事，导致大片国土沦陷。辛弃疾把南宋统治者比作清谈误国的王衍，真是恰当之至！士大夫空谈恢复，新亭风景依旧，使辛弃疾痛心不已。但他仍坚信国土能够恢复，在这首词的末尾，他又写道：“待他年整顿，乾坤事了，为先生寿。”等到把乾坤整顿好了，再为先生祝寿，情绪还是很乐观的。

辛弃疾闲居带湖，熟悉江南农村生活，在他的诗词中描绘了一派旖旎的田园风光。如《清平乐·村居》（茅檐低小）：

清平乐·村居

茅檐低小，溪上青青草。醉里吴音相媚好，白发谁家翁媪？

大儿锄豆溪东，中儿正织鸡笼。最喜小儿无赖，溪头卧剥莲蓬。

这户农家临溪而居，茅檐低小，溪畔草青，操着吴音（泛指南方口音）的白发老叟、老媪正在亲切交谈。这家的三个儿子各司其事，大儿子在溪东锄豆，二儿子正织鸡笼，顽皮的小儿子在剥莲蓬，这真是一幅江南人家的生活风俗画卷。

又如《西江月·夜行黄沙道中》（明月别枝惊鹊）：

西江月·夜行黄沙道中

明月别枝惊鹊，清风半夜鸣蝉。稻花香里说丰年，听取蛙声一片。

七八个星天外，两三点雨山前。旧时茅店社林边，路转溪桥忽见。

辛弃疾夜晚行走在黄沙道中，沐浴着夏夜习习凉风，听着鹊、蝉天籁般的叫声，仿佛置身于仙境之中。稻花香味扑鼻，蛙声此起彼伏，预示着又是一个丰收年成。遥远的天际星光闪闪，山路里细雨蒙蒙，急切间想找个避雨之处，转过溪边的小桥，便看见了茅店（小客店）和土地庙（社）附近的小树林。词人虽然淋着雨，但字里行间流露出按捺不住的喜悦心情。

辛弃疾与陈亮的交往，也是一段文坛佳话。陈亮字同甫，号龙川，婺州永康（今属浙江）人，生于绍兴十三年（1143），比辛弃疾小 3 岁，诗人、理学家，力主抗金，一生未仕。他曾专程去临安向宋孝宗上疏，请求迁都建康，矢志复仇，凑巧辛弃疾由江西安抚使调入朝廷任大理少卿，经理学家吕祖谦引见而相识，两人志趣相投，遂成莫逆之交。陈亮几次上疏朝廷，都石沉大海，没有回音，只得怏怏离开京城，宦游四方，后与辛弃疾同城而隐居，却始终未得碰面。陈亮性情直爽，出言无忌，曾被人告发入狱，囚禁百天之后才获开释。淳熙十五年（1188）冬，陈亮特地来拜会辛弃疾。此时辛弃疾又在铅山县期思渡旁营建了新居，并将新居附近的一泓泉水命名为瓢泉。他在瓢泉新居接待了陈亮，两人或共饮瓢泉，或同游鹅湖寺，或吟诗唱和，或纵论天下事，陈亮在这里盘桓了十日之久。本来辛弃疾还邀约了理学家朱熹，但朱熹因事未至。辛弃疾在《贺新郎》（把酒长亭说）一词小序中记载了此事：

> 陈同甫自东阳（今浙江金华）来过余，留十日，与之同游鹅湖，且会朱晦庵于紫溪，不至，飘然东归。既别之明日，余意中殊恋恋，复欲追路，至鹭鹚林，则雪深泥滑，不得前矣。独饮方村，怅然久之，颇恨挽留之不遂也。

陈亮辞别之后，辛弃疾恋恋不舍，又动身追赶，其时朔风凛冽，大雪纷飞，他行至鹭鹚林，雪深泥滑，无法前行，只得怅然而返，写词以寄。

陈亮收到词后有和作寄来，辛弃疾又用前韵奉和，其中有“我病君来高歌饮，惊散楼头飞雪。笑富贵千钧如发”的句子，说陈亮来探视病中的自己时，两人逸兴遄飞，饮酒高歌，惊散了楼头的飞雪。大富大贵之人把功名钱财看得千钧之重，而在辛弃疾看来如一根头发之轻。词的最后说“看试手，补天裂”，表示要像女娲炼石补天那样，恢复中原，使金瓯无缺，表现出了诗人的爱国热忱。

在与陈亮依依惜别的唱和之作中，《破阵子·为陈同甫赋壮词以寄之》（醉里挑灯看剑）是一名篇。

破阵子·为陈同甫赋壮词以寄之

醉里挑灯看剑，梦回吹角连营。八百里分麾下炙，五十弦翻塞外声。沙场秋点兵。

马作的卢飞快，弓如霹雳弦惊。了却君王天下事，赢得生前身后名。可怜白发生。

这是一首苍凉悲壮的抒怀诗篇，辛弃疾梦里都在想着抗金复仇，即使在醉意醺然之中也不忘挑亮油灯察看宝剑，即使在梦境中也听到了军营里连成一片的号角声。梦境中作者统率千军万马，把牛羊分赐给士兵炙烤食用，听着五十弦（瑟）演奏着雄浑的边塞军旅音乐，这是沙场上检阅军队的场面。士兵们乘骑着骏马的卢飞驰，张弓射箭如霹雳之声，这是一支威武雄壮之师。但是醒来之后，自己依然是罢官闲居，英雄沉埋，空有建功立业的抱负，却是壮志难酬，使人感慨系之！

辛弃疾在此次赋闲期间，还有一桩趣闻。据南宋人周煇撰写的《清波别志》一书记载，辛弃疾的妻子病了，请来医生诊治，当时有一个名叫整整的婢女在旁侍候，辛弃疾指着整整对医生说："老妻病安，以此人为赠。"那医生果然尽心诊治，不几日妻子便告痊愈，辛弃疾也未食言，把整整赠给了医生。临行时，辛弃疾口占一首《好事近》（医者索酬劳）词：

好事近

医者索酬劳，那得许多钱物？只有一个整整，也盒盘盛得。

下官歌舞转凄惶，剩得几枝笛。觑着这般火色，告妈妈将息。

此词显系戏谑之语，辛弃疾虽然罢官隐居林泉，薪俸不如在任时丰厚，但也绝不会穷愁潦倒到付不起药费，以婢女充数。整整大约能歌善舞，她的离去，使得辛弃疾"歌舞转凄惶，剩得几枝笛"。这大概也当不得真，不过是词人兴之所至，随口吟哦而已，他哪里会穷得只剩几枝笛子呢？

第二次被弹劾罢官

在赋闲了 10 年之后，绍熙二年冬，辛弃疾被朝廷起用为提点福建路刑狱公事；未及一年，又改知福州兼福建安抚使。福州濒临东海，时常有海盗出没，因而驻军较多。宋高宗南渡时，赵宋宗室也跟着南逃，不少人定居于福州。福州土狭民稠，每年收成仅足糊口，如遇灾荒之年，还需从广东买粮，再加上众多的驻军与赵宋宗室，粮食不足是很棘手的问题。辛弃疾作为地方长官，一州百姓的安危都系在他一人身上，他的执政方针是“务为镇静”，即尽量给百姓一个安定的环境，约束官吏不去骚扰他们。为了使官府日常开支尽量撙节减省，他特地设置了一所“备安库”，节余下的钱全部贮存于此，未及一年，已积攒至50万缗。这一年福建五谷丰登，家饶人足，谷价下降，辛弃疾用50万缗籴米两万石，支付驻军与宗室所需之粮，已绰绰有余了。

为保境安民，防御海盗侵扰，还需要一支骁勇善战的队伍，辛弃疾打算造铠甲一万副，并把军队也扩充至一万人，如同湖南的飞虎军那样。但这个想法还未及实施，谏官黄艾便跳出来弹劾他了，罪名是“残酷贪饕，奸赃狼藉”（《宋会要·职官》七三之五八）。时为宋光宗赵惇绍熙五年（1194）七月。凑巧的是，就在这个月宋光宗倦勤，传位于宋宁宗赵扩。也许是大臣们忙于禅位继位的繁文缛节，无暇顾及黄艾弹劾是否属实，朝廷又一次罢了辛弃疾的官，给了一份主管建宁府武夷山（今福建武夷山市）冲佑观的祠禄官。祠禄官乃一荣誉衔，不须到职，但可领取一份俸禄，南宋许多革职的官员都有宫观官的头衔。这样，辛弃疾只得回到带湖赋闲。

闭门家中坐，祸从天上来。辛弃疾虽已被免官，但他的政敌仍不放过他。辛弃疾与宰相赵汝愚、理学家朱熹相友善，权臣韩侂胄想取代赵汝愚，便竭力诋毁他，辛弃疾也受了牵累，这真是城门失火，殃及池鱼。御史中丞谢深甫是韩侂胄的党羽，他说辛弃疾“交结时相（指赵汝愚），敢为贪酷，虽已黜责，未快公论”。虽然辛弃疾受到了免官的惩罚，但舆论认为罪大责轻。另一新任御史中丞何澹也推波助澜，落井下石，弹劾辛弃疾“酷虐裒敛，掩帑藏为私家之物。席卷福州，为之一室”。“裒敛”意为聚敛，“帑藏”是国库，这是说辛弃疾大肆敛财，把国库当成私家的仓库，任意贪占。如果辛弃疾任意贪占国库财物，岂能无人告发？辛弃疾岂能安然无恙，没有牢狱之灾？何澹信口开河，污人清白，令人不齿！

一犬吠影，百犬吠声。庆元二年（1196）秋天，又有言官弹劾辛弃疾“赃污恣横，惟嗜杀戮，累遭白简，恬不少悛。今俾奉祠，使他时得刺一州，持一节，帅一路，必肆故态，为国家军民之害”（《宋会要·职官门·黜降官类》）。所谓“白简”是指古代御史弹劾某个官员，把文字写在简上，简是竹板或木片，后来有了纸张，仍称弹劾的文字为白简。“累遭白简，恬不少悛”，是说辛弃疾多次遭御史弹劾，却不思悔改。如果再给他宫观之职，必然依然故我，不知收敛，这样下去，迟早会给国家军民造成极大危害。这些耸人听闻的弹章呈送上去，不由分说，辛弃疾主管建宁府武夷山冲佑观的虚衔也被剥夺了。

令人诧异的是，庆元四年（1198），朝廷又恢复了辛弃疾主管建宁府武夷山冲佑观的头衔。他写了一首《鹧鸪天·戊午拜复职奉祠之命》（老退何曾说着官）词以记其事：

鹧鸪天·戊午拜复职奉祠之命

老退何曾说着官？今朝放罪上恩宽。便支香火真祠俸，更缀文书旧殿班。

扶病脚，洗衰颜，快从老病借衣冠。此身忘世浑容易，使世相忘却自难。

被罢官的辛弃疾又回到了信州，之前他在带湖的住宅忽遭回禄之灾，被大火烧成了一片灰烬，他一家老小便迁入了铅山县期思渡的新居，这时辛弃疾已经57岁了，年近花甲，身体状况已大不如前了。

辛弃疾是乐天派，再次罢官，归隐林泉，仍不改词人本色，与友人唱酬往还，乐此不疲。值得一提的是他与理学家朱熹的交往。朱熹是徽州婺源（今江西婺源）人，生于建炎四年（1130），比辛弃疾大10岁。他知道辛弃疾是嵚崎磊落之士，称赞他是股肱王室的卓荦奇才。朱熹继承并发扬了程颢、程颐的学说，成为南宋理学的集大成者，辛弃疾对他的学识与人品甚为佩服。朱熹在武夷山建武夷精舍，辛弃疾兴致勃勃地前往参观，写《九曲棹歌》相赠，其中有“山中有客帝王师”之句，对朱熹推崇备至。在《寿朱晦翁》一诗中他又褒扬朱熹“历数唐虞千载下，如公仅有两三人”，虽有溢美的成分，但也恰切。朱熹也书写“克己复礼”“夙兴夜寐”

八字勖勉辛弃疾。

木秀于林，风必摧之。朱熹主张人们要“修身养性”“灭人欲，存天理”“正心诚意”，要“居敬”“穷理”以求仁，为广大士子所认可，于是名声大噪。朱熹又上疏宋宁宗，请求进退宰相、更换台谏等大事要出自宸断，不要被权臣左右，这个权臣指的就是宰相韩侂胄。韩侂胄大怒，说朱熹的学说是“伪学”，应下令禁止，又开列了“伪学逆党”名单，曾经推荐过朱熹的宰相赵汝愚及叶适、吕祖谦等人均在名单中。此事发生于宋宁宗庆元年间，史称“庆元党禁”。朱熹遭此迫害，于庆元六年（1200）春病死于武夷山中。“伪学禁方严，门生故旧至无送葬者。辛弃疾为文往哭之曰：‘所不朽者，垂万世名。孰谓公死，凛凛犹生！’”（《宋史·辛弃疾传》）别人不敢前往吊唁，辛弃疾却毅然前往，表现了他耿介拔俗的性格和对亡友的一片挚情！

郁郁不得志的晚年

宋宁宗嘉泰三年（1203）六月，蛰居赋闲了数十年之久的辛弃疾，又被朝廷起用知绍兴府兼浙东安抚使，这年他64岁，已是皤皤白发的老翁了。辛弃疾上任伊始，就调查清楚了浙东地区贪官污吏与豪绅地主勾结鱼肉百姓的现状，这和他当年在湖南、福建任职时所见一模一样。于是他为民请命，上疏朝廷，请求废除折变，以纾民困。所谓折变，是一种赋税输纳方式。国家征收赋税时有固定物品，但有时需要其他物品时就必须变更物品，称为折变。按照规定，折变之物与原定之物应价值相等，但在实际操作过程中，官吏上下其手，胡乱折算，纳税户所纳之税比原定税额多了五六倍，那些多征的税款自然都流进了贪官的私囊，百姓苦不堪言。辛弃疾大声疾呼，对这些残民以逞的贪官应该严惩不贷。当时浙东地方还有一批盐贩结成团伙，打家劫舍，骚扰百姓，辛弃疾毫不留情地予以镇压。

辛弃疾所到之处，喜欢结交新朋旧友，在绍兴他结识了鼎鼎大名的诗人陆游。陆游字务观，号放翁，越州山阴人，山阴就是绍兴。那时他已是耄耋之年，居住在绍兴鉴湖之旁。两人都是诗人，都是抗金志士，惺惺相惜，志趣相投。鉴湖波平如镜，周遭花木葳蕤，风景甚好。只是陆游居住之处茅屋数椽，环堵萧然，仅蔽风雨，辛弃疾提出要为他修葺房屋，被婉拒。后来陆游在《草堂》一诗中说："幸有湖边旧草堂，敢烦地主筑林塘。"又在自注中说："辛幼安每欲为筑舍，予辞之，遂止。"辛弃疾离开绍兴调知镇江府时，陆游有诗相赠，其中云：

稼轩落笔凌鲍谢，退避声名称学稼。
十年高卧不出门，参透南宗牧牛话。
功名固是券内事，且葺园庐了婚嫁。
千篇昌谷诗满囊，万卷邺侯书插架。

诗中说辛弃疾的诗可与鲍照、谢灵运的诗媲美，如今虽隐居林泉，写了许多反映农村风光的诗，但功名如同订了契约一样，只是早晚的事，不必着急。唐代诗人李贺每天出门，必背一口袋，遇有所得，便写出放于袋中，作为写作素材。辛弃疾也是如此勤奋，故有千篇诗歌传世。辛弃疾藏书丰富，像唐代任过宰相、被封为邺侯的李泌一样，韩愈有诗赞扬说："邺侯家多书，插架三万轴。"陆游如此赞扬辛弃疾，并非溢美之辞，乃是真实写照！

在知绍兴府任上，辛弃疾还把词人刘过招入幕府，也成就了一段文坛佳话。刘过是吉州太和（今江西泰和）人，比辛弃疾小14岁。他虽满腹经纶，却是功名蹭蹬，屡试不第，落魄江湖，寄人篱下。他的词为陆游、辛弃疾所赏识，辛弃疾有意招他入幕，便派人邀约，但刘过因事未能成行，于是仿效辛弃疾的《沁园春》写了一首词，寄给辛弃疾。辛弃疾大喜，馈赠金钱数千缗，并邀他来绍兴相会。刘过应邀而至，居住月余，两人诗文唱酬，相处融洽。不过这次刘过并未留在辛弃疾幕府，临别之时，辛弃疾赠他银钱千缗，嘱咐他用这些钱置买庄田，刘过喏喏连声答应。回到家乡，刘过放荡不羁，把这些钱当成了酒资，辛弃疾也并不在意。

嘉泰四年（1204）正月，65岁的辛弃疾被宋宁宗召至京师，询问盐法，并听取了他如何对付金国的意见。辛弃疾虽身在绍兴，却心系边陲，时时思考如何廓清敌寇，恢复旧日河山。他派人潜入山东、河北等地刺探消息，侦察金人动静，把那里的地形、官衙所在、仓廪、驻军等情况，一一记载下来，还把金方兵力分布编制成图，绘画在一方绢上，时时揣摩，对金人的军事动向都了然于胸。他分析了宋金两国形势，认为金国必乱必亡，并详细陈述用兵之利，如何用兵，“乞付之元老大臣”，因为只有元老大臣才老成持重，在与金国对垒时能稳操胜券。

此时朝中掌权的是宰相韩侂胄，他是北宋仁宗朝名相韩琦曾孙，可惜他没有韩琦安邦定国的本事，天真地认为只要宋朝出兵，便能扫平狼烟，收复失地，自己就能名标青史，垂誉后世。这次宋宁宗召见辛弃疾一事就是他怂恿的。但辛弃疾所说的元老大臣并非韩侂胄等人，韩侂胄失望之余，又从中做了手脚，名义上把辛弃疾的职衔由集英殿修撰这一贴职（以他官兼领诸阁学士及三馆职名者）升为宝谟阁待制［嘉泰二年（1202）新设的收藏宋光宗御制处，设学士、直学士、待制］，又让他主管冲佑观，却免掉了他的浙东安抚使之职。辛弃疾的仕途又一次遭到挫折。

也许是朝廷知道辛弃疾是公忠为国、有胆有识之人，两个月后又派他知镇江府。他到任后先造红衲万领，即定制一万套军服，计划再招一万名士兵，以备御敌之用。他认为自李显忠符离之战败给金人后，宋兵只能屯驻在淮河沿岸壮壮国威，要冲锋陷阵还须仰仗淮河沿边之人。因为他们生长在淮河岸边，幼年即走马臂弓练习武艺，长则泅水渡河如履平地，用这些人作战，定能克敌制胜。辛弃疾的这些设想颇有道理，可谓知己知彼之论。但以一个区区知府纵论天下大事，不会引起朝廷重视，更何况韩侂胄并未把沿淮防务交给他，因此言者谆谆，听者藐藐，辛弃疾只能徒叹奈何！

悲愤之余，辛弃疾只能写词抒怀，他曾多次登临京口的北固亭，留下了激昂悲壮的词作。

南乡子·登京口北固亭有怀

何处望神州？满眼风光北固楼。千古兴亡多少事，悠悠。不尽长江滚滚流。

年少万兜鍪，坐断东南战未休。天下英雄谁敌手？曹刘。生子当如孙仲谋。

这首词抒发了由登楼所见中原沦陷引起的兴亡感慨。京口这片土地三国时是东吴管辖，孙权承父兄基业，一度建都京口。孙权年少时便能领万兜鍪，有雄才大略。曹操称赞他说："生子当如孙仲谋（孙权字仲谋），刘景升（刘表字）儿子若豚犬耳。"刘表的儿子蠢如猪狗，生儿子就应像孙权这样。但是南宋哪里能找到像孙权这样的人呢？

永遇乐·京口北固亭怀古

千古江山，英雄无觅，孙仲谋处。舞榭歌台，风流总被，雨打风吹去。斜阳草树，寻常巷陌，人道寄奴曾住。想当年，金戈铁马，气吞万里如虎。

元嘉草草，封狼居胥，赢得仓皇北顾。四十三年，望中犹记，烽火扬州路。可堪回首，佛狸祠下，一片神鸦社鼓。
凭谁问，廉颇老矣，尚能饭否？

这首词苍凉悲壮，上半阕极力赞扬选择在京口建立霸业的孙权和“气吞万里如虎”的刘裕（字寄奴），刘裕是南北朝时期宋国的首位皇帝。辛弃疾表示自己要效法孙权、刘裕，为国建功立业。下半阕写刘裕之子宋文帝刘义隆在元嘉年间命王玄谟北上伐魏，想建立汉代霍去病大败匈奴、封狼居胥山而还的功绩，不料因准备不足而败北。北魏太武帝拓跋焘击败宋文帝后，追至长江北岸瓜步山（今江苏南京六合区），在山上建有行宫，因拓跋焘小字佛狸，后人称此行宫为佛狸祠。43 年前辛弃疾曾在扬州以北的金国土地上抗金，如今自己像廉颇一样老了。战国时赵国名将廉颇遭人陷害出奔魏国，赵王想起用他，派人了解他的健康状况，调查的人受奸臣贿赂，回来报告说廉颇虽能吃饭，但吃一顿饭上了三次厕所，身体虚弱，上不得战场了。赵王信以为真，未再起用他。自己的际遇，不也和廉颇一样吗？“凭谁问，廉颇老矣，尚能饭否？”这句反问的话是对主和派辛辣的嘲弄和讽刺！

也是辛弃疾时运不济，他来镇江还不到一年，就“坐缪举，降朝散大夫”（《宋史・辛弃疾传》）。原来他荐举了一个叫张謨的人，官至通直郎。张謨犯罪受处分，辛弃疾因荐举不当，也被追责降了两级，成为朝散大夫，所幸知镇江府的职务并未被免除。时隔不久，厄运又接踵而至。开禧元年（1205）六月，朝廷调辛弃疾知隆兴府。就在他打点行囊准备登程之际，又有言官弹劾他了，罪名是“好色贪财，淫刑聚敛”。朝廷依然不察究竟，撤销了他知隆兴府的任命，只给了个提举冲佑观的虚名。这已是辛弃疾投奔南宋以来受到的第四次免官惩罚了，简直是赤裸裸的诬陷。当时辛弃疾已66岁，是个行将就木的老人，说他好色，谁人相信？说他贪财聚敛，都是信口开河，拿不出真凭实据。辛弃疾为人正直，疾恶如仇，又是诗词界的泰山北斗，遭人嫉恨很自然，这真是名之所至，谤亦随之。辛弃疾既被褫夺了一切职务，便于这年七月怏怏回到铅山家中。

开禧二年（1206）夏秋，朝廷忽然又任命辛弃疾知绍兴府、两浙东路安抚使。诏书中说他“谋猷经远，智略无前”，虽有罪过，“岂以一眚而掩大德，其以济南之名彦，载新浙东之旌麾”。但辛弃疾已心灰意冷，辞而不就。第二年三月，朝廷为笼络辛弃疾，提升他为龙图阁待制（龙图阁乃收藏宋太宗御书、御制文集之处），知江陵府。赴任前需先去行在临安陈述对时局的看法，于是辛弃疾先去了临安。他向宋宁宗陈述了什么，史书未载，不得而知，但朝廷以“武部尤急于需贤”为由，任命他为兵部侍郎，不再去江陵任职。兵部侍郎乃兵部的副长官，兵部掌管厢军、乡兵、番兵等，乃尚书省六部之一。朝廷为何如此慷慨，加封辛弃疾的官职？原来当时韩侂胄草率出兵伐金，大败而归，“到他们已把事情弄得糟到不堪收拾，又要采取屈辱降敌办法以求了事的时候，却想以名位利禄把一些过去不与其事的人笼络到政府中来，为他们撑持场面，分谤分咎，庶使他们不致失坠其已得的权位”（邓广铭《辛弃疾传·晚年的用舍行藏》）。辛弃疾看穿了韩侂胄一伙的计谋，坚辞兵部侍郎之职，朝廷只得准许。这样，辛弃疾又从临安回到了铅山。

眼看着国事蜩螗，报国无门，辛弃疾郁悒成疾，回到铅山便病倒了。虽延医调治，却不见起色。开禧三年（1207）秋，韩侂胄又起用辛弃疾为枢密院都承旨，让他去临安就职，病榻上的辛弃疾自然无法应命。九月十日，爱国志士、一代词人辛弃疾撒手尘寰，赍志以殁，终年 68 岁。

乱云飞渡仍从容

——朱熹坎坷的出仕治学之路

朱熹（1130—1200）是集北宋以来理学大成的思想家，他的学派被称为闽学或考亭学派，他对于经学、史学、文学、语言学、文献学、佛学乃至自然科学均有独到见解。朱熹的治学道路并非一帆风顺，而是一波三折，南宋宰相韩侂胄就说他的学说是伪学，下令禁止，他的名誉在他殁后多年才被恢复。绍定年间，宋理宗赵昀（yún）改封其为徽国公；淳祐年间又下诏从祀孔子，并亲书《白鹿洞学规》赐给太学。至此，朱熹才算是备极哀荣了。

初入仕途，小试锋芒

朱熹字元晦，一字仲晦，又号晦翁，别称紫阳，南宋徽州婺源（今江西婺源）人，生于南剑州尤溪（今福建尤溪），后来徙居建阳（今福建南平建阳区）考亭。朱熹出身于诗书门第，父亲朱松进士及第，被荐为秘书省正字。秘书省掌管古今经籍图书、国史、实录等事，正字则负责订正典籍中的讹误。朱松为人正直，宰相赵鼎都督川、陕、荆、襄兵马时，想把朱松罗致麾下，朱松辞而不赴。赵鼎第二次拜相时，朱松被荐为校书郎，后升迁为著作郎；又因御史中丞常同的荐举，一度任吏部郎。宰相秦桧卑躬屈膝与金议和，朱松上疏极力反对，言辞激烈，触秦桧之怒，被贬出知饶州（今江西鄱阳），未及上任，便一病不起，撒手尘寰。

朱松虽然满腹诗书，却酷信堪舆之学，曾找阴阳先生询问自家坟地风水，后代有无富贵之人。阴阳先生说："富也只如此，贵也只如此，生个小孩儿，便是孔夫子。"（《宋人轶事汇编》卷 17）后来生下朱熹，果然是大儒。这则记载近于小说家之言，不足采信。朱熹 1 周岁时，朱松吟诗说："行年已合识头颅，旧学屠龙意转疏。有子添丁助征戍，肯令辛苦更冠儒。""行年"是指经历过的年岁，"屠龙"是指高超的技艺。这首诗是说，经历过这么多年官场历练，知道自己应该如何生活，那些屠龙技艺不实用，已不再去考虑了。等儿子长大让他从军征戍，不再让他辛辛苦苦去读书了。这当然也是戏谑之言，朱松以读书传家，岂肯不让儿子读书？朱熹 5 岁时便开始读书，启蒙老师就是他的父亲朱松。

朱熹 14 岁时，朱松驾鹤西去，临死前让朱熹师从好友刘子翚、胡原仲、刘勉之、李侗等。这几人才富学赡，堪称耆宿硕儒，尤其刘子翚精于易学，名播遐迩。刘、朱两家是姻亲，朱松殁后，刘子翚特地为朱熹家修缮了房屋，安顿朱熹母子。他在给刘勉之的信中说："于绯溪得屋五间，器用完备，又于七仓前得地，可以树，有圃可蔬，有池可鱼，朱家人口不多，可以居。"（《鹤林玉露·子弟为干官》）修缮后的房屋，器用完备，院内可以栽种树木，还有可种蔬菜的园圃和可以养鱼的池塘，朱熹衣食无忧，可以安心读书了。朱熹读书甚多，三坟五典、诸子百家无不涉猎。他说："某旧时亦要无所不学，禅、道、文章、楚辞、诗、兵法，事事要学。"（《朱子语类》卷 104）南剑州剑浦（今福建南平）人罗从彦学问渊博，朱熹也"不远数百里，徒步往从之"（《宋史·朱熹传》）。

绍兴十八年（1148），19 岁的朱熹迎来了两件喜事：一是娶刘勉之长女刘清四为妻。二是婚后朱熹赴行在临安（今浙江杭州）参加科举考试，中殿试第五甲第九十人，赐同进士出身，授同安县（今福建厦门、金门一带）主簿。这正应了"受够十年寒窗苦，脱却蓝衫换紫袍"的古话。古代称洞房花烛夜、金榜题名时、久旱逢甘霖、他乡遇故知为人生四大美事，朱熹竟占了两件，心中好不惬意！

宋代的同安县并非专指今日福建厦门的同安区，也包括金门岛。金门旧称浯洲，又有仙洲、浯江、沧海、沧浯等名称。宋神宗熙宁、元丰年间，浯洲被划入泉州府同安县绥德乡翔风里。明初洪武年间，江夏侯周德兴奉命经营福建沿海防务，在岛上筑千户所城，因此岛的形势"固若金汤，雄镇海门"，故称浯洲为金门，一直相沿至今。朱熹所任的同安县主簿一职，乃是县令的同僚，但级别比县令稍低，如果县令有事不能莅职，主簿可代县令行使职权。据《宋史・朱熹传》记载，他在同安县主簿任上，“选邑秀民充弟子员，日与讲说圣贤修己治人之道，禁女妇之为僧道者”。遴选邑中优秀子弟入学读书，同他们讲说古代圣贤如何加强自身修养与学习治国之道，禁止妇女遁入空门当尼姑或道姑。这段记载虽然肯定了朱熹的功绩，但只寥寥数语，未免过于简略，实际上朱熹在金门岛上大有建树，许多事迹至今还广为流传。他任县主簿兼主县学，新建或扩建同安县学四斋，举荐宿儒为县学宾客，敦聘饱学之士柯翰为县直学；他多次莅临县学讲授《论语》，又请柯翰为诸生讲《礼记》；为丰富县学藏书，他亲至福州谒见安抚使方滋，为县学购得图书985卷，又整理县学匮藏图书227卷，新建经史阁庋藏，以便学生阅读，从此金门岛上读书风气大盛，弦歌不辍；他又整顿礼制，革除婚丧陋习，百姓称便。至今金门岛上还保留有不少古代的丧葬礼仪，朱熹之功，不可泯没！

绍兴二十五年（1155）五月，朱熹奉泉州府之命，寻访搜集境内先贤碑碣，往金门查访硕儒陈渊事迹。朱熹喜欢探幽访胜，游览山水，受命之后，自然乐不可支。《朱文公文集・别集》中收有他的《五月五日海上遇风雨作》一诗：

五月五日海上遇风雨作

疾风吹雨满征衫，陆走川行两不堪。

尘事萦人心事远，濯缨何必在江潭？

五月的浯洲，阴晴不定，雨水频繁，故朱熹有“陆走川行两不堪”之叹，并说出了“濯缨何必在江潭”的话。

次牧马侯庙诗

此日观风海上驰，殷勤父老远相随。
野饶稻黍输王赋，地接扶桑拥帝基。
云树葱茏神女室，岗峦连抱圣侯祠。
黄昏更上丰山望，四际天光蘸碧漪。

牧马侯就是陈渊，朱熹游览唐代开拓金门的陈渊的祠庙，并在海上观风，金门父老倾巢而出，都想一睹这位年轻父母官的风采。此时的金门岛正是收获季节，稻黍飘香，云树葱茏，冈峦起伏，碧水连天。朱熹高兴地说：“此日山林，即他日儒林。”这句话后来果然应验，明朝时期金门科甲之盛，甲于东南诸省。

朱熹在金门岛上最大的功绩是创建了燕南书院。清代道光年间，一个叫林焜熿的人撰写的《金门志》引用《沧浯琐录》一书称：“燕南书院在浯洲，宋时建，今莫详其迹。”这几句话说得含糊不清，只说宋代在浯洲建有燕南书院，并未说建者是朱熹，到清代连遗址都找不到了。郭尧龄的《朱熹与金门》一书则说：“朱子主邑簿，采风岛上，以礼导民。浯既被化，因立书院于燕南山，自后家弦户诵，优游正义，涵泳圣经，则风俗一丕变也。”这一段话肯定了燕南书院乃朱熹所建，为前文的“莫详其迹”做了最好的注脚。陈笃彬、苏黎明撰写的《泉州古代书院》一书做了更详尽的解读，说燕南书院就位于金门岛的燕南山上，即今日的金城镇古区村。金门岛与同安一衣带水，隔海相望，鸡犬之声相闻。朱熹任同安主簿时，多次到金门岛采风并有题咏，还革除岛上陈规陋习，教民以礼。绍兴二十三年（1153）朱熹创建了燕南书院。燕南书院至明初建千户所城时，已颓圮不存，在旧址上营建了太文岩寺，该寺在明末清初也毁于兵燹，故清人才会说“莫详其迹”。清光绪五年（1879）重建太文岩寺，寺之第三进院作为学堂，算是修复后的燕南书院。2006 年 4 月，燕南书院遗址被列为古迹加以保护。

绍兴二十六年（1156）七月，朱熹任期将满，行将离任，民怀其德，遮道挽留，朱熹滞留同安等候继任者，因继任者未至，又继续任职。从到任至去职，朱熹在同安主簿任上计 4 年零 3 个月。

忠言进谏，清白为官

朱熹不乐仕进，喜欢治学，虽然为官，但为时甚短，故《宋史·朱熹传》说他：“登第五十年，仕于外者仅九考，立朝才四十日。”他对朝廷忠贞不贰，屡上忠言谠论，为官两袖清风，多次为民请命。宋孝宗即位，下诏求直言，在垂拱殿召见朱熹，征询意见。朱熹直言不讳提出三点：一是陛下用人不专，疑心甚重，对臣下谏诤，偏听偏信，这是不讲大学之道所致，应该根据具体事件判断是否有道理，然后据理决定如何处理事情。二是对待宿敌金国，只有通过战争才可复仇，只有坚守边圉才可克敌制胜。三是请陛下“开纳谏诤，黜远佞邪，杜塞倖门，安固邦本”（《续资治通鉴》卷138）。其时当宰相的是主和派汤思退，他不喜欢朱熹的抗金言论，只给了他一个武学博士的虚衔。朱熹自知得罪了权贵，迟迟不肯赴任，朝廷几次催促，才束装就道。刚刚莅任，宰相又换成了另一主和派洪适，朱熹与他议论不合，便挂冠而去。在这之后，朝中大臣多次荐举朱熹出仕，他都辞而不就。宋孝宗以为朱熹安贫乐道，淡泊名利，精神可嘉，命他主持台州（今浙江临海）崇道观，不久，改任掌修日历、撰祠祭祝文的秘书郎。朱熹力辞，并给宰相写信抨击那些寡廉鲜耻、鱼肉百姓的官员，于是势利小人群起鼓噪，诋毁朱熹，朝廷便改任朱熹主管武夷山冲佑观，仍然是没有实际职掌的祠禄官。

淳熙五年（1178），史浩任右丞相兼枢密使，他赏识朱熹的才干，命他知南康军（今江西庐山）。鉴于他多次辞官不赴，朝廷命他由武夷山冲佑观直接赴任，朱熹再辞未果，只得赴任。“至郡，兴利除害，值岁不雨，讲求荒政，多所全活。”（《宋史·朱熹传》）南康军久旱不雨，五谷歉收，十室九空，炊烟不举。朱熹全力以赴赈灾，许多百姓才未沦为饿殍。旱情过后，朱熹上疏请求旌表奖励那些献粮之人。

白鹿洞书院在今江西庐山五老峰下，唐朝中叶洛阳人李渤、李涉兄弟隐居于此，读书不辍，两人蓄一白鹿，人称白鹿先生。李渤后任江州（今江西九江）刺史，在这里建台榭，命名为白鹿洞。南唐时朝廷在白鹿洞设置学馆，拨给田地，一时学者云集，硕儒李善道为洞主，掌教学之事，时人称为白鹿洞国庠。北宋太宗时白鹿洞书院生员甚众，喜欢稽古右文的宋太宗下诏赐给“九经”，宋仁宗时又扩建校舍 10 间。但到南宋孝宗时，白鹿洞书院已是颓垣断壁，仅存遗址了。朱熹知南康军，按旧日规模重修白鹿洞书院，亲手制定《白鹿洞学规》，还经常到书院讲学。他渊博的知识、幽默的谈吐，使学生如沐春风，如饮醇醪。这是白鹿洞书院的极盛时期。

淳熙六年（1179）夏，又是久旱不雨，宋孝宗下诏让监司、郡守陈述民间利病。朱熹上疏说：天下最急迫的事情莫过于体恤百姓疾苦，体恤百姓疾苦的根本在于帝王心正意诚，建立必要的法度。但法度不会自行产生，须要帝王心术公平正大，没有偏颇，法度才能建立。帝王公平正大之心不会尽善尽美，必须亲贤臣、远小人，这样才能政治清明，奸邪之路闭塞。如今宰相与谏诤之臣尽皆失职，陛下所依赖者，不过一两个身边亲近之人。他们蛊惑陛下心志，不信先王治国之道，喜欢急功近利之术，不听正直人的忠言谠论，却听宵小的胡言乱语。一言以蔽之，如今朝廷上奸邪当道，忠良被斥逐，“使陛下之号令黜陟不复出于朝廷，而出于此一二人之门，名为陛下独断，而实此一二人者阴执其柄”（《宋史·朱熹传》)。长此以往，百姓之疾苦如何减轻？财税如何增加？军队如何强大？宗庙之仇如何洗雪？宋孝宗读着这一连串的质问，不禁勃然大怒，令大臣赵雄仔细分析朱熹的奏折，打算处罚他。赵雄上奏说：儒士喜好名声，陛下越是惩治他，他的名声就越大，惩治适得其反。不若因其长而用之，他是否贤能，便可见分晓了。宋孝宗认为赵雄之说有理，便任命朱熹为提举江西常平茶盐公事，就是掌管江西的茶政、盐政。

朱熹上任不久，还未来得及展经纶、施抱负，浙东又发生了灾荒，宰相王淮因朱熹有南康军救灾的经验，奏请改任他为提举浙东常平茶盐公事。宋孝宗召见朱熹，询问救灾事宜。朱熹说：陛下即位20年间，水旱盗贼频发，没有一年安宁。究其原因，是政治不够清明，刑罚失当，君子未用而小人未退，大臣失职而奸臣窃弄权柄，正直之言甚少而谄谀之言甚多，道德仁义之风未立而赃污风气甚嚣尘上，财货流入王公大臣腰包而朝廷恩泽百姓未沾其惠，朝廷官员责人甚严而自己不遵守官箴，如此种种，岂能不招致天灾？朱熹说到这里，话锋又转到了宋孝宗身上：陛下即位之初，曾选拔正直之人管理国家，但未能尽选贤能之人，只选用软弱易制之人充任各级官吏，于是种种弊端相继出现。长此以往，陛下声誉下降，朝廷法度败坏，奸邪充斥，贿赂公行，兵愁民怨，盗贼出没，灾害频发，饥馑屡至，小人皆能满其私欲，只有陛下了无所得，独受其弊。这一次宋孝宗听了朱熹的话，颇为动容，亲手书写了朱熹所奏中的一二事。朱熹赴任时写信给其他州郡，招募卖粮商人，许以优惠条件，于是米商纷至沓来，等他到达任所，运送稻米的船只已络绎不绝地到达了，浙东的饥荒很快便得到解除。

朱熹为察访民间疾苦，足迹踏遍所辖境内。他单车独行，不带随从，所至之处，从不惊动百姓。“郡县官吏惮其风采，至自引去，所部肃然。凡丁钱、和买、役法、榷酤之政，有不便于民者，悉厘而革之。于救荒之余，随事处画，必为经久之计。”（《宋史·朱熹传》）郡县中的官吏惧怕他办事雷厉风行，不留情面，不少人挂冠而去，境内肃然称治。所有苛虐之政皆除去。

鉴于灾荒时有发生，宋孝宗还下诏各路施行朱熹创立的社仓法。原来早在乾道四年（1168），朱熹赋闲在家，建宁府崇安县（今属福建）适遇饥荒，待哺之民甚多。朱熹请求建宁府贷得常平仓米 600 石，按每户人口多少分发，至冬天丰收时加息偿还。此后年年如此，歉年偿还利息之半，大饥之年则利息全免，这一措施就叫社仓法。朱熹如此关心民瘼，实在难得，难怪有人攻击朱熹，说他荒废政务时，宋孝宗对宰相王淮说：“朱熹政事却有可观。”

朱熹刚正不阿，得罪了宰相王淮，自知仕途凶险，遂请求奉祠，于是朝廷命他主管台州崇道观，后又主管云台观、鸿庆观，长达 5 年之久。淳熙十四年（1187），周必大任宰相，朱熹被任命为提点江西刑狱公事，他以有病辞，未获批准，只得登程。途中有人提醒他说：你平日好讲“正心诚意”，天子最讨厌此四字，面见天子时慎勿再讲。朱熹摇头说：我平生所学，只有此四字，岂可隐而不言欺君？朱熹面见宋孝宗，宋孝宗言“今当处卿以清要，不复以州县烦卿”（《宋史纪事本末·道学崇黜》），任命其为兵部郎官。朱熹以足疾未愈为由推辞，宋孝宗仍命他为提点江西刑狱公事，朱熹再辞未赴。

宋光宗赵惇即位，知朱熹忠心辅国，下诏褒奖，任命他为江东转运副使。转运使一职在宋初掌管供办军需之事，后逐渐转为一路长官，转运副使乃转运使的副手。朱熹仍以足疾为由辞而不就，宋光宗便改任他知漳州。朱熹关心民瘼，未再推辞，甫上任便蠲免漳州所属各县滥牧的赋税700万缗，减去经制钱400万缗。经制钱是宋代中央政府向地方征调的若干项财赋和杂税的总称，地方官员随意征派，百姓苦不堪言，如今朱熹减免，百姓拍手称快。漳州地区不大讲究礼仪，尤其婚丧嫁娶之礼甚为繁乱，朱熹依据古礼制订了一些规则，贴榜于通衢，并委派乡里中有学问的父老解说，以此教育乡村子弟。经朱熹一番整顿治理，漳州民风丕变，成了礼仪之邦。

朱熹在漳州推行经界法受阻，令人叹惋。所谓经界法，是指丈量田地、重定税额的措施。朱熹任同安县主簿时，知道福建各地尚未行经界之法，给百姓带来诸多不便，在经过一番仔细调查后，便上奏朝廷述说经界法能保障百姓权益，希望在漳、泉、汀三州推行。经界法的关键在于遴选正直官吏丈量田亩，精确计算，造成图册，根据财产多少制订税额，所有乡县租税一律，百里之内，轻重相同。宋孝宗认为此法甚善，命福建提点刑狱陈公亮协助朱熹施行。有人劝朱熹此举扰民，应当慎重，朱熹回答说：行经界法之事，固然会给百姓带来小小骚扰，但不如此，贫苦百姓受害便无结束之时，因此下决心为之，庶几可一劳永逸。绍兴年间，“正施行时，人人嗟怨，如在汤火中，但讫事后，田税均齐，田里安静，公私皆享其利。凡事亦要其久远如何耳”（《鹤林玉露·经界》）。

经界法尚未施行，外界已传得沸沸扬扬，“细民知其不扰而利于己，莫不鼓舞；而贵家豪右，占田隐税，侵渔贫弱者，胥为异论以摇之”（《续资治通鉴》卷 152）。普通百姓因此法公正公平而欢欣鼓舞，而占田隐税的豪绅之家则极力反对，宰相留正、缙绅吴禹圭纷纷上疏说经界法如若施行，必然扰民。宋孝宗见有人反对，未免犹豫不决，下诏只在漳州行经界法。朱熹见天子动摇，知道如若施行，必然阻力重重，适逢其子病亡，便请求辞职，被改任为秘阁修撰，主管南京鸿庆宫，漳州经界法之事遂不了了之。

朱熹恪守官箴，为民请命，声誉远被，天下闻名。绍熙四年（1193）十二月，宋朝派人出使金国，金国大臣纷纷询问朱熹先生现在何处、为何不仕，宋光宗得知后颇受震动，立即任命朱熹为湖南安抚使，知潭州（今湖南长沙）。宋宁宗赵扩即位后，宰相赵汝愚推荐朱熹为焕章阁待制兼侍进，其时朱熹在湖南只短短 1 年时间，但宋宁宗还是准了奏。原来宋宁宗即位前被封为嘉王，宿儒黄裳为嘉王府副翊善（翊善是王府属官），辅导其读书。宋光宗常夸奖，嘉王学问大进都是黄裳的功劳。黄裳则说：若要进德修业，步武古代先哲帝王，须寻找天下第一等有学问之人，此人非朱熹莫属。还有一次为嘉王讲解经史的彭龟年讲说春秋时鲁庄公之母为人跋扈，往往干预朝政，鲁庄公不能制止母亲，应当好好管理侍御和仆从，这样才能降低危害。嘉王对此说感到新奇，问这是谁的言论，彭龟年说此话乃朱熹所说。此后每逢讲解经史，嘉王必问朱熹如何说。因此宋宁宗对朱熹一向有好感，宰相赵汝愚荐举朱熹为经筵官，为天子讲解经史，正中其下怀。

宋宁宗之立，时任知閤门事（掌供奏，乘舆，朝会，游幸，引接亲王、百官、宰相及藩国朝见等）的韩侂胄有定策之功，他想凭借这一资本升官，成为手握节钺的将帅。赵汝愚认为，拥立新君、稳定朝纲是做臣子的本分，不应以此要挟朝廷升官，只给了韩侂胄宜州（今广西宜山）观察使之职。观察使为武臣寄禄官，无职掌，也不驻本州，韩侂胄未免大失所望，对赵汝愚恨之入骨。知临安府徐谊等人劝赵汝愚说，韩侂胄心胸狭隘，乃睚眦必报之人，若不满足其需求，他日必有后患，赵汝愚不听。朱熹劝赵汝愚厚赏韩侂胄以酬其策立之功，但要疏远他，赵汝愚也屏而不纳。

韩侂胄的知閤门事之职虽然官职不高，但掌管传导诏旨，可以接近天子，方便窃弄权柄，作威作福。韩侂胄使出纵横捭阖的本领，先是怂恿宋宁宗罢免了左丞相留正，使得赵汝愚在朝中孤掌难鸣，又援引同党谢深甫为御史中丞。御史中丞乃御史台长官，掌弹劾纠察，权势甚重。右正言（掌规谕讽谏，凡朝政阙失、大臣任用不当，均可谏正）黄度准备上疏劾奏韩侂胄奸邪，被韩侂胄发觉，贬他出朝知平江府（今江苏苏州）。朱熹趁为宋宁宗讲解经史之机进谏说：陛下即位不过一月，便罢免宰相，更换御史大夫，这是否出于陛下独断？朝野之人皆认为是陛下身边大臣窃弄权柄。臣恐如此下去，陛下威望下移，天下不治反乱了。朱熹所指窃弄权柄之人就是韩侂胄。韩侂胄听闻此事大怒，指使伶人峨冠阔袖，装扮成大儒形象，在宋宁宗面前起舞，乘机上奏说朱熹迂阔，不可任用。宋宁宗正倚重韩侂胄，对他言听计从，见他说朱熹不可任用，便下御批给朱熹："悯卿耆艾，恐难立讲，已除卿宫观。"（《续资治通鉴》卷 153）意思是朕怜惜你年纪老迈，恐怕难以再讲说经史了，已改任你为宫观官。

忠良蒙冤被贬，激起了朝中正直大臣的义愤。赵汝愚要求宋宁宗收回成命，宋宁宗不准，他愤而提出辞职，宋宁宗也不准。掌管起草诏令的中书舍人陈傅良上疏宋宁宗请其重新考虑。刘光祖、邓驿等人上疏请求恢复朱熹经筵官之职。工部侍郎黄艾借为宋宁宗讲说经史之机，询问天子为何骤然把朱熹逐出朝廷。吏部侍郎彭龟年上奏说自己当初约朱熹一同弹劾韩侂胄，如今朱熹被免职，自己应当连坐。知登闻鼓院（掌受文武官员及百姓章奏表疏）游仲鸿上疏说：陛下内批免朱熹官，不经过中书省，不合常理，罢免宰相留正、谏官黄度、讲官朱熹，均非出于正常程序；自古未有天子舍弃宰相、谏官、讲官而能正确处理天下大事者，请恢复朱熹之职，免得小人得志，造成祸乱。大臣王介上疏说：陛下即位未满 3 个月，罢宰相、免台谏，皆出自内批，这不是治平之世应有之事。徽宗崇宁、大观年间，大事皆由内批，弄得朝政紊乱，徽宗最后成了金人的阶下囚。仁宗时杜衍当宰相，封还了十数封天子不妥当的内批。如今宰相不敢封还不当内批，台谏不敢弹劾违规之事，天下还能长治久安吗？这些忠言谠论，宋宁宗充耳不闻，还升了韩侂胄的官职，韩侂胄由是更加骄横跋扈。从此以后，朱熹一直赋闲，直到71岁病逝。

被诬伪学，屡遭迫害

朱熹在仕途上坎坷丛生，鞠躬尽瘁却不被重用，在治学上成就斐然却被诬为伪学，最终郁悒而殁。如此际遇，令人叹惋！

朱熹被诬为伪学一事，是与知台州唐仲友互相攻讦所致。唐仲友字与正，宋代婺州金华（今浙江金华）人，进士出身，著作颇丰，人称悦斋先生。他自恃才高，看不起朱熹，而朱熹与理学家陈亮是莫逆之交，陈亮之名，传播远近，唐仲友颇为嫉妒。陈亮至台州游览，与一妓女相狎，那妓女请求陈亮为她脱籍，恢复自由之身，再嫁给陈亮为妻，陈亮满口答应。此时唐仲友正知台州，得知陈亮欲为妓女赎身之事，便召来妓女问道：你果真要赎身后嫁给陈官人吗？陈官人家境萧条，你须能忍饿受冻方可。妓女闻听此言，恚恨不已，陈亮再来，便冷眼相对，不似往日热情了。陈亮仔细打听，得知是唐仲友从中挑拨，在与时任提举浙东常平茶盐公事的好友朱熹闲谈时便故意说：唐仲友说朱熹你该认的字还未认全，怎配做监司之职。朱熹听后大怒，遂以台州还有冤狱为名，请求前往巡视。到了台州，唐仲友出迎稍迟，朱熹更加相信陈亮的话，以为唐仲友有意轻慢自己，立刻没收了唐仲友知台州的印鉴，交给唐仲友的副手摄理，同时上疏弹劾唐仲友失职之罪。唐仲友也上疏抗辩，说朱熹所说不实。宋孝宗问宰相王淮此事该如何处理。王淮既与唐仲友同乡，又是姻亲，便上奏说："此秀才争闲气耳。"于是宋孝宗对双方都未责备，息事宁人，不再提此事。（《齐东野语·朱唐交奏本末》）

《齐东野语》一书说得煞有介事，但《宋史·朱熹传》所记则完全不同："熹行部至台，讼仲友者纷然，按得其实，章三上，淮匿不以闻。"这是说唐仲友作为台州的行政长官，的确是劣迹斑斑，有许多人投诉他，朱熹调查得实，三次上疏弹劾他，宰相王淮却扣压没有上报。朱熹继续上疏弹劾，唐仲友也上疏分辩。王淮看隐瞒不住，只得把朱熹的奏章呈送给宋孝宗。宋孝宗命有关部门调查是否属实，有人建议此案应交浙西提刑司，由其委派正直有魄力的官员查证，朱熹仍应去受旱灾州郡巡视。其时朱熹尚在台州，接到诏书，前后六次上疏弹劾唐仲友。王淮不得已，把新授予唐仲友的江西某官的职务转授给朱熹。朱熹认为自己弹劾唐仲友是为国澄清吏治，并非为一己之私升官，如此处置有污自己清白，不可接受，于是请求辞去现有职务，去当宫观官。显而易见，《宋史》所说比较翔实可信，朱熹不会听信陈亮一面之词而假公济私，公报私仇，陈亮也不可能因嫖妓而与唐仲友结怨。

《齐东野语·台妓严蕊》还记载了一则流传甚广却荒诞不经

的故事。台州有一个叫严蕊的营妓（古代军中官妓），善于弹琴弈棋，歌舞、丝竹、书画靡不精通，色艺冠绝一时。严蕊还擅长诗词，往往有新词丽句，四方皆闻其名，有不远千里慕名来访者。唐仲友知台州时，曾在酒席筵上命严蕊赋一首红白桃花词，严蕊略一思索，便脱口而出：

如梦令

道是梨花不是，道是杏花不是。白白与红红，别是东风情味。曾记，曾记，人在武陵微醉。

唐仲友见她才思敏捷，甚为高兴，当即赏赐绸缎两匹。七月七日，唐仲友在州衙设宴款待宾朋。座客中有谢元卿其人者，为豪爽之士，知道严蕊娴于诗词，命她以“谢”姓为韵，即席吟词。酒过三巡，严蕊词成：

鹊桥仙

碧梧初坠，桂香才吐，池上水花微谢。穿针人在合欢楼，正月露玉盘高泻。

蛛忙鹊懒，耕慵织倦，空做古今佳话。人间刚道隔年期，天上方才隔夜。

这首词中既嵌入了“谢”字，又描绘了七夕景象，谢元卿欢喜不尽，从此与严蕊缠绵缱绻半年之久，囊中金钱悉数相赠。朱熹巡察所属州郡来到台州，打算治唐仲友之罪，便把严蕊关押狱中。严蕊虽备受拷问，但拒不承认与唐仲友淫乱，遂于一个月后被移送绍兴狱中。狱卒好言相劝说：你为何不早早认罪，认了也不过杖责而已。何况你在台州狱时已受过杖刑，痛快承认，便不会再受杖刑之苦，你还顾虑什么呢？严蕊摇摇头说：我身为卑贱营妓，纵使与太守淫乱，也不至于判死罪。但是是非真伪，必须泾渭分明，不能空口无凭污士大夫清白，我宁死也不诬告。严蕊不肯招认，招来了更严酷的杖责，几次被打得奄奄一息。严蕊的执着正直与悲惨遭遇一时在市井街衢之间热议，连宋孝宗也知道了此事。不久，朱熹改任他官，由岳飞之子岳霖接任。岳霖见严蕊花憔柳悴，便生了恻隐之心，命她作词陈述事件的来龙去脉。严蕊稍作构思，即口占一首《卜算子》词：

卜算子

不是爱风尘，似被前缘误。花落花开自有时，总赖东君主。

去也总须去，住也如何住。若得山花插满头，莫问奴归处。

这首词写得委婉悱恻，岳霖读了，顿生怜香惜玉之心，即日判她除去妓女籍，恢复自由之身，后来嫁给了一个赵姓宗室为妻。朱熹与唐仲友的一段恩怨终于尘埃落定。

朱熹严查唐仲友不法一事，得罪了与唐仲友同乡又是姻亲的宰相王淮。王淮恐朝廷重用朱熹，便怂恿吏部尚书郑丙上疏，说近来有所谓道学之人，欺世盗名，并无真才实学，陛下不宜采用。宋孝宗听了，不禁对朱熹的学说产生了怀疑。王淮见宋孝宗态度游移不定，又提拔一个叫陈贾的人为监察御史，让他再进谗言。陈贾鼓动如簧之舌上奏说：臣窃以为天下士人所学于圣人之道者，尽皆相同，既然相同，有人标榜自己所学与人不同，必然是借此机会兜售伪劣学说。如何分辨邪正？不过是真实与虚伪而已。表里相同叫作真实，言行不一叫作虚伪。近来士大夫中有所谓道学者，提倡正心诚意，克己复礼，这两句话乃学者共同遵守的原则，而朱熹说只有自己的门徒才能达到这一境界，但考察他们的所作所为，又大谬不然，这不是借道学之名以售其奸吗？愿陛下明白诏示中外，痛革此习。宋孝宗受陈贾蛊惑，竟信以为真，从此朱熹的学说被贴上了伪道学的标签。

兵部侍郎林栗与朱熹讨论《易经》，两人意见不合，林栗落井下石，污蔑朱熹说其本无学术，只是窃取张载、程颐的余唾，自封为那些无知文人的宗主，称自己的学说为道学，招摇过市，妄自尊大。所至辄携门人数十人，模仿春秋、战国时期孔、孟游历讲学的做法，美其名曰宣传济世之策，实则是扰乱天下的罪魁祸首。这些人如此不遗余力地攻击朱熹，都不过是泄私愤混淆视听而已。

当然也有为朱熹辩护者。太常博士叶适就指出：林栗弹劾朱熹的奏章，所记之事没有一件是真，纯是不实之辞。自古小人残害忠良，皆有口实，或说他们喜好名利，或说标新立异，或说植朋树党。近来又创造了“道学”一词，郑丙倡之，陈贾跟着附和，见士大夫正直立朝者，便奉送一顶道学的帽子，于是贤能之士惴惴不安，销声灭影，以避道学之名。宰相王淮陷害正人君子，也是采用此法。林栗作为朝廷大臣，不能匡弼陛下治理国家，反而与郑丙、陈贾沆瀣一气，以道学为大罪。把朱熹逐出朝廷固然事小，但恐怕自此谗言横生，良善之人受害。直学士院尤袤也上奏说：近来有人设立道学之名诋毁君子，把廉洁奉公、安贫守道、言行一致、砥砺名节等都称为道学。贤人君子不拘符合哪一条，都逃不脱“道学”二字，太平盛世岂能有这等事情发生？愿陛下循名责实，听言观行，以免为正直之人带来无妄之灾。可惜叶适和尤袤之言都未被宋孝宗采纳。

皇帝对朱熹的学说持怀疑态度，先后任宰相的王淮、韩侂胄又极力诋毁朱熹，他们身边那些如蝇逐臭的宵小，对朱熹的攻击更是不遗余力，于是迫害跟着升级。

庆元二年（1196），右正言刘德秀上疏说：伪学为首之人，以寻常之人窃弄朝廷权柄，鼓动天下，因此文风未能改变，请将语录之类的书籍尽数销毁。朱熹当时已著有《四书章句集注》《八朝名臣言行录》等书，正是语录一类的书籍。这年的科举考试，不再从“六经”、《论语》、《孟子》等书中出题。另一个叫张釜的人也上疏说：近来伪学盛行，多亏陛下圣明罢斥，天下之人才洗心涤虑，一改陋习。请陛下诏告天下，上下坚守不变，杜绝伪言伪行乘机而入。于是宋宁宗罢了朱熹宫观官之职。

朱熹赋闲在家，自以为受朝廷知遇之恩，对国事不能缄默不言，便写了洋洋数万言的上疏草稿，劝谏宋宁宗去除奸邪大臣，洗雪赵汝愚被迫害至死的冤案。他的弟子轮番规劝说，如果上疏，必然大祸临头，但朱熹不听。弟子蔡元定请求占卜以定吉凶，结果得到的是凶卦，朱熹默然不语，焚烧了上疏的稿子，上奏请朝廷处分。宋宁宗还算大度，给了朱熹一个秘阁修撰的职务，这是个聊胜于无的闲差使。

虽有一些小人物发难，但台谏官员还未有人弹劾。有个叫胡纮的监察御史，曾在建安（今福建建瓯）跟朱熹受学，吃的是粗糙米饭，当时胡纮就发牢骚说这饭不近人情，几只鸡、一斗酒，山中未必缺乏，如此待人，太吝啬了。当了监察御史后，他便乘机报复。还有个叫沈继祖的人，曾和胡纮是一丘之貉，他拿着胡纮写好的奏章弹劾朱熹，污蔑他剽窃张载、程颐的学说，蛊惑后进之人，招收四方品行不端之人扩充队伍，或相聚于广信（今江西上饶）鹅湖寺，或相聚于长沙敬简堂，时聚时散，如鬼如魅。士大夫中沽名钓誉之徒，又为其摇旗呐喊，交相称誉。如此大奸大憝之人，应如孔子诛杀少正卯一样被诛杀，以为欺君罔上者戒。他的门徒蔡元定助其为妖，应编管另州。宋宁宗于是免除了朱熹的职务，贬谪蔡元定于道州（今湖南道县）。

出发那天，押送蔡元定之人催促甚急，蔡元定却神色从容，与小儿子徒步上路。朱熹与门徒百余人饯别于一佛寺中，一个个愁容满面，有人甚至失声痛哭。朱熹见蔡元定仍然淡定如常，叹息说："友朋相爱之情，季通（蔡元定字季通）不挠之志，可谓两得之矣！"众人都建议找人再上奏朝廷，或许有翻案之日，蔡元定摇摇头说：获罪于天，何处可逃？毅然来到道州。道州人知道蔡元定是满腹经纶的大儒，愿意拜他为师的人纷至沓来。一年之后，蔡元定病逝于道州。死前他写信告诫儿子："独行不愧影，独寝不愧衾，勿以吾得罪故，遂懈其志。"（《续资治通鉴》卷154）单独行走要对得起影子，单独睡觉要对得起被褥，不要因为我的罪过懈怠了上进的志气。这话说得何等好啊！

一波未平，一波又起。蔡元定既被贬，那些趋炎附势之徒又对朱熹发起了更猛烈的攻击。朝散大夫刘三杰上奏说：今日国家之忧有二，一是边境之忧，二是伪学之忧。边境之忧有大臣任其责，臣不敢轻论。至于伪学之忧，不必说远，请以30余年论之。先有张栻大谈性理之学，借此获利；又有朱熹其人者，借《大学》《中庸》而行其奸，只要进入他的门墙，便可成为颜回、闵子骞，得到朱熹一句赞扬，便可成为孔子、孟子，朱熹获利愈多，越发肆无忌惮。朝廷中有权势的大臣，不但不加制止，反而推波助澜。前日之伪学，如今演变为逆党，如此鬼蜮，倘不消除，国家必受其祸。知绵州（今四川绵阳）刘沇上疏，请求设置伪学之籍，凡曾受伪学举荐及为伪学张目之大臣，皆应打入另册，登记姓名，严加惩戒。其时韩侂胄独揽朝纲，正直大臣已被斥逐殆尽，刘沇的奏章正中其下怀，于是他怂恿宋宁宗将许多人列入了伪学之籍，其中当过宰相的有赵汝愚、留正、周必大、王蔺4人，待制（宋朝于各殿阁均设待制，为典守文物之官，位在直学士之下）以上官员有朱熹、彭龟年等13人，其他官员有叶适、游仲鸿等31人，武臣有3人，士人有蔡元定等8人，共59人。因此案始于庆元三年（1197），史称“庆元党禁”。

这么多无辜之人受到迫害，韩侂胄的党羽、右谏议大夫姚愈还嫌惩罚太轻，于庆元四年（1198）上疏请“特降明诏，播告天下，使中外晓然知邪正之实，庶奸伪之徒，不至假借疑似，以盗名欺世”（《宋史纪事本末·道学崇黜》）。宋宁宗竟从其请，将这些人昭告天下，以儆效尤。这年朱熹69岁，已是风烛残年，遭此不白之冤，欲哭无泪。

水调歌头

富贵有余乐，贫贱不堪忧。那知天路幽险，倚伏互相酬。请看东门黄犬，更听华亭清唳，千古恨难收。何似鸱夷子，散发弄扁舟。

鸱夷子，成霸业，有余谋。收身千乘卿相，归把钓鱼钩。春昼五湖烟浪，秋夜一天云月，此外尽悠悠。永弃人间事，吾道付沧洲。

这首词中“东门黄犬”是指秦国丞相李斯在咸阳被腰斩时，哭着对儿子说：“吾欲与若复牵黄犬俱出上蔡东门逐狡兔，岂可得乎？”“华亭清唳”是《世说新语》一书所载西晋陆机因有人进谗言被杀，临刑时叹息说：“欲闻华亭鹤唳，可复得乎？”“鸱夷子”是指春秋时范蠡，他帮助越王勾践打败吴国，功成身退，隐居江湖，悠然陶然，得以寿终正寝。“沧洲”是指滨水之地，隐者所居。朱熹说他要学范蠡抛去人间烦恼，隐居沧洲。这首词出自《鹤林玉露》，《鹤林玉露》的作者罗大经也是南宋人，比朱熹稍晚，他记述的这首词是真是假，还须考证，但即使是真，也不过是朱熹的一时激愤之词。朱熹既不颓唐消沉，也不随波逐流，依旧昂首挺立于天地之间。

自被定为伪学后，朱熹的门徒中意志坚定者，蛰伏于丘壑之中，不向权贵低头；性格软弱、品行不端者过朱熹之门而不入；更有甚者招摇过市，狎妓嫖娼，以证明自己不是朱熹的门徒。“而熹日与诸生讲学不休，或劝以谢遣生徒者，笑而不答”（《宋史·朱熹传》）。“丹可磨而不可夺其色，兰可燔而不可灭其馨”，这就是朱熹傲岸不屈的性格。

庆元六年（1200）三月，71 岁的朱熹在穷愁潦倒中含恨而逝。埋葬之际，一个叫施康年的官员还对死者大泼污水，他上奏说四方伪学之徒，打算为伪师送葬，又是画像供奉，又是设灵位祭祀，会聚之时妄议世人长短和朝政得失，请令守臣严加约束，免得滋生事端。于是门人故旧不敢为朱熹送葬，只有李燔等几名学生不惧斧钺之诛，参加了朱熹的葬礼，韩侂胄也无可奈何。

两年之后，事情有了转机，伪学之禁稍稍松弛，宋宁宗下诏恢复朱熹华文阁待制致仕待遇。开禧三年（1207）十一月，韩侂胄因妄开边衅、伐金失败被诛杀，宋宁宗又下诏谥朱熹为“文”，追赠宝谟阁直学士，后世称朱文公即由此而来。宋理宗宝庆年间，朱熹之子朱在仕为工部侍郎，讲解帝王应读之书，宋理宗赞其父在注解《中庸》一书序言中讲说甚详，又说“卿先卿《四书》注解，有补于治道，朕读之不释手，恨不与之同时”（《续资治通鉴》卷164），遂改封朱熹为徽国公，让朱熹从祀孔子庙，并亲书《白鹿洞书院学规》颁赐诸路学校。“千秋万岁名，寂寞身后事。”朱熹有此际遇，也算是备极哀荣了。

骨朽人间骂未销

——误国权奸贾似道之死

贾似道（1213—1275）是南宋末年尽人皆知的误国奸臣，他先后事宋理宗、宋度宗、宋恭帝三朝，把持朝政20余年。他的姐姐是宋理宗之妃，靠着这层裙带关系，他从一个纨绔无赖当上了权势熏灼的宰相。他排斥异己，迫害忠良，多行弊政，误国误民，把一个好端端的社稷弄得山河破碎，满目疮痍，最终亡于蒙古人之手。贾似道恶贯满盈，63岁时被仇人杀死于漳州木棉庵，他的名字同蔡京、秦桧一样，被永远钉在历史的耻辱柱上。

少年得志，平步青云

贾似道，字师宪，号秋壑，南宋末年台州（今浙江临海）人，出身于仕宦之家。祖父贾伟是一名颇有正义感的武将，因主张裁抑那些尾大不掉将领的兵权，为人所陷害，含恨而殁。父亲贾涉那时刚到弱冠之年，伏阙十载，为父申冤。也许是他的至诚感动了朝廷，贾伟得以平反，贾涉以父荫任高邮尉、万安丞。当时正值金人牧马南寇，中原板荡，羽檄交驰，他受命知盱眙军（今江苏盱眙），奋勇杀敌，官至淮东制置使兼京东、河北路节度使，权吏部侍郎，成了朝中显贵。

贾涉虽是抗金名将，但为人放荡不羁。一次他从钱塘（今浙江杭州）乘舟路过龟溪，见一美貌妇人在河边浣衣，不觉动了窃玉偷香之念，戏谑地问妇人愿不愿跟自己走，那妇人嫣然一笑说：有夫安得自由，你可与我夫君商议。贾涉见她并未拒绝，便跟随其至家中。未费多大口舌，那妇人的丈夫便同意了贾涉的请求，那妇人就是贾似道的生母胡氏。

其时身为万安丞的贾涉已有妻室，胡氏只能屈居侧室。但是妻妾不和，经常吵闹，贾涉无奈，只得向县令求教，县令于是以家里人手不够使唤为由，指名索要胡氏过去帮忙，贾涉当即答应。这时胡氏已怀有身孕，在县衙里生下贾似道。后来贾涉调官他处，把贾似道带回了家乡，抛弃了胡氏。胡氏生计无着，流落江湖，无奈再嫁给一个石匠为妻。若干年后，贾似道手握节钺，驻扎维扬（今江苏扬州），找到了母亲与继父。一个地位显赫的大官，自然容不得有一个穷石匠继父，于是他小施权术，假意让继父在长江上做买卖，暗中派人把船凿沉，继父淹死江中。母亲胡氏虽然痛彻肝肠，但毕竟结束了浪迹天涯、漂泊无定的生活，从此便跟着儿子享受荣华富贵，一直活到咸淳十年（1274）83 岁时病逝。

贾似道从小就是一个泼皮无赖，《宋史·贾似道传》说他“少落魄，为游博，不事操行”，即游乐放荡，酗酒赌博，无所不为。《齐东野语·徐谓礼相术》则说他“醉博平康，至于破面”。唐代长安有平康坊，是妓女聚居之地，后来以平康代表妓院。贾似道在妓院因争风吃醋被打破了头，脸上还留有疤痕。

贾似道靠着父亲的军功，当上了嘉兴司仓，即管理嘉兴一个仓库的小官。凭他的才干，如果没有奥援，他可能在司仓这个位置上终老其身了，但是一个偶然的机会，竟使这个才干平庸、品行恶劣的市井无赖平步青云，成了南宋历史上炙手可热的人物。原来宋理宗即位后中宫尚虚，朝臣议立中宫，并于天下广选美女，后来成为宋理宗皇后的谢道清与贾似道之姊贾氏同时入选。谢道清庄重，贾氏貌美，宋理宗欲立贾氏为皇后，杨太后表示须测试才能定夺。宋宁宗无子，宋理宗乃其养子，杨太后虽非生母，但有鞠育之功，宋理宗自然不敢违拗。经过测试，谢道清稳重，贾氏轻浮，于是立谢道清为皇后，贾氏为美人。贾氏虽然在皇后竞选中败北，但并未受到冷落，宋理宗先封她为文安郡夫人，一个月之后升为才人，又过了几个月晋位为贵妃。贾贵妃绮年玉貌，又工于狐媚，把宋理宗迷得神魂颠倒，离了她竟是食不甘味，寝不安席，真是“后宫佳丽三千人，三千宠爱在一身”。

一人得道，鸡犬升天。嘉熙二年（1238），26岁的贾似道依靠裙带关系被召入朝考试，尽管他不学无术，还是中了进士，被授为籍田令，旋擢太常丞，未几转为军器监。后来他官至宰相、权倾朝野时，曾下过进士考试复试必须严格的命令，有人写诗讽刺说：“戊戌（即嘉熙二年）若还严覆试，如今安得有平章（平章即宰相）？”

太常丞是太常卿的助手，掌管礼乐、社稷、陵寝等事，平日公务不多。军器监掌管制造兵器，但南宋后期工部设有兵器所，军器监成了闲差。贾似道是纨绔子弟，既无公事可办，便公然狎妓宿娼，沉溺于歌楼舞榭、勾栏瓦舍之中。白日游兴未尽，夜晚继续拥妓游湖，灯烛辉煌，笙歌聒耳。一次宋理宗夜晚于宫掖中凭栏远眺，见西湖中灯火与平日不同，便知是贾似道，翌日询问，果然不错。一个现任官员公然狎妓纵酒，招摇过市，未免惹人非议，宋理宗命京尹史岩之加以管束。史岩之混迹官场多年，为人刁钻圆滑，知道贾贵妃恩宠正隆，不敢得罪贾似道，便替他辩护说：贾似道虽然年少气盛，行为有失检点，但颇有才干，如委以重任，必能为国之栋梁。宋理宗信以为真，命贾似道知澧州（今湖南澧县）。

靠着贾贵妃这层关系，贾似道的官职扶摇直上：淳祐元年（1241）升任湖广总领，管理湖广诸路上供财赋；淳祐三年（1243）加户部侍郎；淳祐五年（1245）以宝章阁直学士为沿江制置副使，知江州（今江西九江）兼江西路安抚使，不久再迁京湖制置使兼知江陵府（今湖北荆州），赏罚调度，得以便宜行事；淳祐九年（1249）加宝文阁学士、京湖安抚制置大使；淳祐十年（1250）以端明殿学士任两淮制置大使、淮东安抚使、知扬州；宝祐二年（1254）加同知枢密院事、临海郡开国公；宝祐四年（1256）升参知政事，次年加知枢密院事，六年（1258）改两淮宣抚大使。贾似道升迁之快，无人能比，由一个无赖宵小变成了身系国家安危的大臣。

端平元年（1234），宋蒙联军灭金于蔡州（今河南汝南），南宋君臣天真地以为蒙古人既已得到了金国的大片土地，不会再挥戈南下，宋蒙两朝可和平共处，历史上南北朝对峙的局面会再次重现。但是蒙古人要的是混一区宇，天下一统，灭金的战争刚一结束，便秣马厉兵，磨刀霍霍，向南宋大举进攻了。开庆元年（1259）九月，蒙古军一部自阳逻堡（今湖北武汉新洲区一带）渡过长江，驻扎于长江南岸的浒黄洲，挥军包围鄂州，忽必烈又派大将拔突儿率舟师直趋岳阳，接应由云南经广西进入湖南的兀良合台。

风声鹤唳，鼓鼙声声。面对蒙古人的凌厉攻势，南宋朝野震恐，宋理宗急切地任命贾似道为枢密使、两淮宣抚大使，挥师北上御敌，不久又加授其为京西、湖南、湖北、四川宣抚大使，兼督江西、两广人马，通融应援长江上游。右丞相丁大全从未向朝廷报告过军情，蒙古军围鄂州，朝中大臣纷纷攻讦丁大全无能误国，丁大全旋即被宋理宗免职，改判镇江府，以吴潜为左丞相兼枢密使，以贾似道为右丞相兼枢密使。贾似道刚刚出师，寸功未立，便锦上添花，又多了一个右丞相的头衔，真是春风得意！

虽然黑云压城，但不久事情便有了转机。自云南北上的兀良合台部被宋军阻于潭州（今湖南长沙），无法与忽必烈会师，而鄂州城内的宋军又顽强抵抗，蒙古军久攻不下。宋将吕文德从重庆顺流而下，东援鄂州，忽必烈派兵堵截未果，宋兵冲破重围，进入了鄂州。就在这时传来了元宪宗蒙哥在合州（今重庆合川区）城下中箭身亡、蒙古军北撤的消息，城中宋军大受鼓舞，斗志更加昂扬。如果湖北的蒙古军不能与四川的蒙古军形成钳形攻势，灭宋便无从谈起。忽必烈的谋士郝经说：如果宋军“遏截于江、黄津渡，邀遮于大城关口，塞汉东之石门，限郢（今湖北钟祥）、复（今湖北沔阳）之湖泺，则我将安归”（《元史·郝经传》）？一旦被宋军截断归路，恐怕就要全军覆没了，忽必烈对此深感忧虑。然而更使忽必烈不安的，是留守在和林（今蒙古共和国鄂尔浑河上游东岸哈尔和林）的胞弟阿里不哥要和他争夺元宪宗蒙哥死后留下的汗位，他的妻子察必催他火速返旆北归，免得汗位落入阿里不哥之手。忽必烈无心恋战，便采取声东击西之法，率师从牛头山（今江苏南京江宁区西南）出发，声言直趋临安（今浙江杭州），只留大将拔突儿继续围攻鄂州。

贾似道得知忽必烈要攻打临安，惊惧不已，忙派人议和，提出“北兵若旋师，愿割江为界，且岁奉银、绢匹两各二十万”（《元史·赵璧传》）。忽必烈急于北归，宋朝又纳币请和，正合其心，便只留下偏师与湖南的兀良合台会合，大队人马拔寨北去。被围困了一年零两个月的鄂州城，终于安然无恙。兀良合台久攻潭州不下，忽必烈又晓谕他北归，他亦无心恋战，解围而去。当他在长江修造浮桥准备济师北归时，宋兵砍断了浮桥，杀蒙古兵170

余人。兀良合台不想扩大事态，没有还击。这本是一场小规模的遭遇战，贾似道却煞有介事地吹嘘战绩如何辉煌，一时之间他成了再造南宋的功臣。他纳币请和，事前并未禀报皇帝，朝中上下也无人知晓，现在蒙古人退兵了，他便瞒天过海，大言不惭地宣称："诸路大捷，鄂围始解，江汉肃清，宗社危而复安，实万世无疆之休！"（《续资治通鉴》卷 176）宋理宗也下诏褒奖说："戎乘一临，士气百倍，吾民赖之，而更生王室，有同于再造，予嘉伟绩，宜示褒纶。令学士院降诏奖谕。"（《宋史全文·宋理宗》）右丞相兼枢密院的官衔不变，贾似道又加封了少师、卫国公，一时风光无限！

既然皇帝对贾似道优宠有加，朝野上下溜须拍马者便蜂拥而至，吹捧贾似道"一清胡尘，再造王室"（刘克庄《后村先生大全集》卷 54），"孤忠贯日，只手擎天"。贾似道明明只消灭了不到 200 人的羸弱之师，也被吹嘘成"大丞相奉诏进师，桑荫未徙，而浒黄洲、白鹿矶亡命致死之寇，或戮为鲸鲵，或窜如鸟兽，或生擒面缚。露布一驰，国人相贺"（同上书卷 120）。说蒙古兵像鲸鱼一样被杀掉，像鸟兽一样逃窜，或被生擒活捉，都是子虚乌有之事，这些人吹捧贾似道，简直到了恬不知耻的程度。有一位姓陈的官员，写诗歌功颂德，附庸风雅，可惜他才学不济，写的诗文理不通："久戍胡儿已念家，将军何不奏胡笳？今朝忽报严围解，白雪纷纷亦散花。"（周密《癸辛杂识续集·下》）"散花"为"天女散花"之典故，在诗词中常用来咏飞雪，但也有代指卧病、探病之意。因此贾似道见诗中有“散花”之语，不禁勃然大怒，要捉拿写诗之人，那人赶紧找人疏通，才免了一顿皮肉之苦。还有一个叫朱浚的官员，乃理学家朱熹曾孙，每次给贾似道写札子言事，都毕恭毕敬地写上“某万拜覆”，以此讨好贾似道，时人称他为“朱万拜”。后来元兵入闽，朱浚被俘，蒙古人得知他是朱熹之后，想招降他，他大怒说：“岂有朱晦庵之后而失节者？”遂自杀，这么看来，他还算有点民族气节。

醉生梦死，淫乐无度

贾似道谎报军情，私缔和约，虽然瞒过了宋理宗，却难掩天下之耳目，有人写诗讽刺说：

收拾乾坤一担担，上肩容易下肩难。
劝君高着擎天手，多少傍人冷眼看。

然而宋理宗不恤人言，他认为赵普有功社稷，太祖皇帝赐给宅第；文彦博有辅弼之功，仁宗皇帝赐给家庙；贾似道再造王室，功劳不在赵普、文彦博之下，宜赐宅第、家庙，于是赏钱100万缗。贾似道用这笔钱建宅第、家庙于临安集芳园。该园系宋高宗赵构旧园，园中古木寿藤，多是宋高宗南渡前所植，翠岚掩映，浓荫匝地，仰不见天日。园内房屋架廊叠磴，幽渺逶迤，营度之巧，结构之妙，可谓无与伦比。贾似道犹以为未足，命人开隧道直通西湖之滨，临水构屋，飞楼层台，凉亭燠馆，华丽精妙。这一建筑群前对孤山，后靠葛岭，两桥映带，一水横穿，各随地势而建，鳞次栉比，蔚为壮观。堂榭的名称也富有诗意，以奇石命名者叫翠岩，以古松命名者叫蟠翠，以古梅命名者叫雪香，以杂花命名者叫倚绣，以海棠命名者叫挹露，以琼花荼蘼命名者叫玉蕊，以假山命名者叫清胜。宋高宗初建此园时书匾额曰“西湖一曲”“奇勋”，宋理宗亦亲书“秋壑”“遂初容堂”，后来宋度宗又书“初阳精舍”“熙然台”“砌台”，悬挂于各亭榭之上。

亭榭之后是一大花园，园内假山耸峙，流水潺潺，令人有飘尘出世之感。山顶名胜取名为“无边风月”“见天地心”；水滨名胜取名为“琳琅步”“归舟”“早船”。四世家庙建于集芳园左侧，骚人名士为家庙作记者有数十人之多。家庙左侧百步之遥面对西湖处又建别墅，命名“养乐园”。园中有4座美轮美奂的建筑，分别叫“光漾阁”“春雨观”“养乐堂”“嘉生堂”。园内遍植嘉卉修竹，枝叶扶疏，生意盎然。在西陵外另修一座别墅，取名为“水竹院落”，修篁蔽日，高楼临水，又修“南山水乐洞”，内有“声在堂”“介堂”“爱此”“留照”“独喜”“玉渊”“漱石”“宜晚”“上下四方之宇”诸亭，这些都是贾似道游乐憩息之地。西湖畔的葛岭，堂宇宏伟，构造奇特，雕栏曲槛，雾阁云窗，曲径通幽。其中最为轩敞巍峨的一座建筑，名叫“半闲堂”，贾似道为相之后，多半居住于此，朝中大事也多半在这里裁决。

有人讽刺说："朝中无宰相，湖上有平章。"（《西湖游览志余·佞幸盘荒》）

贾似道是好色之徒，他居于葛岭，"取宫人娼尼有美色者为妾，日淫乐其中"（《宋史·贾似道传》）。有一个叫张淑芳的绝色女子，出身于樵夫之家，宋理宗时被选入宫掖，贾似道见她明眸皓齿，风流靡曼，便据以为妾。后来蒙古军入侵樊城（今属湖北），告急文书一夕数至，贾似道仍拥妾高眠，有无名氏题诗于壁讥讽说：

山上楼台湖上船，平章醉后懒朝天。
羽书莫报樊城急，新得蛾眉正少年。

张淑芳知道贾似道虽然权势熏灼，其实是座冰山，不可凭恃，便悄悄营建别业，隐形遁迹。贾似道死后她削发为尼，结庵于九溪，莳花种竹，隐居林泉，颐养天年。

贾似道宠妾虽多，但仍常出入青楼。他少年时就以佻达放荡著称，入相之后，越发肆无忌惮了。为了狎妓方便，他常常把留宿娼妓的房屋墙壁漆刷一遍，以免别人认出是相府的邸第。只要是他看中的妓女，便派人用小车载入府中，谎称这些女子是用来侍候母亲的。娼妓倪氏、潘氏与贾似道相染最久，后来潘氏成了他的小妾，倪氏则嫁与其弟贾明道为妻。贾似道甚至在当了宰相之后还"微服间或饮于妓家"（《钱塘遗事·戏文诲淫》）。凡是被他玩厌而放出的妓女，如被士大夫接纳，则该士大夫立即遭到贬谪。居住京师新开巷的叶氏，原是宋端宗赵昰生母杨淑妃的宫女，只因生得花容月貌，便被贾似道强娶以归，宠至专房，甚至“民间有一殊色，虽已聘嫁，亦强渔取”（方回《桐江集》卷6）。

一日贾似道倚楼瞻望西湖，诸姬随从于后，看见两位少年道装羽扇，乘小舟于湖心登岸。一姬见二人风度翩翩，潇洒俊逸，不觉脱口而出称赞说：“美哉二少年！”贾似道听了甚为愠怒，但仍不露声色地说：你如愿嫁给他，我当令人纳聘。那姬知道这是玩笑话，俯首笑而不答。过了片刻，贾似道召集诸姬说：某姬愿嫁民间，我已为之纳聘。说着拿出一盒，启而视之，却是那姬的首级，鲜血淋漓，惨不忍睹。其余诸姬皆战战兢兢，从此再也不敢戏谑了。京剧《李慧娘》、豫剧《红梅记》都是从这一故事敷衍铺陈而成的。

贾似道“尝与群妾踞地斗蟋蟀，所狎客入，戏之曰：‘此军国重事邪？’”（《宋史·贾似道传》）他的府第在临安苏堤、葛岭、孤山之间，临近通衢，是游人常来常往之地，而府前门卫森严，倘有人从他门口经过，便会被罗织罪名，有官者被贬黜，有财者被没收，以致有人发出“老壑曾居葛岭西，游人谁敢问苏堤”的慨叹。

骄横跋扈，要挟天子

多年的宰相生涯，养成了贾似道骄横跋扈、睥睨一切的性格，朝中大臣都要看他的脸色行事，就连天子也不例外。宋度宗被立为太子时，曾有过一些波折，赖贾似道力争，才得以登上帝位，因此宋度宗对他毕恭毕敬，拜他为太师、魏国公。贾似道每次上朝，宋度宗必定答拜，贾似道利用宋度宗对其的恩宠，玩弄天子于股掌之上，常常以辞官相要挟。宋理宗之丧，贾似道护送梓宫至绍兴，事毕后，便回到了绍兴私人府邸，密令人诈报说蒙古军已攻下沱（今湖北宜都东南）。宋度宗一听慌了手脚，忙两次遣使敦请贾似道还朝，贾似道却修了一道表章，要求退还相印，恩准奉祠。宋度宗不得已，只得允如所请，拜他为镇东军节度使、醴泉观使兼侍读，仍奉朝请（宋代官员提举某一宫观，依旧每月一、五日朝见皇帝，称奉朝请），又派近臣同福王赵与芮亲至贾似道府邸相邀，贾似道才答应回朝。贾似道是权势欲极强的野心家，之所以跑回绍兴杜门不出，不过是借此要挟朝廷，给新君一点颜色看看而已，并非真的要归老田园，不问世事。

以辞官相要挟，成了贾似道制服宋度宗的方便武器，稍不如意，他便使出这个撒手锏。咸淳二年（1266）春，贾似道第二次提出辞官，宋度宗惶急之下，竟涕泣下拜挽留。参知政事江万里愤然说："自古无此君臣礼，陛下不可拜，似道不可复言去。"（《宋史·江万里传》）贾似道恼羞成怒，千方百计要把江万里排挤出朝，江万里自知无法立朝，一连四次上疏求退，宋度宗只得允许他以资政殿大学士的身份去管理道观，贾似道才未再追究。

咸淳三年（1267）三月，贾似道故技重演，第三次上疏请求归田养老，而这年他才 55 岁，离致仕年龄 70 岁还差 15 年。他一向养尊处优，席丰履厚，并无疾病，可见辞官并非他的本心。宋度宗派侍从、大臣传旨挽留，使者络绎于道，一日达四五次，而派遣去慰问的内侍，一天就有十几人之多，每至夜晚，他们便卧于贾似道宅第之外守之，唯恐他弃官径去。几天之后，宋度宗特授贾似道平章军国重事，一月三赴经筵，三日一朝，赴中书堂治事，赐第西湖葛岭，使迎养其中。平章军国重事也称同平章军国重事，位在宰相之上，用来尊宠元老大臣，宋代不常设置，被人们视作莫大的荣耀，宋代只文彦博、吕公著、蔡京、王黼、韩侂胄等数人有过此殊荣。贾似道于是每三日才乘船入朝一次，其余时间都在西湖声色狗马，恣意取乐。入朝后他也不在中书堂办公，而是让朝中官员抱着文书到私第呈署。朝中事无巨细，都取决于馆客廖莹中、堂吏翁应龙，宰执大臣从来无权过问，不过是备位充数而已。

这年十一月，贾似道第四次上表求退，他说自己平时忠心为国，却招致众议纷起，秉公执法却私怨丛生，是以畏讥忧谗，年年生病。今年雷声频发，占卜者说是大臣专政所致，臣岂能安坐而不知天威之当惧，是以求退。宋度宗慌忙下诏挽留。

咸淳六年（1270）四月，贾似道又以染病为由，第五次要求纳俸辞官，宋度宗命军器监兼权直学士院文天祥起草诏令挽留。文天祥于诏令中句句讥讽贾似道，贾似道见了大为不悦，令别人改写。文天祥见贾似道如此蛮横，要求解职，不久，被调往秘书监任职。贾似道仍不依不饶，嗾使言官弹劾，宋度宗不敢违拗，罢了文天祥的官。“天祥既数斥，援钱若水例致仕，时年三十七。”（《宋史·文天祥传》）逐走了文天祥，贾似道仍然上疏求退，逼得宋度宗下诏说：天生师相，以助朕躬，师相当以国为家，以天下为己任，以安社稷为欢心，煎汤食药之暇，抽空赴朝，何必一定要挂冠而去？果真如此，朕与国人何所依赖？既然皇帝表了态，丞相马廷鸾、枢密使赵顺孙、给事中章鉴等 36 名大员，皆上奏乞留平章。贾似道见要挟君王的目的已经达到，便鸣金收兵，不再提辞官之事。

此时宋度宗已允许贾似道六日一朝，一月两赴经筵，不久又允其入朝不拜，且退朝时天子起立避席，目送他退出殿廷，且可十日一朝。其实无论几日一朝，与贾似道都无关，他有时几个月也不赴朝，即使皇帝朝享景灵宫（宋朝各代皇帝之神主庙）也不从驾，只忙着将自己的塑像立于半闲堂中。其时蒙古军围襄阳、樊城甚急，贾似道不闻不问，有言边事者，辄加贬斥。一日，宋度宗忽问贾似道说：襄阳已被蒙古军围困 3 年了，应当如何解救？贾似道不答，只问宋度宗从何得知此言。随后贾似道不动声色，暗中查访此人，诬以他事赐死。从此之后，虽然边事日急，疆圉孔棘，宫中也没有人敢再来饶舌了。

咸淳八年（1272）九月，宋度宗去明堂祭祀祖宗，以贾似道为大礼使，事毕之后，照例在太庙居住。翌日清晨正准备启程时，忽然大雨滂沱，遍地泥泞，车子无法行走，贾似道吩咐等雨霁天晴后回朝，而随行官员胡显祖则建议乘较小的、可在泥中行走的逍遥辇回宫，宋度宗同意了这一建议，于是乘逍遥辇与阁门吏曹垓及礼部侍郎陈伯大、张志立等经过和宁门（临安城北门）回宫。此事事先并未通知贾似道，贾似道得知后大怒，上奏说："臣为大礼使，陛下举动不得预闻。乞罢政。"宋度宗惊惶失措，忙降御笔说："忽览奏牍，师相乃以遇雨引咎，翩然出关。骇愕彷徨，罔知所措。"（《咸淳临安志》卷下）一个堂堂天子竟然被大臣吓得不知所措，实在让人哀之叹之。贾似道仍然乞去不已，宋度宗无奈，只得三降御笔挽留，并处分有关官员：陈伯大、张志立停职待罪；曹垓处以黥刑，他在阁门任职的儿子也受到株连，贬谪江阴（今属江苏）；胡显祖追削官爵，送饶州（今江西鄱阳）居住，其女胡美人深居宫掖，本不知情，但既然其父获罪，也不宜留居宫掖，送妙净寺削发为尼。（《齐东野语·明堂不乘辂》）贾似道见宋度宗如此处置，终于同意回朝，还装模作样地说："臣屡犯天威，陛下不仅多次宽宥，而且恩宠有加，有君如此，谁忍负之？"宋度宗竟被他这一派甜言蜜语感动，再三逊谢不已。

毁约拘使，丧师辱国

元宪宗蒙哥在率军进攻合州时中箭身亡，身在鄂州的忽必烈匆忙撤军，返旆北归，为的是和幼弟阿里不哥争夺汗位。阿里不哥长期留守都城和林，有许多守旧势力官员追随，要击败他，必须用尽全力。为了不使南宋掣肘，忽必烈有必要派一介之使告知南宋自己登位的信息，以布息戈安民之意。而且忽必烈乍登汗位，百废待举，诸如厘定典章制度、设官牧民、安抚人心等事都是当务之急，因而对宋朝只能敦睦邦交，以便争取时间统一内部。正是出于这些考虑，忽必烈在即位伊始，便派翰林侍读学士郝经为国信使出使宋朝。

景定元年（1260）四月，郝经一行启程南下，自东平（今属山东）经蕲（今安徽宿州东南）、宿（今安徽宿州）、五河接近宋境。途经宿州时，郝经派副使询问入宋日期，宋朝不予回答，他又写信给贾似道和淮帅李庭芝，李庭芝反应冷淡，贾似道则忧心忡忡。原来贾似道自鄂州还朝，举国上下皆不知他私缔和约，还以为他打了胜仗，倘若郝经出现在南宋朝廷之上，他的庐山真面目必将暴露于天下，恐怕朝廷就要追究他欺君之罪了。唯一可行之策，便是拘禁郝经，隐瞒真相。所以当郝经一行从涟水入楚州（今江苏淮安）抵达维扬，打算由此取道南下进入临安时，贾似道拘禁其于真州（今江苏仪征）之忠勇军营。从此，郝经身陷囹圄，失去自由达16年之久，直到南宋灭亡前夕的德祐元年（1275）十月才被放还。

景定二年（1261）五月，忽必烈派人赴宋，询问国信使郝经所在，并以拘留信使、侵扰疆埸责问宋方，贾似道装聋作哑，不肯回答。到了七月，忽必烈即以此为借口，下诏攻宋。鉴于宋朝毁约拘使，于理有亏，忽必烈那篇吊民伐罪的诏书写得刚柔相济，委婉得体：

> 朕即位之后，深以戢兵为念，故年前遣使于宋以通和好。宋人不务远图，伺我小隙，反启边衅，东剽西掠，曾无宁日。朕今春还宫，诸大臣皆以举兵南伐为请，朕重以两国生灵之故，犹待信使还归，庶有悛心，以成和议，留而不至者，今又半载矣。往来之礼遽绝，侵扰之暴不已。彼尝以衣冠礼乐之国自居，理当如是乎？曲直之分，灼然可见。今遣王道贞往谕。卿等当整尔士卒，砺尔戈矛，矫尔弓矢，约会诸将，秋高马肥，水陆分道而进，以为问罪之举。（《元史·世祖本纪一》）

元宪宗蒙哥在世时，已占领了四川部分土地，剩下的土地宋朝建立了一系列易守难攻的据点，因而蒙古军不能再把进攻的重点放在四川。但是茫茫长江，浩荡无涯，从哪里选突破口？大将郭侃献计说：宋据东南，以吴越为家，其要害之处，不过是荆州、襄阳而已。为今之计，当先取襄阳，襄阳既下，其他地区不过是弹丸之地，可弃而不顾，大军直趋临安，迅雷不及掩耳，江淮、巴蜀之地不攻自平。宋朝降将刘整也说："攻宋方略，宜先从事襄阳。"（《元史·世祖本纪三》）"攻蜀不若攻襄，无襄则无淮，无淮则江南可唾手下也。"（《癸辛杂识》别集下《襄阳始末》）这一建议虽遭到部分元朝大臣的反对，但得到了元世祖忽必烈的支持，于是进攻襄阳成为既定策略。

襄阳地处南阳盆地南端，与对岸的樊城只隔着一条汉水，是宋京西南路治所，其地跨连荆豫，控扼西北，历来是兵家必争之地。顾祖禹的《读史方舆纪要》在论襄阳时说："夫襄阳者，天下之腰膂也，中原有之可以并东南，东南得之亦可以图西北者也。"南宋有识之士自然也认识到了这一点，起居郎王应麟大声疾呼应该全力保卫襄阳，朝廷如果还像平时那样，不把防御重点放在此处，就后悔莫及了。左司谏李宗勉也上疏说："襄州失则江陵危，江陵危则长江之险不足恃。"（《宋史·李宗勉传》）当时戍守襄阳的宋将吕文德有勇无谋，忽必烈采用宋朝降将刘整的建议，请求吕文德允许蒙古人在襄阳城外设置榷场，懋迁有无，与军事无关。吕文德未详加考虑，便贸然答应。不久蒙古人又说：我朝在别处设榷场，多次被偷盗劫掠，愿筑土墙保护货物。吕文德这时觉得此事不简单，不敢自专，给朝廷上了一本奏折，述说开榷场之利，身为宰相的贾似道不察究竟，轻率地答应了这一要求。其实蒙古人设置榷场是假，在这里筑堡设垒，作为进攻南宋的桥头堡是真。蒙古人先在襄阳城东南的鹿门山修筑了土墙，又在白河城（白河发源于今河南嵩县，东南流经河南南召，又转而向南经河南南阳、新野入湖北襄阳与唐河会合，称唐白河）筑了第二个堡垒，形成了对襄阳的包围态势。

咸淳三年（1267）八月，忽必烈命大将阿朮、刘整经略襄阳，从此拉开了长达6年之久的襄阳、樊城保卫战的序幕。此时的贾似道正倚红偎翠，沉湎于灯红酒绿之中，全不过问襄阳的防守事宜。

一边是竭尽全力，倾巢出动，一边是漫不经心，被动防守，要打退元军的进攻，谈何容易！

咸淳四年（1268）正月，忽必烈下令四川、陕西行省造战舰500艘，并征召陈（今河南淮阳）、亳（今安徽亳州）、颍（今安徽阜阳）、蔡等处屯田户充军，以加强攻城力量。元将阿朮自白河口进围樊城，筑堡于鹿门山、新城（今湖北襄阳南），又筑台于汉水中，与夹江堡垒相应，完成了对襄阳的合围，宋军援助襄阳者，皆受阻于此。南宋沿江制置副使夏贵奉命援救襄、樊，所率水师大败亏输，士卒溺死者甚多，被俘者千余人，100余艘战船也被元军缴获。宋将范文虎以舟师援救夏贵，也全军覆没，化为泥沙，只有他自己乘小舟逃脱。

元军围攻襄阳、樊城，元将阿里海牙上奏忽必烈说："襄阳之有樊城，犹齿之有唇也，宜先攻樊城，樊城下，则襄阳可不攻而得。"（《元史·阿里海牙传》）忽必烈听从了他的建议，调来新造的回回炮猛轰樊城，于是咸淳九年（1273）正月，被围困4年之久的樊城陷落。这年二月，坚守了6年之久的襄阳守将、南宋京西安抚副使吕文焕叛降元朝。九月，元军会师于襄阳，分三路进攻南宋：一路由淮西、淮东趋扬州；一路沿汉水入长江，直趋临安；一路偏师攻荆南。元军统帅伯颜率领的主力由襄阳顺流而下，连下郢州（今湖北钟祥）、沙洋（今湖北荆门东南）、复州（今湖北天门）、阳逻堡，从这里渡过大江，与阿朮所率元军会合，兵锋直指鄂州。知州张晏自知不能坚守，便献城出降，守将张鹏飞也跟着叛变。伯颜命阿里海牙戍守鄂州，自己与阿术率大军东下，浩浩荡荡，直趋临安。

鄂州陷落，南宋朝野震恐，太学诸生及朝中大臣纷纷上书，言说国事蜩螗至此，非师相亲出，不足以挽回败局。贾似道只得于咸淳十年（1274）年底开都督府于临安，以孙虎臣总统诸军，黄万石等为参赞军事，所辟官属皆可先斩后奏。谢太后命拨封桩库金10万两、银50万两、关子1000万贯充都督府公用。贾似道虽有这么多钱粮兵马，却畏敌如虎，不敢出兵。元军从容不迫地招降了黄州（今湖北黄冈）、安东州（今江苏涟水）、江州、南康军（今江西庐山）、德安（今湖北安陆）、六安军（今安徽六安）、安庆等地，一时出现了降官如毛、降将如潮的局面。

德祐元年一月，贾似道在一片嘘骂声中上表出师。他以前不敢出师是惧怕降元的宋将刘整，得知刘整已死，才欣然说“吾得天助也”。他行至芜湖（今安徽芜湖东），扎营甫定，便传来了舒州（今安徽潜山）、池州（今安徽贵池）失守的消息，不禁惊惶失措，又祭起了议和这个法宝。他先是释放了被俘的曾安抚，又派宋京带着荔枝、黄柑赴伯颜军中，请求称臣、纳岁币，议和退兵。伯颜留宋京作人质，派囊加带告知贾似道：“未渡江时，入贡议和则可，今沿江诸郡皆已内属，欲和，则当来面议也。”（《元史·世祖本纪五》）贾似道吃了闭门羹，只得让囊加带返回，伯颜也放了宋京。此时他已无别的路可走，只得硬着头皮迎战。

贾似道把7万大军交给孙虎臣指挥，屯驻于池州下游的丁家洲（今安徽铜陵东北），命令夏贵率战舰 2500 艘横亘江中，以遏截元军水师，他自己驻扎鲁港（今安徽芜湖西南），统一指挥调度。谁知夏贵居心叵测，不肯用命，怕孙虎臣立了战功，将来位在己上，因而逡巡观望，作战不力。孙虎臣在与元军酣战之际，见元军势大，竟跳入其妾所乘之船逃走，宋军大乱。夏贵本是惊弓之鸟，见孙虎臣已败，便不战而走，乘扁舟掠过贾似道所乘大船，大叫说："彼众我寡，势不支矣。"说毕便纵舟而去。贾似道慌忙下令鸣金收兵，宋军一片混战，顷刻间全线崩溃，被杀死于大江者甚多，水为之赤。元军缴获战舰近 2000 艘，都督府印、军资器械无数。贾似道忙忙如丧家之犬，急急似漏网之鱼，狼奔豖突，连夜逃往珠金沙（今安徽芜湖繁昌区西）召夏贵议事，不久孙虎臣也仓皇赶来。三人商议如何御敌，夏贵借口要死守淮西，乘船径往庐州（今安徽合肥），贾似道无计可施，只得与孙虎臣乘小船奔往扬州。

宋朝精锐士兵在此次战役中丧失殆尽，无力与元朝抗衡，等待他们的，只有衔璧出降一途了。后来有人写诗说："丁家洲上一声锣，惊走当年贾八哥。寄语满朝谀佞者，周公今变作周婆。"（《宋人轶事汇编》卷 18）这是说原来被人称为周公的贾似道如今失魂落魄，变成周婆了，真是辛辣的讽刺！

恶贯满盈，毙命漳州

贾似道兵败溃逃扬州，只有堂吏翁应龙奔还临安。知枢密院事兼参知政事陈宜中问贾似道何在，翁应龙回答说不知去向，陈宜中以为贾似道已死，便上疏要求治他误国之罪。陈宜中早年为人正直，曾与其他五人上疏弹劾过奸相丁大全，颇为时论称许，号为“六君子”之一。因得罪了权贵，他先被削籍，后又遭贬谪，此后便“尤达时务”，即颇会见风使舵。贾似道入相，陈宜中廷试第二名，由绍兴府推官（主管府内司法事务的低级官员）擢升为监察御史，便有贾似道援引之功。贾似道曾在绍兴建造过一座望海楼，陈宜中写诗祝贺说：“名与山高千古重，恩如海阔一身轻。门下少年初幕府，梦随诸吏上峥嵘。”奉承贾似道名如山高，恩如海阔，自己虽是晚生后进，也愿随众人一露峥嵘，巴结之态溢于言表。如今他见贾似道似一座即将倾倒的冰山，便第一个站出来，弹劾他误国罪。

南宋此时掌权的谢太皇太后知道贾似道跋扈不臣，但宋恭帝尚在孩提时期，自己又是女流之辈，事事都得仰仗贾似道，因而不忍对他处理过重，便对臣下说：“似道勤劳三朝，岂宜以一旦罪而失遇大臣礼？”（《宋史·后妃·理宗谢皇后传》）这种暧昧态度引起了朝野的强烈不满，台谏之臣交章弹劾，谢太皇太后不得已，下诏罢了贾似道的所有官职，但仍给了他一个管理道观的差使，可以领取俸禄。

贾似道误国几十年，把好端端的江山弄得千疮百孔，万民嗟怨，本该明正典刑，如今虽被免官却又得了个宫观官，未免使天下大失所望。过了两个月，谢太皇太后才下诏：“除似道诸不恤民之政，放还诸窜谪人。”（《宋史·贾似道传》）恢复了一些人的官职，惩办了贾似道的几个走狗和鹰犬，但贾似道仍安然无恙。大臣高斯得请杀贾似道以谢天下，谢太皇太后不从。贾似道也知道众怒难犯，滞留扬州不敢还朝，上疏为自己辩护，诉说鲁港之败实为夏贵、孙虎臣所误，乞保余生。谢太皇太后下诏降贾似道三级，让淮东帅李庭芝送他回台州老家为母亲守丧。但贾似道仍逡巡观望，赖在扬州不走。左丞相王爚（yuè）弹劾贾似道既不死忠，也不死孝，请太皇太后下诏，责他违命之罪。谢太皇太后于是又下诏斥责贾似道逗留不走之罪，命他归里守丧。贾似道无奈，只得恓恓惶惶，归至绍兴居家待罪。他的门客已星散殆尽，只有廖莹中追随左右，两人每天借酒浇愁，悲歌哭泣。廖莹中自觉晚景凄凉，便仰药毙命。贾似道虽有兔死狐悲之感，却忍辱偷生，从未想到过死。

贾似道罪恶滔天，但未受多大惩罚，左丞相王爚再次上疏说：本朝权奸误国误民，没有人超过贾似道。上自缙绅，下至草茅之民，上疏不知多少封，要求治贾似道之罪，陛下均抑而不行。如此不恤人言，何以谢天下？谢太皇太后见众怒难犯，于是下诏贬谪贾似道于婺州（今浙江金华）。婺州人听说贾似道要来此地，大街小巷贴满了露布，历数其误国之罪，表示他只要入境，便将执梃逐之。御史孙嵘叟等以为贾似道罪大罚轻，应斩首以正国法。谢太皇太后无奈，下诏改徙贾似道于建宁（今福建建瓯）居住。大臣翁合又上疏说：贾似道嫉贤妒能，可比唐朝李林甫，他却自比伊尹、周公，效尤王莽、曹操，弄权罔上，罪恶滔天。今所贬之建宁乃名儒朱熹讲学之阙里，虽三尺童子，略有知识者，闻贾似道之名，就要呕吐，更何况要见其人，如必欲徙之建宁，其民何罪，其乡又何罪！乞将贾似道远窜荒服，以伸国法，以谢公论。就在翁合上疏的同时，又有许多大臣要求严惩贾似道。谢太皇太后见朝廷上下一致弹劾贾似道，知道无法再为之回护，下诏贬谪他为高州（今广东高州东北）团练副使，循州（今广东龙川）安置，同时籍没他在临安、绍兴、台州的家产，派人押送他到贬所。至此，权倾朝野、威震天下的贾似道，从九重天上跌了下来。

从贾似道家里抄出了多少东西，没有确切记载。仅在临安，"官籍贾似道第果子库，糖霜凡数百瓮，官吏以为不可久留，难载帐目，遂辇弃湖中，军卒辈或乘时窃出，则他物称是可想矣"（《齐东野语·多藏之戒》）。仅糖就有数百瓮，可见其生活之奢靡。在绍兴抄家时，"索得四时御衣、玉玺、玉带及与臣陈奕、吕文焕、刘整等交通蜡书凡百余项"（《耻堂存稿·贾似道大逆不道留梦炎拟旨取问事》）。身为大臣，竟然藏有皇帝才能有的御衣、玉玺、玉带，其不臣之心，昭然可见！朝中大臣见搜出这么多东西，还有皇帝所用之物、所穿之衣，要求严惩贾似道，谢太皇太后均置之不理。贾似道也在他八月八日生辰之际，上了最后一疏，为自己辩护：

老臣无罪，何众议之不容？上帝好生，奈死期之已迫。

适值垂弧（放下弓箭，指交出兵权）之旦，预陈易箦（人死叫易箦）之辞。窃臣际遇三朝，始终一节。为国任怨，但知存大体以杜私门；遭时多艰，安敢顾微躯而思末路。（《宋稗类钞·尤悔》）

当时贾似道身旁已无门客，他形影相吊，孑然一身，这篇奏折是他亲自写成的。单就文字而论，确实写得哀婉凄凉，然而通篇上下，罔顾事实，把误国误民的罪责推卸得一干二净，没有一丝一毫忏悔之意，表明他至死都不脱奸佞本色。

当时知绍兴府的是宋朝宗室福王赵与芮，他平日与贾似道有矛盾，便暗中招募能杀贾似道者，派其押送贾似道至贬所，一个叫郑虎臣的县尉欣然请行。原来贾似道独揽朝纲时，曾梦见自己死于郑姓人之手，朝中正好有个叫郑师望的宦官，贾似道便找了个借口，将他逐出朝廷，尔后凡是郑姓之人皆遭斥逐。郑虎臣是苏州人，少年时登过科第，贾似道见其是郑姓，便诬之以罪，流放远方。郑虎臣许多年后才遇赦得还，他的父亲也被贾似道流放过，因而对贾似道恨之入骨。

郑虎臣受命之时，贾似道正寓居建宁的开元寺，还有侍婢数十人，皆被郑虎臣逐斥而去。贾似道当时已 63 岁，谢太皇太后特许他乘轿，郑虎臣却命人去掉轿盖，让他暴晒在烈日下，又命轿夫唱杭州歌谣，指名斥责贾似道以羞辱之。一日，行至一古寺，壁上有前宰相吴潜的题字，郑虎臣问贾似道：“贾团练，吴丞相何以至此？”贾似道俯首不能对。当年吴潜受贾似道迫害，贬谪经过此地，谁知若干年后，贾似道也有这种遭遇，真是天理昭彰，报应不爽。时人有诗说：“去年秋，今年秋，湖上人家乐复忧，西湖依旧流。吴循州（吴潜被贬循州），贾循州，十五年间一转头，人生放下休。”（《坚瓠集·临安谣》）

德祐元年九月初，郑虎臣押着贾似道坐船来到南剑州（今福建南平）黯淡滩，他指着一泓溪水说：“水清甚，何不死于此？”贾似道回答说：“太后许我不死，俟有诏即死。”九月中旬，郑虎臣一行来到漳州。知漳州赵分如乃贾似道门客，设宴招待他们，他见郑虎臣不允贾似道就座且抑其衣服饮食，自己馈赠贾似道的衣服也被勒令寄放他处，不许随身携带，便明白郑虎臣或有杀贾似道之意。他试探说：天使押送贾似道至此，想必他已无生还之日，何不让他速死，免受许多苦楚。郑虎臣恨恨地说：这老贼一路上吃了不少苦，欲死而不死！贾似道见郑虎臣满脸杀机，也知道自己凶多吉少。九月十九日，当他们来到离漳州城5里的木棉庵小憩时，贾似道服下了脑子（一种毒药），蹲在虎子（蹲便器）上闭目等死。郑虎臣知他服毒求死，大叫不能让其好死，遂奔进厕所用大槌连击数下，贾似道登时毙命，一代权奸就这样结束了他可耻的一生。

贾似道横死漳州，身后留下的是一片唾骂声，连那些平常受过贾似道恩惠的人，也以大骂来表示自己的清白。如冯梦得、陈彬等人，“平生用似道钱无数，而诋似道不值一钱”（《桐江集·跋阮梅峰诗》）。最可笑的是演福寺有个叫志行的和尚，为该寺观音殿写碑文，大骂贾似道，并将碑文遍送显要。后来官府勘查田土，始知贾似道曾施舍此寺田地千顷。官府问志行：贾相在日，舍与你寺许多田地，不知寺内人如何称呼他？答：称大檀越（施主）。问：寺内人是否感激他？答：众人皆仰食于此田，怎不感激？又问：既然如此，为何刻碑诋骂？志行无话可答。

贾似道死后，他在杭州西湖苏堤的故居，已是颓垣断壁，成了一片瓦砾，有人讽刺说："势将覆悚不回首，事到出师方噬脐。废圃更无人作主，败垣惟有客留题。""覆悚"是说鼎中的食物溢出于外，这里形容能力浅薄。贾似道没有率军之才，却挂帅与元军作战，焉能不败？

还有人写《又过葛岭》诗说：

又过葛岭

其一

当年谁敢此经过，相国门前卫士多。
诸葛功名犹未满，周公事业竟如何？
雕梁雨蠹藏狐鼠，花础云蒸长薜萝。
万死莫辞亡国恨，空留遗迹在山阿。

其二

楼台突兀妓成围，正是襄樊失援时。
王气暗随檀板歇，江山流入玉箫悲。

姓名不在功臣传，家庙徒存御赐碑。

误国误民还自误，满庭秋草露垂垂。

南宋覆亡了，蒙古人终于在刀光剑影中建立了幅员广袤的大元帝国。朝代的更迭是历史上的常见现象，但贾似道专权跋扈，误国误民，导致南宋覆亡这一教训是值得我们永远记取的。

身世浮沉雨打萍

——南宋覆亡后的君臣、宗室与儒士

南宋祥兴二年（1279）二月，陆秀夫在厓山（今广东新会南）抱着 8 岁的皇帝赵昺蹈海身亡，从此，风云变色，江山易主，开始了元朝近 90 年的统治。150 多年前，宋朝已经历过一次亡国，北宋的徽、钦二帝成了金朝的阶下囚。如今历史何其相似，宋恭帝再一次成了亡国之俘。然而历史又截然不同，金朝统治者对宋徽宗等人刻薄寡恩，必欲置之死地而后快；而元朝统治者对宋恭帝等人深仁厚泽，多方体恤。与此同时，在皇帝尚无法自保的朝代递嬗、社稷鼎革之际，南宋的大臣与儒士慷慨死节者有之，临阵脱逃者有之，隐居林泉者有之，觍颜降敌者有之，构成了一幅幅令人眼花缭乱的图画。

深仁厚泽，寿终正寝

至元十二年（1275）十月，当元朝大军逼近长江北岸、南宋政权已处于风雨飘摇之中时，已经降元的宋朝大臣张晏然请求元世祖忽必烈不要让赵氏绝祀。忽必烈雍容大度地说：朕定不追究既往之愆，“至于权臣贾似道，尚无罪之之心，况肯令赵氏乏祀乎”？元世祖明确表示，像贾似道这样的巨恶大憝，尚不肯加罪于他，岂能让赵氏绝祀？

元世祖没有食言，当元军进入临安（今浙江杭州），宋恭帝赵㬎及谢太皇太后、母亲全太后来到元军大营觐见统帅伯颜时，郎中孟祺奉旨宣读诏书，其中就有“免系颈牵羊之礼”之语，使谢太皇太后、宋恭帝等感动不已。所谓“系颈牵羊”，是战败者脖子系着麻绳，手里牵着绵羊到对方军门表示降服。元世祖免了这一侮辱性的做法，比起金人羞辱徽、钦二帝，逼着他们行献俘礼，不知要高明多少倍。宋恭帝离开临安北上时年方6岁，还是个懵懂无知的孩子，元世祖优礼有加，“宋主至通州（今北京通州区），世祖命赐大宴十日，小宴十日，然后赴上都（今内蒙古正蓝旗东闪电河北岸）”。一个亡国之俘受到如此高规格的待遇，历史上尚不多见。

元朝的都城本来在大都（今北京），但每年的四月至八月，天子照例都会到上都办公，以避酷暑，因此宋恭帝一行先是到了上都。元世祖“制授㬎开府仪同三司、检校大司徒，封瀛国公”。

“三司”之名始于东汉，指太尉、司徒、司空，“开府仪同三司”是指官阶虽不够三司，但其官府仪制可与三司相同，其品级相当于从一品。检校大司徒、瀛国公尽管都是虚衔，并无实际权力，但赏赐有与爵位相应的田产。南唐李后主降宋，赵匡胤封他为违命侯，宋徽宗、宋钦宗降金，分别被封为昏德公、重昏侯，这种侮辱人格的做法，与元朝人相比何啻霄壤。

谢太皇太后因病未与宋恭帝同行，几个月后才被送往大都，元世祖封她为寿春郡夫人。不久，宋恭帝与母亲全太后也由上都来到了大都，“全太后及宫嫔等在大都，日支羊肉一千六百斤，他物称是”。清人赵翼《廿二史札记》一书如此记载或有夸大之处，但由此可看出元朝统治者的慷慨。全太后乃会稽（今浙江绍兴）人，不习惯北方生活，有思乡之意。元世祖皇后察必甚为同情，多次向元世祖求情，准许其返回江南。元世祖回答说：你见识短浅，没有远虑，全氏如果回到江南，必有怀念宋室江山之人聚众闹事，全氏也必然会卷入这一旋涡之中，要保全她也不可能了。“苟能爱之，时加存恤，使之便安可也。”（《元史·后妃·世祖后察必传》）元世祖考虑得周全，与其让全太后卷入一场不可预测的灾难之中，不如让她在大都度过安定的晚年。这个决定无疑是可行的。

元世祖对宋恭帝确实尽到了保护之责。至元十九年（1282）冬，大都忽然谣诼四起，先是一个福建僧人说土星犯帝座，对天子不利，元世祖对此说半信半疑。不久，中山（今河北正定）有一狂人自称宋主，有众千人，扬言要劫取已陷囹圄4年之久的南宋丞相文天祥。接着又有中山人薛保柱上匿名书告变，一时风声鹤唳，草木皆兵。中书省大臣上奏说：瀛国公赵㬎与南宋宗室赵与芮、赵与票不宜居住大都，应迁往上都。其时赵㬎年甫12岁，对这些谣传本不知情，元世祖怕他遭受无妄之灾，将他迁往上都，“继有旨，给瀛国公衣粮发遣之”，免得他有冻馁之苦。全太后年纪老迈，身体羸弱，受不了长途奔波之苦，便被安置在大都的正智寺削发为尼，皈依佛门。她在那里度过了一段黄卷青灯的生活，后来悄然死去。谢太皇太后乃宋理宗皇后，宋亡北上时已67岁，“越七年终，年七十四，无子”（《宋史·后妃·理宗谢皇后传》）。

宋恭帝赵㬎迁往上都6年之后，即至元二十五年（1288）十月初，元世祖“赐瀛国公赵㬎钞百锭”。18岁的赵㬎突然得到许多钱财，不禁受宠若惊，但就在10多天后，元世祖下诏“瀛国公赵㬎学佛法于土番”。“土番”即吐蕃，唐朝称藏族在青藏高原所建政权为吐蕃，宋、元、明初史籍仍称青藏高原及当地部族为吐蕃。元世祖的这一诏令实在来得突兀，赵㬎百思不得其解，只得怏怏登程出了家，法号合尊大师。原来元世祖做梦梦见赵㬎站在金龙缠绕的柱子下面，心有忌惮，故有贬往吐蕃之举。《符台外集》一书煞有介事地说：

> 宋幼主北迁，降封瀛国公。一夕，世祖梦金龙舒爪缠龙柱，明日，瀛国公来朝，立所梦柱下。世祖惑其事，谋诸臣下，

欲除之。瀛国公大惧，乞从释，号合尊大师，往西天受佛法，获免。余应诗云：“有宋第十六飞龙，元朝降封瀛国公。元君诏公尚公主，时蒙赐宴明光宫。酒酣舒指爬金柱，化为龙爪惊天容。元君含笑语众臣：凤雏宁与凡禽同！侍臣献谋将见除，公主夜泣沾酥胸。瀛公晨驰见帝师，大雄门下参儒宗。幸脱虎口走方外，易名合尊沙漠中。”

这一则记载荒唐无稽。“元室之制，非勋臣世族及封国之君，则莫得尚主，是以世联戚畹者，亲视诸王，其藩翰屏垣之寄，盖亦重矣。”（《元史·诸公主表》）这就是说元朝的公主嫁的都是王公大臣之子，或封国之君如高丽王一类的人物，赵㬎是亡国之俘，怎配有此殊荣？查《元史·诸公主表》，元世祖有女四人，没有一人嫁给赵㬎。至于元世祖梦见赵㬎站立于龙柱之下，便怀疑他将来会危及自己的帝位，更是不值一哂。做梦之事本就幽渺无凭，一个手无寸铁的废黜天子，怎会对元朝江山构成威胁？元世祖仅凭一个梦便把赵㬎贬往吐蕃，显然不能使人相信。不过这一记载也从另一个角度证明，元世祖待宋恭帝赵㬎不薄，这才有赵㬎成为天子乘龙快婿的传说。赵㬎之所以前往吐蕃学习佛法也许是他自愿前往研究这一门奥妙幽邃的学问，元世祖才赏赐许多钱财，以成其志的。当然这只是蠡测，但相信离事实不会太远。

至正十二年（1352）五月，“监察御史彻彻帖木儿等言：‘河南诸处群盗，辄引亡宋故号以为口实。宜以瀛国公子和尚赵完普及亲属徙沙州（今甘肃敦煌西）安置，禁勿与人交通。'从之”（《元史·顺帝本纪五》）。这一年离元朝覆亡只有16年了，韩林儿、徐寿辉、方国珍等农民起义军风起云涌，他们许多都打着宋朝赵姓皇族的旗号，元顺帝于是把赵㬎的后代及亲属迁往荒凉的边陲之地。此后史乘上便很少有有关赵㬎的记载了。

全太后与赵㬎母子虽为亡国之俘，但赵㬎既被封为瀛国公，便被赐予与其爵位相应的田产。迨全太后与赵㬎均皈依佛门后，掌管全国佛教事务及统辖吐蕃地区的宣政院还上奏说，瀛国公母子有地360顷，“乞如例免征其租，从之”。360顷田地免征租税，显然是把这些田地作为俸禄的。到了元文宗至顺年间，因赵㬎出家已久，朝廷下诏赎回了这些田地作为大龙翔集庆寺的永业田。当御史台官员提出这些田地应当没收，不必付费时，元文宗说：“吾建寺为子孙黎民计，若取人田而不予直（值），非朕志也。”（《元史·文宗本纪三》）一个堂堂天子要收回一个亡国之俘的田产，是易如反掌的事，而元文宗却要按市价付钱，足见元朝天子对亡国之君不薄！

宋朝宗室，待遇优渥

南宋覆亡后，有人上奏元世祖：“赵氏族人散居江南，百姓敬之不衰，久而非便，宜悉徙京师。”（《元史·世祖本纪十二》）宋朝既亡，江南人思念故主，乃人之常情，并不构成对元朝社稷的威胁，因此元世祖不置可否。几个月之后，江淮行省官员提出，若“宋宗族赴京，人心必致动摇，江南之民方患增课、料民、括马之苦，宜俟它日行之”（《元史·世祖本纪十三》）。元世祖马上采纳了这一建议，赵氏族人没有迁徙，免了一次流离之苦。至元二十年（1283），又有人告发宋朝宗室谋反，元世祖听从大臣阿鲁浑萨理的建议，理智地处理了这一事件。《元史·阿鲁浑萨理传》说：

> 会有江南人言宋宗室反者，命遣使捕至阙下。使已发，阿鲁浑萨理趣入谏曰：“言者必妄，使不可遣。”帝曰：“卿何以言之？”对曰：“若果反，郡县何以不知。言者不由郡县，而言之阙庭，必其仇也。且江南初定，民疑未附，一旦以小民浮言辄捕之，恐人人自危，徒中言者之计。”帝悟，立召使者还，俾械系言者下郡治之，言者立伏，果以尝贷钱不从诬之。

南宋覆亡，赵氏宗室心怀不满，兴兵造反并非不可能之事，但有人如此告发，是耶非耶，还须核实。阿鲁浑萨理认为如果赵氏宗室谋反，郡县一定知情，郡县不知，仅凭告发者之言定罪，难免铸成大错。元世祖恍然大悟，仔细追究，原来是有人向赵氏宗室借贷不遂，便诬告赵氏宗室谋反，这一冤案迅速得到了纠正。这正是元世祖的高明之处。

对于进入元朝的赵氏宗室，元世祖授予官职，待遇优渥。南宋宗室福王赵与芮跟随宋恭帝赵㬎降元，世祖“授宋福王赵与芮金紫光禄大夫、检校大司农、平原郡公”。赵与芮既是宋朝宗室，又有王爷爵位，家境殷实，饶有财产。难能可贵的是，元朝并未籍没这些财产，元世祖下诏：“宋福王赵与芮家资之在杭、越者，有司辇至京师，付其家。”用大车把赵与芮在杭州、绍兴的家产运往京城，交付给本人。宋恭帝徙居上都时，赵与芮理宜随行，元世祖特地关照：“与芮老矣，当留大都。”不仅如此，赵与芮既封平原郡公，元朝便赐给与爵位相应的田产，他死后元世祖才下诏“以平原郡公赵与芮江南田隶东宫”。“东宫”者，太子也。看来元世祖赐给赵与芮的田乃膏腴之地，因此才转赐给太子。赵与芮既殁，元世祖又“以赵与芮子孟桂袭平原郡公”。可以说赵与芮在元朝所享受的待遇，大体与在宋朝时一样。

赵与票是又一个例子。至元十一年（1274），伯颜率领的元军渡过长江，直逼临安，其时在鄂州（今湖北武汉）的赵宋宗室赵与票率赵姓宗人至伯颜军门，力陈不嗜杀人，方可统一天下，并请求保全赵氏宗族，甚得伯颜好感。至元十三年（1276）秋，赵与票被元世祖召至上京，他“幅巾深衣以见，言宋败亡之故，悉由误用权奸，词旨激切，令人感动”。元世祖知其有才，授他为翰林待制，朝廷立法多所咨询，赵与票也忠言谠论，坦诚直言。奸相桑哥专横跋扈，国人敢怒而不敢言，赵与票挺身而出，上疏言权臣专政之害，然后辞官居家待罪。元世祖知他贫窭，“赐钞万三千贯，岁给其妻子衣粮。后累迁翰林学士”。元成宗继位时，赵与票已到了垂暮之年，元成宗特地赐给他儿子孟实一个官职，以便养老。赵与票亡故后，“家贫无以为葬，成宗命有司赙钞五千贯，给舟车，还葬台州之黄岩。赠通议大夫、礼部尚书、上轻车都尉、天水郡侯，谥文简”（《元史·赵与票传》）。

赵宋宗室仕元朝最有名者是书法家、文学家赵孟頫。他是宋太祖赵匡胤之子秦王赵德芳之后，宋孝宗曾赐其四世祖宅第于湖州。宋亡后，赵孟頫一直闲居在家。至元二十三年（1286），行台侍御史程钜夫奉诏搜访遗逸于江南，将赵孟頫带往大都觐见忽必烈，“世祖顾之喜，使坐右丞叶李上，或言孟頫宋宗室子，不宜使近左右，帝不听”。元世祖并不因为赵孟頫是宋朝宗室而加以歧视，表明他有海纳百川的容人之量，甚至“有旨令出入宫门无禁。每见，必从容语及治道，多所裨益”。元仁宗对他亦圣眷优渥，常称呼其字而不称名，并对左右说：“文学之士，世所难得，如唐李太白、宋苏子瞻，姓名彰彰然常在人耳目。今朕有赵子昂（赵孟頫字子昂），与古人何异？”赵孟頫当时任翰林学士承旨、荣禄大夫，有人上书说他是宋朝宗室，不宜与闻国史，元仁宗大怒说：“赵子昂，世祖皇帝所简拔，朕特优以礼貌，置于馆阁，典司述作，传之后世，此属呶呶何也？”赵孟頫年老畏寒，元仁宗便“敕御府赐貂鼠裘”（《元史·赵孟頫传》）。元英宗至治二年（1322），69岁的赵孟頫病故，被追封魏国公，谥文敏，也算是备极哀荣了。

慷慨捐躯，不做贰臣

当元军迫近临安，南宋社稷阽危之时，那些忠贞为国的大臣，明知寡不敌众，覆亡已成定局，仍一身正气，铁骨铮铮，以身殉国，不做贰臣。文天祥、谢枋得、李庭芝就是其中的代表人物。

文天祥以一介书生投笔从戎，受任于败军之际，奉命于危难之间，舍生忘死，矢志抗元。祥兴元年（1278），文天祥在广东五坡岭兵败被俘，至至元十九年（1282）引颈就戮于大都柴市口，他系于囹圄达4年之久。元朝统治者为了借他的声望平息江南百姓的反抗，极尽拉拢利诱之能事，动员了降臣王积翁、留梦炎，他的弟弟文璧，宋恭帝赵㬎劝降，文天祥均不为所动。元世祖忽必烈不惜纡尊降贵，向文天祥表示："汝移所以事宋者事我，我当以汝为相。"但刀锯斧钺不改忧国忧民之志，高官厚禄难移葵藿向阳之心，文天祥一笑置之。元世祖害怕文天祥会成为宋朝遗民进行反抗的一面旗帜，不无惋惜地下令赐死。文天祥就刑时，大都万人空巷，观者如堵。文天祥神色自若，态度从容，连元世祖也不得不连声赞叹："好男子，不为吾用，杀之诚可惜也！"（《续资治通鉴》卷186）

文如其人，文天祥的诗词也充溢着浩然正气。"人生自古谁无死，留取丹心照汗青"的名句脍炙人口，家弦户诵。他的另一些感怆时事之作也婉转浏亮，感人至深。如他在《离乱歌》的后记中说："人谁无妻儿骨肉之情，但今日事到这里，于义当死，乃是命也。”慷慨舍性命，谈笑赴泉台，文天祥的品格，足以垂范千古。

李庭芝是又一个例子。临安陷落后，他坚守扬州，以孤城抗元军百万之师。谢太皇太后与宋恭帝下诏劝降，李庭芝答曰：“奉诏守城，未闻有诏谕降也。”及两宫被俘北上，路经瓜洲（今江苏扬州瓜洲镇南），宋恭帝又遣人谕降说：“比诏卿纳款，日久未报，岂未悉吾意，尚欲固圉邪？今吾与嗣君既已臣伏，卿尚为谁守之？”（《宋史·李庭芝传》）李庭芝不答，发弩射杀一人，其余皆狼狈遁去。元朝以少保、左丞相之职招降，李庭芝不为所动。扬州粮尽，他退守泰州，终因寡不敌众，城破被俘，被送往扬州后引颈就戮，毫无惧色。他之所以难能可贵，是因为他已突破了为一姓效忠的樊篱，表达了几千万江南百姓不受凌辱的风骨。

谢枋得是另一种类型。他在抗元失败后，易姓更名隐居于建阳（今福建南平建阳区）山中，衣结履穿，箪瓢屡空，以卖卜为生。宋祚倾覆，他忽忽如狂，每日“麻衣蹑屦，东乡而哭，人不识之，以为被病也”（《宋史·谢枋得传》）。元朝统治者为笼络儒士为其服务，派人至江南搜求人才，谢枋得也名列其中，他抗命不赴。在这之后，元廷又几次派人至江淮搜求遗贤，均以谢枋得为首，他均拒不应征。至元二十五年九月，福建行省参政魏天祐强行把谢枋得押送至大都，谢枋得自拘押之日即以死自誓，二十余日不食亦不死。门人送来寒衣，他拒而不受，答以诗云：“此时要看英雄样，好汉应无儿女情。只愿诸贤扶世教，饿夫含笑死犹生。”（《宋人轶事汇编》卷 19）儿子跑来看他，他也拒而不见。至大都后，元朝官员故意指着文天祥就刑处让他看，他说：“当年集英殿下赐进士第，幸同榜，今复得从吾同年游地下，岂非幸耶？”为抗议元朝征聘，他又枵腹不食，降臣留梦炎“使医持药杂米饮进之，枋得怒曰：‘吾欲死，汝乃欲生我邪？’弃之于地，终不食而死”（《宋史·谢枋得传》）。他那嵚崎磊落的气节，足以永垂百世，他留下的那些慷慨激昂的诗篇，足以使顽廉懦立！

似文天祥、李庭芝、谢枋得那样宁为玉碎、不为瓦全的忠臣义士，所在多有。《昭忠录》一书记载，德祐元年（1275）元军攻池州（今安徽贵池）时，通判赵卯发在城破之际写信给弟弟说：“城池不高深，无财又无兵。惟有死报国，来生作弟兄。”又题诗于壁：“国不可负，城难以降，夫妇俱死，节义成双。”然后同妻子自缢身亡。郢州（今湖北钟祥）推官黄从龙官阶不高，只是郢州长官的僚属。元军入境时，守将遁逃，不知所之，黄从龙“抱印登城大呼曰：‘张巡、许远之事，正在今日。’啮指血书‘死战报国’字，与子熙力战死”。江西南城儒士吴楚才在城陷之后，于乡间纠集丁壮抗元，但这些丁壮都未经过训练，是仓促集合起来的农夫，显然不是元军对手，很快便兵败被擒。元将责他不应抵抗，他说：我不过乡村一秀才，特为忠义所激，欲为国出力，事虽不成，正不错也。今天读这些人的事迹，犹使人感慨系之。鲁迅先生说：“我们从古以来，就有埋头苦干的人，有拼命硬干的人，有为民请命的人，有舍身求法的人，……虽是等于为帝王将相作家谱的所谓‘正史’，也往往掩不住他们的光耀，这就是中国的脊梁。”正是由于这些爱国的仁人志士不屈不挠的奋斗精神，我们中华民族虽饱经忧患，却能蹶而复振，跻身于世界强国之林。

寄情笔墨，不忘故国

南宋灭亡后，一批儒士有感于黍离麦秀、荆棘铜驼之痛，不愿俯首事元：有的黄冠草履，彷徨徙倚于残山剩水之间；有的庵居蔬食，悲鸣长号于笔墨文字之中，表现出了亡国遗民的高风亮节。郑所南、胡三省、汪元量等人便是其中的佼佼者。

郑所南祖籍福建，生于临安，当元军南下、宋室江山危若累卵之时，他以太学生的身份叩阍上书，请缨杀敌，因言辞激切，当权者屏而不纳。宋亡后他寓居苏州，孑然一身，矢志不娶，改名思肖，字忆翁，隐寓不忘宋朝之意。岁时伏腊，他必野哭南向而拜，闻北人语，也必掩耳而走，坐卧从不向北，题其室曰“本穴世界”，暗寓“大宋”二字。他和赵孟頫俱系丹青妙手，而且是莫逆之交，赵孟頫降元后，他立即画地绝交，赵孟頫数次求见，他都杜门不出。他工于诗歌，但多是抒发对故国忠贞不贰情怀之作，如《过徐子方书塾》云：“不知今日月，但梦宋山川。”《题郑子封寓舍》云：“此世但除君父外，不曾别受一人恩。”《题寒菊》云：“宁可枝头抱香死，何曾吹落北风中。”《德祐二年岁旦》云：“此地暂胡马，终身只宋民。”等等。他善画兰花，但“自更祚后，为兰不画土，根无所凭借。或问其故，则云：‘地为番人夺去，汝犹不知耶？’”邑宰向他索画，他说：“头可断，兰不可画。”直至1318年抱愤而卒，郑所南一直保持着耿介拔俗的节操。

胡三省则是把对故国的怀念寄托于史书的爱国历史学家。他是台州宁海（今浙江宁海）人，宋亡后隐居不仕，用了30年时间为司马光的《资治通鉴》作注，在注释的字里行间，洋溢着炽热的爱国深情。书中凡涉及宋代之事，一律称“本朝”“国朝”“我宋”“我朝”，全书只用甲子纪年，不用元朝年号。只要有机会，他就要为宋朝大声疾呼，如在辽太宗入汴、后晋石重贵出降的注中写道：“臣妾之辱，惟晋、宋为然。呜呼，痛哉！”在梁武帝天监六年（507）韦睿救钟离、大败魏军的注中写道：“比年襄阳之守，使诸将连营而前，如韦睿之略，城犹可全，不至误国矣。呜呼，痛哉！”他经历了宋朝的腐败与覆亡，要激浊扬清，痛斥那些二三其德、卖国求荣的败类，讴歌那些舍生取义、杀身成仁的爱国志士；他要表达对故国的眷恋，对元朝统治者的憎恶。可惜的是，像他这样刚正不阿的历史学家，竟然长时间湮没无闻，《元史》没有为他立传，《新元史》也只是在马端临传后附了一篇几十字的传记。迨已故的陈垣教授所写的《通鉴胡注表微》一书出版后，他的身世才逐渐为世人所知。胡三省的气节真是可圈可点！

和郑所南、胡三省相比，汪元量是另一类人物。他在宋度宗时以善琴出入宫掖，皇帝以倡优弄臣蓄之。宋亡后他随三宫进入大都，元世祖闻其善琴，召入侍，他骎骎有高渐离刺秦始皇之志，但元世祖防范严密，无隙可乘，遂哀恳乞为黄冠道士。“南归以后，尝赴蜀、湘，又数往来于匡庐、彭蠡之间，若飘风行云，世莫能测其去留之迹，江右之人以为神仙，多画其像以祠之。”他的诗记其亡国之戚、去国之苦，间关愁叹之状，凡亲身所历者，一一采摭入诗，被人称为“宋亡之诗史”。文天祥以“风樯阵马，快逸奔放”八字来评价他的诗，可谓中肯惬当。如写元军入临安时的愤懑悲痛：“西塞山边日落处，北关门外雨来天。南人堕泪北人笑，臣甫低头拜杜鹃。”讽刺南宋统治者屈膝求和：“若说和亲能活国，婵娟应是嫁呼韩。”揭露元朝统治者对四川人民的剥削压榨：“城因兵破悭歌舞，民为官差失井田。岩谷搜罗追猎户，江湖刻剥及渔船。”这类诗篇触目皆是，在人民群众中引起了强烈反响。

除此而外，不和元朝统治者合作，遁迹山林以终其天年者，不可胜计。他们或杜门谢客，衰服深居；或流连诗画，以终其身；或遗民畸士，递相酬和；或托身缁流，参道悟禅；或教授生徒，举家业儒；或穷愁潦倒，拒不出仕；等等。值得一提的是赵孟頫的堂兄赵孟坚。赵孟頫仕元为高官，赵孟坚却隐居不仕。一次赵孟頫来访，赵孟坚闭门不纳，经夫人劝解，才让其从后门进入。赵孟頫走后，他马上把其坐过的椅子用水清洗了一遍，表示不与这位堂弟同流合污。他们没有直接参加推翻元朝统治者的斗争，因而被有些人视为意志薄弱，只会发几声微弱的呻吟。喋血疆场固然痛快淋漓，但不受名缰利索的羁绊，洁身自好，守节不移，同样也是值得肯定的。

卖身求荣，为虎作伥

最该受到挞伐的是那些寡廉鲜耻、卖身求荣、为虎作伥之人。他们平时慷慨激昂，满口仁义道德，但当国家阽危之时，不是逃之夭夭，就是开门迎降，从而出现了“满朝朱紫尽降臣”的局面。

德祐元年，当元军迫近临安、南宋君臣惶惶不可终日之际，同知枢密院事曾渊子、左司谏潘文卿、右正言季可、两浙转运副使许自、浙东安抚使王霖龙等数十人先后遁逃，不知所终，朝中为之萧然。更可笑的是，签书枢密院事文及翁、同签书枢密院事倪普二人，为了逃离朝廷，竟然串通御史弹劾自己，奏章还未及递上，两人便杳如黄鹤，逃得无影无踪了。降臣范文虎引元军入临安时，南宋大臣竟“举朝奔窜，留者九人”。谢太皇太后诏榜朝堂时说：“我朝三百余年，待士大夫以礼。吾与嗣君遭家多难，尔大小臣未尝有出一言以救国者，内而庶僚畔官离次，外而守令委印弃城，耳目之司既不能为吾纠击，二三执政又不能倡率群工，方且表里合谋，接踵宵遁。平日读圣贤书，自许谓何！乃于此时作此举措，生何面目对人，死亦何以见先帝？”（《续资治通鉴》卷 181）这段话真是说得入木三分！然而具有讽刺意义的是，谢太皇太后指责大臣逃跑，不肯为国效力，而她自己也率先迎降，后来客死大都。

景炎二年（1277），宋师败于广州附近之浅湾，张世杰奉宋端宗赵昰走秀山（今广东东莞西南海中大虎山），再走井澳（今广东珠江口外大、小横琴岛海湾间），此时全靠宰相陈宜中运筹擘画，挽救危局。陈宜中借口去占城（今越南中南部）搬取救兵，一去便没了踪影，宋端宗屡次相召亦置之不顾。至元十九年，元军攻占城，他又逃往暹国（今泰国），后来悄然死在那里。宰相尚且如此，宋朝岂能不亡？

号称状元宰相的留梦炎降元后，为元朝搜罗江南人才而积极奔走；大臣王积翁为招降文天祥和东征日本效尽了犬马之劳，令人齿冷。湖州守臣蹇材望在元军将至之时，假惺惺地铸了一块镌写“大宋忠臣蹇材望”的锡牌，并许以银若干两为埋葬之费，请人为他收尸。他“日系牌与银于腰间，且遍视乡人及所常往来者，人皆怜之。丙子（1276）正月旦日，北军入城，蹇已莫知所之，人皆谓其溺死。既而北装乘骑而归，则知先一日已出城迎拜，遂得本州同知”。镇江守臣洪起畏，在元军入境之初，便在城门四周悬榜说：“家在临安，职守京口。北骑若来，有死不走。”表示誓与城池共存亡。但元军刚刚入境，他便已匍匐在蒙古统治者脚下了。严州（今浙江建德）守臣方回，当元军来侵时，他“倡死封疆之说甚壮，及北军至，忽不知其所在，人皆以为必践言矣。遍访不获，乃迎降于三十里外，鞑帽毡裘，跨马而还，有自得之色，郡人无不唾之”。大臣贾余庆在元朝大将面前“满口骂座，毁宋人物无遗，以此献佞”。刘岊也跟着附和，大骂宋朝君臣。此二人数典忘祖，卑污下流，莫此为甚！

世上自有公道在。人们憎恶这些无耻的叛臣降将，往往给以无情的鞭挞与揭露，令人大呼痛快。文天祥有诗讥讽贾余庆：“甘心卖国罪滔天，酒后猖狂诈作颠。把酒逢迎酋虏笑，从头骂坐数时贤。”亦有诗讥讽刘岊：“落得称呼浪子刘，樽前百媚佞旃裘。”留梦炎的子孙直到明代应科举考试时，考官还“责令书一结云‘并非留梦炎子孙’，方许入试”。洪起畏降元后，有人把他那四句诗的末句改为“不降则走”。镇守淮南的夏贵以 79 岁高龄降元，被授为中书左丞，83 岁时病死。有人曰：“自古谁无死，惜公迟四年。问公今日死，何似四年前。”还有人吊其墓曰：“享年八十三，而不七十九。呜呼夏相公，万代名不朽。”这些叛臣不顾名节，甘作逆子贰臣，可以称快于一时，但遗臭万年，殃及子孙，则是他们始料未及的。

人无害虎心，虎有伤人意

——朱元璋为何要迫害儒士

朱元璋是以布衣登上帝位的明代开国皇帝。他之所以能削平群雄，统一全国，除了武将斩将搴旗、攻城克池，儒士参赞擘画也是不可或缺的因素。得天下之前，朱元璋对儒士倚畀之殷，待遇之优渥，可说是有口皆碑。他折节下士，洵洵然有长者之风，甚至与儒士诗文酬答，唱和往还，取得了儒士的好感。如宋濂染疾，“候问之使，相属于道。时方严肩舆之禁，自相国以下，至百执事，皆弗之许，特命中书造安车，给健丁六人以载”（《宋学士文集》）。朱元璋不仅多次派人问候宋濂的病情，而且破例给他造连宰相也不得乘坐的车辆；给刘伯温写信，他谦恭地写上“顿首奉书伯温老先生阁下”；宋讷读书，“燎胁下衣，至肤始觉。帝制文警之”（《明史·宋讷传》）；赐学士陶安门帖说：“国朝谋略无双士，翰苑文章第一家。”（《明史·陶安传》）戎马之暇，“辄与诸儒讲论经史”（解缙《天潢玉牒》）。凡此种种，均非他人所能比肩。

从重用儒士到迫害儒士

重用儒士只是朱元璋为夺取天下采取的权宜之计，迨他从农民起义的血泊里黄袍加身后，便一反常态，转而迫害儒士了。朱元璋为什么会有这样的转变？一种相当流行的见解认为，他亲近儒士之日，就是他蜕化变质之时。已故的史学家吴晗在《朱元璋传》一书中说："在渡江以后，地主阶级的知识分子参加了……他的政权也就不能不蜕化变质，走到了反面，变成地主阶级的政权了。"中国社会科学院历史研究所已故的谢国桢教授在《略论明代农民起义》一文中也说，朱元璋"又借重一些地主阶级知识分子，如刘基、宋濂等人，为之出谋划策，终于蜕化变质，背叛了红巾军，而登上了明朝皇帝的宝座"。说朱元璋因重用了地主阶级知识分子而蜕化变质，这经不起推敲。封建社会中的知识分子并非都出身地主阶级，贫窭之家出身者也大有人在。封建社会的知识分子要想施经纶、展抱负，必定要附丽于某一个帝王，所谓"学成文武艺，货与帝王家"是也。封建社会的帝王重用了知识分子便会蜕化变质，显然是皮相之见。封建社会的农民不代表先进的生产力与生产关系，他们推翻了一个封建王朝，建立起的是另一个封建王朝，这是历史的必然，与农民起义领袖蜕化变质了不相干。

兔死狗烹，鸟尽弓藏，这是封建帝王常用的伎俩，朱元璋也不例外，但残酷如朱元璋者，实在是并世无两。众所周知的文字狱，从洪武十七年（1384）到二十九年（1396），即他死的前两年，前后达 13 年之久，被诛杀者不可胜计。洪武十三年（1380）的胡惟庸案、十五年（1382）的空印案、十八年（1385）的郭桓案、二十六年（1393）的蓝玉案，被杀者多达 12 万人。除此之外，还有“洪武四年录（甄别）天下官吏、十三年连坐胡党、十九年逮官吏积年为民害者，二十三年罪妄言者”等 4 次屠杀，大戮官民，不分臧否。正如清人赵翼在《廿二史札记》中所说：“武臣被戮者，固不具论，即文人学士，一授官职，亦罕有善终者。”又说汉高祖刘邦屠戮功臣，固然残忍，但诛杀的只是韩信、彭越，至于栾布、卢绾、韩王信等皆因谋反被杀，其余如萧何、曹参、灌婴等人，则倚为心腹，打算托孤寄命，从不加以猜疑。“独至明祖，藉诸功臣以取天下，及天下既定，即尽举取天下之人而尽杀之，其残忍实千古所未有。”这话一点都不夸张。

是什么原因导致朱元璋大开杀戒，从而造成元功宿将芟刈殆尽的局面呢？这里既有客观原因，也有主观原因。

客观原因是统治阶级内部矛盾激化的结果。在取得天下之前，朱元璋和部下同心同德，和衷共济，以推翻元朝为己任。取得天下之后，这些文臣武将拜相的拜相，封侯的封侯，情况就有了变化。一方面是武将骄恣违法违纪，如朱亮祖“所为多不法”（《明史·朱亮祖传》），周德兴“营第宅逾制”（《明史·周德兴传》），蓝玉“骄蹇自恣，多蓄庄奴、假子，乘势横暴”（《明史·蓝玉传》），弄得民怨沸腾，倘不加以制止，万一激起民变，大明帝国的江山就岌岌可危了。另一方面是如李善长、胡惟庸等淮西派文臣，窃弄权柄，独断专行。胡惟庸任丞相时，“生杀黜陟，或不奏径行。内外诸司上封事，必先取阅，害己者，辄匿不以闻。四方躁进之徒及功臣武夫失职者，争走其门，馈遗金帛、名马、玩好，不可胜数”（《明史·胡惟庸传》）。李善长刚愎自用，“外宽和，内多忮刻。参议李饮冰、杨希圣稍侵善长权，即按其罪奏黜之。与中丞刘基争法而诟，基不自安，请告归”（《明史·李善长传》）。这都是权力欲极强的朱元璋所不能容忍的，他不惜制造一系列冤狱，大肆诛戮，屠杀成了其进行政治斗争的方便武器。

主观原因是出于猜忌。元朝末年朱元璋弃缁流而从军时才25岁，到大兴文字狱时，已是年近花甲的垂垂老翁了。“太祖春秋高，多猜忌”，《明史》如是说。他怕一旦撒手尘寰，辛辛苦苦挣得的江山会被别人攘夺而去，因此对任何人都存有戒心。他本来答应“凡仕元者，皆予录用”，但又晓谕徐达等严加防范：“元省院官降者，今俱遣来，处我官属间，习而后用之。夫人藏其心，不可度也，吾虑或昼臣而夜盗。”（《明通鉴》）他本来曾下令广辟言路，甚至草野微贱都可上书言事，如洪武元年（1368）下诏：“日月之行，犹有薄蚀，朕凡事岂必尽善，台臣久无谏诤，抑朕不能听受耶？”但到了晚年，又因妄言罪而杀人。他的亲侄朱文正因“亲近儒士，胸怀怨望”（《国初事迹》）而被鞭至死；亲外甥李文忠因左右多儒生，礼贤下士，被鸩毙命；号称“吴中四杰”的明初著名诗人高启、杨基、张羽、徐贲均死于非命；杨维桢、陶宗仪、丁鹤年、陈基等儒士，虽被朱元璋召至京师，但皆抗节不仕，所谓“白衣宣至白衣还”是也。经过多次诛杀，到朱元璋晚年，朝廷上已是一番万马齐喑的萧瑟景象，与朱元璋称帝之前人才济济的兴旺景象不可同日而语了。

朱元璋不分青红皂白杀人，还有出于为子孙万世基业铺平道路的考虑。为了巩固统治，朱元璋可谓费尽了心机。他有子 24 人，洪武元年，封长子朱标为太子，其余诸子也都分茅裂土，授以王爵。美中不足的是，朱标仁柔，不似其父刚烈，一旦君临天下，朱元璋手下的文臣武将，他未必驾驭得住，倘有不虞，便噬脐莫及。因此，朱元璋认为最好的办法便是趁着自己在世之日，草薙禽狝，将文臣宿将一网打尽。

一次，大臣宋濂获罪，他曾是太子朱标的老师，朱标请求父亲网开一面，免其死罪，朱元璋大怒说：等你登基后再赦免他！朱标惶恐不已，投水自尽，被左右救起。朱元璋骂他说：我自杀人，关你何事？最终未杀宋濂。洪武十三年，宋濂长孙宋慎坐胡惟庸党，朱元璋又要杀宋濂，赖马皇后、太子朱标营救得免。马皇后死后，朱元璋心情抑郁，动辄杀人，朱标劝谏说诛杀过滥，有伤和气，朱元璋默然不语。第二天，他把一根带有刺的荆杖放在地上，让朱标拿起，朱标见荆杖到处是刺，无从下手，面露畏难之色。朱元璋借题发挥，晓谕朱标说：“汝弗能执欤？使我运琢以遗汝，岂不美哉！今所诛者，皆天下之刑余也，除以安汝，福莫大焉！”

明人徐祯卿《翦胜野闻》中这段话，活画出了朱元璋无罪杀人的丑恶嘴脸。他把那些帮他打天下的文武大臣比作荆杖上的刺，说他们是刑余之人，即该杀而未杀的人。因此，朱元璋每次制造冤狱，都不是一时的感情冲动，而是有计划、有目的地屠杀。

洪武二十九年，朱标还未及继位，便一病不起，其子朱允炆被立为皇储，而此时朱元璋的第四子燕王朱棣，即后来的明成祖，早就虎视眈眈地觊觎帝位了。朱元璋清楚地知道这一点，他在易箦之时忧心忡忡地说："燕王不可不虑！"为了防止朱棣勾结文臣武将篡权夺位，他更加拼命地屠戮功臣。但是朱元璋始料不及的是，迨靖难兵起，朱允炆手下既缺乏运筹帷幄的谋士，也没有克敌制胜的武将，帝位终于被朱棣攘夺，个中缘由，值得深思！

朱元璋如何迫害儒士

朱元璋迫害儒士，花样之离奇，手法之恶劣，实在是达到了骇人听闻的程度。

制造文字狱是朱元璋的惯用伎俩。我国的文字狱始于西汉，汉宣帝时因告发霍光谋反有功被封为侯爵的杨恽（此人之母亲是《史记》作者司马迁之女）因事被废为庶人，他居家治产业，起豪宅，宴宾客。他的朋友孙会宗写信劝诫他："大臣废退，当阖门惶惧，为可怜之意，不当治产业，通宾客，有称誉。"（《汉书·杨恽传》）杨恽写了一封《报孙会宗书》，阐述自己的见解，后被人告发骄奢不悔过，汉宣帝说他大逆不道，将他腰斩，妻子流放酒泉。朱元璋未必熟悉这一段历史，但他制造文字狱的本领，却在汉宣帝之上。

朱元璋晚年疑心甚大，总怕被人捉弄。本来他当和尚、参加农民起义军的经历是一段光荣历史，但当皇帝后，他就对此讳莫如深，不愿提及了。对于臣下的奏章、诗文，他都要细加品读，然后深文周纳，陷人以罪。怀庆（今河南沁阳）府学训导吕睿为本府作《谢赐马表》，上有“遥瞻帝扉”四字，意思是远远望见天子居住宫殿的大门，就想起了天子的恩典。朱元璋却说“遥瞻帝扉”是“遥瞻帝非”之意，吕睿因此被杀头。尉氏县教谕许元为本府写《万寿贺表》中有“体乾法坤，藻饰太平”的句子，意思是陛下所颁行的法令上合天意，下顺民情，因此才有太平盛世。朱元璋却说“法坤”就是“发髡”，这是讥讽自己当过和尚，没有头发；“藻饰太平”是说“早失太平”，诅咒大明王朝不久长。德安（今湖北安陆）府学训导吴宪写的《贺立太孙表》中有“永绍亿年，天下有道”的句子，意思是说大明朝的江山会亿万斯年地传下去，因为天下治理得井井有条。朱元璋却说“天下有道”是“天下有盗”，下令处死吴宪。杭州府学教授徐一夔在给天子的贺表中有“光天之下，天生圣人，为世作则”的话，朱元璋看了，勃然大怒说：“生”者，僧也，这是讥讽我当过和尚，“光”者是骂我当和尚光头，“则”字与“贼”字字音相近，是说我当过贼。徐一夔因此被斩。一个偏僻地方的僧人写了一首《谢恩诗》，其中有“殊域及自惭，无德颂陶唐”的句子，“陶唐”是指古代贤明的天子帝尧，他先封于陶，后封于唐。僧人把朱元璋比作帝尧，显然是颂扬之意。朱元璋却说：你诗中用“殊”字，此字是“歹”和“朱”两字合成，是指我朱元璋不知好歹。“无德颂陶唐”一句是讥刺我无德，你打算用陶唐来颂扬我，但我不够格，这样的僧人要他何用？于是这个僧人也未逃一死。

即使没有诗文，朱元璋也要以其他名目治罪。如“太祖命中书詹希原，书太学集贤门，门字右直微钩起，上曰：‘吾方欲招贤，原乃闭门，塞我贤路耶？’遂杀之。而以粉涂其钩”。詹希原写的“门”字右边的钩挑得稍微大了一点，朱元璋便说此举是闭门堵塞贤人之路。朱元璋于街巷上看到一幅画着一个赤脚怀抱西瓜的妇人的图片，“甚衔之，明日，命军士大戮居民，空其室”（《翦胜野闻》）。因为怀抱西瓜是隐喻淮西，而马皇后是淮西人。赤脚是讥诮马皇后脚大。因如此理由把那里的居民全部杀死，造成有屋无人居住的惨象，这真是欲加之罪，何患无辞了。这种防不胜防的文字狱，使得人人自危，连礼臣也不敢为文了，不得不请求朱元璋降下格式，俾便遵守。文字狱摧残了文化，禁锢了人们的思想，给后世带来了恶劣影响。

朱元璋登基后，“建不为君用之法”，即凡不愿和朱明王朝合作的儒士，一律格杀勿论。他曾下过一道诏令：“率土之滨，莫非王臣，寰中士大夫不为君用，是自外其教者，诛其身而没其家，不为之过。”（《大诰三编》）朱元璋身边虽然聚集了许多儒士，却并不认真使用，大臣如走马灯似的更迭。终洪武一朝，户部尚书换了40余人，皆任职不久即被撤换，刑部尚书也换了40余人，其他官员更换之勤，也就可想而知。正如解缙在给朱元璋的奏疏中所指出的那样：陛下用人不问贤与不贤，授人官职不分轻重，建不为君用之法，凡有才能之人必一一罗致，但又设置处置朋党之法，动辄罢官，弃之如泥沙。那些满腹经纶的监生、进士不获重用，那些不学无术的人，只要会阿谀奉承，便能成为位列朝班的大臣。引车卖浆者之流，阘茸下愚之辈，早上丢掉刀镊犁锄，晚上便能换上官服。品行端正的人耻与这些人为伍，平庸之人却喜欢这些人。大多数官员以贪婪苟且为平常事，把廉洁当作口头禅，因此造成了“出于吏部者无贤否之分，入于刑部者无枉直之判”（《明史·解缙传》）的局面。朱元璋初起事时任人唯贤的原则，这时已抛到九霄云外了。

无罪罪人是朱元璋非常阴狠的一招。他自登基后，“无几时不变之法，无一日无过之人”（《明史·解缙传》），朝廷大臣天天在忧惧中过日子。“太祖视朝，若举带当胸，则是日诛夷盖寡；若按而下之，则倾朝无人色矣。”（《翦胜野闻》）杀人与否完全凭个人的好恶，上朝时若把御带提高到胸前，这一天杀人就少，若把御带按到腰部以下，就意味着这一天会多杀人，举朝大臣都吓得面无人色了；甚至“京官每旦入朝，必与妻子诀，及暮无事，则相庆以为又活一日”（《廿二史札记·明祖晚年去严刑》）。武将在胡惟庸、蓝玉两人入狱后，已斫丧殆尽，功高如徐达者，也因赐熟鹅肉而死；文臣如李善长因与胡惟庸是姻亲而被赐死。当时一个叫王国用的小官上疏为李善长喊冤说：李善长与陛下出生入死夺得天下，勋臣中功劳第一，封为左丞相，爵为韩国公，儿子娶公主为妻，可谓位极人臣。如果说他自己要谋反，还可以成立，如果说他帮胡惟庸谋反，则大谬不然。人情爱其子，必胜于爱兄弟之子，李善长的侄子娶了胡惟庸之女，他的儿子娶的是公主，孰轻孰重，尽人皆知。如果李善长辅佐胡惟庸成功，不过勋臣第一，所封不过太师、国公、王爵，为儿子娶其女而已，会超过今日的荣耀吗？况且李善长要取天下，当在元末混乱之时，如今天下已定，大明江山固若金汤，李善长却要自寻死路，帮胡惟庸谋反，他岂能如此愚蠢？朱元璋看了疏文自知理亏，没有治王国用的罪。

当时莫名其妙被杀头者甚多。右丞相汪广洋因“在江西曲庇文正,在中书不发杨宪奸”,被下令诛杀。茹太素因言事忤旨被罢职，“贫不能归，鬻其四岁女。帝闻大怒，置腐刑”。大臣开济被人告发上朝时把奏折放在怀中，隐而不言，观察天子的颜色再上交，“帝怒，下济狱”。王朴因性格耿直，多次与朱元璋争论是非，不肯屈，“竟戮死”。处州（今浙江丽水）教授苏伯衡“坐表笺误，下吏死”。高启盖房子写了一篇《上梁文》，朱元璋见了“发怒，腰斩于市”。孙蕡与蓝玉相善，蓝玉因谋反治罪，孙蕡“尝为玉题画，遂论死”。徐贲任河南布政使，“大军征洮、岷，道其境，坐犒劳不时，下狱瘐死”。陶凯当官谨小慎微，只因起了个“耐久道人”的别号，朱元璋“闻而恶之”，找了个借口赐死。类似的例子不计其数，皆见于《明史》。袁凯、郭兴等人靠着装疯卖傻，才捡回一条性命。此外，还有大批官员谪戍凤阳屯田，“时官吏有罪者，笞以上悉谪屯凤阳，至万数”（《明史·韩宜可传》）。这是洪武九年（1376）的事，而在朱元璋晚年被谪在凤阳屯田的，又不知超过这个数目多少倍。

设立锦衣卫，对大臣盯梢跟踪，是朱元璋的一大发明。锦衣卫是特务机构，进入这个机构的，尽是凶顽不逞之徒。朱元璋用这些人当耳目去侦察大臣，大臣们一举手一投足，都逃脱不了监视。“（宋濂）尝与客饮，帝密使人侦视。翼（翌）日，问濂昨饮酒否，坐客为谁，馔何物。濂具以实对。（帝）笑曰：‘诚然，卿不欺朕。’”（《明史·宋濂传》）吴琳致仕归家，“帝尝遣使察之”，看他有没有对朝廷不满的言论。曾任国子祭酒的宋讷，“帝使画工瞯讷图其像，危坐有怒色。明日入对，帝问昨何怒。讷惊对曰：‘诸生有趋踣者，碎茶器。臣愧失教，故自讼耳。且陛下何自知之？’帝出图，讷顿首谢”（《明史·宋讷传》）。更有甚者，朱元璋自己也常微服出行，调查老百姓对他是否忠诚。一次他听到一个老媪称呼他为老头儿，即大动肝火，“命籍没民家甚众”（《翦胜野闻》）。

朱元璋屠戮儒士，应该遭到鞭挞，但这并不意味着他只是一个暴君、屠夫。若就其一生来看，朱元璋有许多功绩是不应被湮没的，在历代封建帝王中，他仍然是一个比较突出、卓越的人物。

忧国忧民郑板桥

——一生坎坷的郑板桥

郑板桥（1693—1766）是清代的传奇人物。他是匠心独运、别出机杼的诗人、画家、书法家，不脱名士风流；又是忧国忧民、济困扶危的县令，百姓感戴不尽。可惜他运乖时蹇，仕途蹭蹬，一生只当过县令，晚年落魄江湖，鬻画为生。

三十无一营，仕途坎坷多

康熙三十二年（1693），郑板桥出生于江苏兴化。他祖籍苏州，明朝洪武初年，其先祖由苏州阊门迁居兴化城内汪头，传至郑板桥已是第十四代。如今汪头还保留着他的故居，院内花木葳蕤，松篁交错，枝柯扶疏，依稀可见当时风貌。郑板桥的父亲郑之本满腹经纶，却一生未仕，靠教蒙童度日，家境清贫。郑板桥 3 岁时生母汪夫人溘然长逝，多年后他写有诗句云：

我生三岁我母无，叮咛难割襁中孤。
登床索乳抱母卧，不知母殁还相呼。

3岁的孩子懵懂无知，不知母亲已亡，还登床索乳，此情此境，令人潸然！福无双至，祸不单行，14岁那年，郑板桥的继母郝夫人也魂归道山，幸赖乳母费氏悉心呵护，抚孤成立。回忆这段往事，郑板桥对乳母感戴无涯。

乳母诗

平生所负恩，不独一乳母。
长恨富贵迟，遂令惭恧久。
黄泉路迂阔，白发人老丑。
食禄千万钟，不如饼在手。

在这首诗的小序里，郑板桥写乳母“每晨起，负燮入市中，以一钱市一饼置燮手，然后治他事。间有鱼飧瓜果，必先食燮”。正是因为乳母对郑板桥视如己出，关怀备至，所以郑板桥才会感叹如今俸禄再多，也不如幼年时乳母给他的一块饼，真是情真意切！

郑板桥聪颖睿智，在父亲的熏陶下，八九岁已能作文联对，12岁随父亲去真州（今江苏仪征）毛家桥读书，16岁师从乡贤陆种园填词，20岁考中秀才，23岁娶妻徐氏。学业大进，功名有望，郑板桥踌躇满志，于娶妻的当年首次赴北京游览，并在瓮山漱云轩书写了欧阳修的《秋声赋》。“少年不识愁滋味”，郑板桥认为只要中了秀才，举人、进士唾手可得，何愁功名富贵！但是现实并不如他想象的那么美好，秀才换不来银钱，父亲教私塾的收入也很微薄。为了养家糊口，他只得在26岁时在真州江村设塾教书。寄人篱下，仰人鼻息，郑板桥厌恶这种生活，却又无可奈何。他在后来写的《自嘲》诗中云：

教馆原来是下流，傍人门户过春秋。
半饥半饱清闲客，无锁无枷自在囚。

屋漏偏逢连夜雨，船迟又遇顶头风。30岁那年，父亲一病不起，郑板桥膝下已有二女一子，负担更加沉重，他在《七歌》中形容当时的窘况说：“郑生三十无一营，学书学剑皆不成。……爨下荒凉告绝薪，门前剥啄来催债。”灶下断炊，门前索债，举目无亲，告贷无门，郑板桥无奈，只得辞掉馆职，开始了在扬州10年之久的卖画生涯。在这10年里，他有成功的喜悦，也有谋生的烦恼，对人情冷暖、世态炎凉都有了深切体味。他秉性耿直，作画直抒胸臆，从不媚俗。有诗句云：

十载扬州作画师，长将赭墨代胭脂。
写来竹柏无颜色，卖与东风不合时。

在这期间，徐氏所生之子犉（rún）不幸夭亡，令郑板桥悲痛欲绝；后来徐氏也奄然物化，他更痛入骨髓。不过郑板桥毕竟是豁达大度之人，他没有因娇妻幼子亡故而颓唐沉沦，卖画的同时，游历了江西、北京等地，结识了不少朋友。酒酣耳热之际，他放言高论，评骘人物，口无遮拦。《清史列传·郑燮传》说："家贫，性落拓不羁，喜与禅宗尊宿及期门子弟游，日放言高谈，臧否人物，以是得狂名。"这种狂不是狂妄，也不是狂率，而是狂直。

峰回路转，苦尽甘来。雍正十年（1732）秋，郑板桥已到不惑之年，赴江宁（今江苏南京）参加乡试，得中举人。寒窗十载无人问，一朝成名天下知。中了举人，郑板桥想起了哀哀劬劳的父母，他们若地下有知，也当为儿子中举高兴。

得南闱捷音

忽漫泥金入破篱，举家欢乐又增悲。
一枝桂影功名小，十载征途发达迟。
何处宁亲惟哭墓，无人对镜懒窥帷。
他年纵有毛公檄，捧入华堂却慰谁？

这里的"毛公"指东汉的毛义，家贫，以孝称。府尹下檄文任他为安阳令，他喜动颜色，后来母死，他毅然辞官，府尹征召不至。郑板桥羡慕毛义的为人，欣赏他的襟抱，但是自己父母已仙逝，纵然得了毛公檄，又去哪里告慰双亲呢？

中了举人，固然可喜，但要想出仕，还必须进士及第。于是郑板桥下帷苦学，赴镇江焦山读书，如今焦山别峰庵还庋藏有他手书的木刻对联："室雅何须大，花香不在多。"功夫不负有心人，乾隆元年（1736），他参加礼部会试，中贡士，又参加殿试，中二甲第八十八名进士，赐进士出身。梦想成真，蟾宫折桂，郑板桥不禁有了"漫卷诗书喜欲狂"的感慨。他特地写《秋葵石笋图》一诗表达自己的喜悦之情。

秋葵石笋图

牡丹富贵号花王，芍药调和宰相祥。
我亦终葵称进士，相随丹桂状元郎。

他谦逊地称自己是极普通的草——终葵，能够和牡丹、芍药等名贵的花一起生长，无限荣光。按照惯例，中了进士，接下来应该是授给官职了，但是郑板桥滞留京师一年，竟是毫无结果。眼看着别人志满意得，走马上任，他不禁有了"冠盖满京华，斯人独憔悴"的感喟。谋官不成，他只得回到扬州，等待时机，这一年郑板桥 45 岁。

两袖唯清风，枝叶总关情

乾隆六年（1741），郑板桥再次入京求官，这一次总算天遂人愿，翌年被授为山东范县（今属河南）县令。这一年他 50 岁，已到了知天命之年。在范县任县令期间，他体恤民瘼，重视农桑，轻徭薄赋，与民休息，深受百姓爱戴。《清史列传》说他“及居官，则又曲尽情伪，餍塞众望”。所谓“餍塞众望”，是指郑板桥能满足百姓的愿望，为百姓办事。

乾隆十一年（1746），郑板桥从范县调往潍县（今山东潍坊），仍任县令。潍县虽是通都大邑，人烟辐辏，市肆繁华，但当时正遭灾荒，赈灾救荒成了郑板桥莅任后的头等大事。他先是开仓赈贷，令百姓凭借券领粮，稳定人心；接着以工代赈，大兴工程，修缮城垣，招远近饥民赴工就食，使许多人免除了颠沛流离、辗转沟壑之苦；最后是责令县中殷实富户开厂煮粥，施舍贫窭之人，有积粟之家，必须将粮平价卖出，不得借机涨价，也不得囤积居奇，有粮不售。这一举措使许多嗷嗷待哺之人得以活命。

潍县灾荒连年，郑板桥虽殚精竭虑救灾，仍有不少人携妇将雏，出境觅食，郑板桥感慨万端，作《逃荒行》以记其事。乾隆十三年（1748），乾隆皇帝得知潍县灾情严重，派大学士高斌、都御史刘统勋至山东赈灾，他们对郑板桥的举措称道不已。这年秋天，风调雨顺，潍县大熟，逃荒的饥民络绎返乡，郑板桥甚为欣慰，写下《还家行》一诗以记其事。

潍县靠近莱州湾，水患频发，每遇洪水，潍县县城便成了水乡泽国。城垣是明末当地士绅捐资建成，全是用土夯就，既不能抵御洪水浸泡，也不能防范盗贼。郑板桥鸠工庀材，醵资用石头修筑城墙，一劳永逸，有功当代，利在千秋。诚如他在《修潍县城记》中所说：“潍县地界海滨，号称殷富，一旦有事，凡张牙利吻之徒，欲狼吞而虎噬者，潍其首也。前明末造，赖诸绅士蠲输之力，修造之功，知土城不足恃，易而石之。是以贼人屡窥，卒挫其锋。”每逢海水漫溢，郑板桥都前往查勘救灾，不愧是称职的县令。

郑板桥在潍县当了6年县令，他一尘不染，两袖清风，救困扶危，视民如伤；他恪守官箴，秉公处事，案无留牍，境无冤民。

潍县署中画竹呈年伯包大中丞括

衙斋卧听萧萧竹，疑是民间疾苦声。

些小吾曹州县吏，一枝一叶总关情。

这首诗满溢着民胞物与之情。他在另一首《竹石》一诗中，又表达了他刚正不阿、砥砺德行、从不随波逐流的风骨。

竹石

咬定青山不放松，立根原在破岩中。

千磨万击还坚劲，任尔东西南北风。

郑板桥还喜欢奖掖后进，凡来请教诗词、书法、绘画者，他从不拒绝。潍县童生韩镐来讨教如何写作，他详加指导，并作行书七言联相赠："删繁就简三秋树，领异标新二月花。"郑板桥的二弟放浪形骸，不肯读书，郑板桥画了两丛兰花给他，希望他能戒掉浮躁，潜心读书，并在画上题道："二弟在家不肯读书，屡劝不信，吾唯画兰蕙以解其恼。"

郑板桥不拘小节，任达自放，他在潍县的奇闻逸事，令人捧腹。潍县有一崇仁寺，居住僧人，寺的对面是大悲庵，居住尼姑。有僧尼私通，被地保发觉，缚送县衙。郑板桥见僧尼年龄相当，令其还俗，配成夫妻，并赠诗云：

叛潍县僧尼还俗完婚

一半葫芦一半瓢，合来一处好成桃。
从今入定风规寂，此后敲门月影遥。
鸟性悦时空即色，莲花落处静偏娇。
是谁勾却风流案，记取当堂郑板桥。

还有一次，一个盐商送来一个贩私盐的人，要求严加惩办。郑板桥见那人衣衫褴褛，相貌和善，不是凶恶之徒，不禁生了恻隐之心，对盐商说：你要求责罚，本县让他带枷示众如何？盐商自然首肯。郑板桥便命人用芦席编成一枷，高八尺，阔一丈，剪出一孔，戴在盐贩头上。然后他在堂上取纸十余张，用判笔画成兰花、竹子，悉数贴在枷上，派人押往盐店。路人为观赏郑板桥的画，比肩继踵，联翩而至，盐商门户被堵，无法售盐，只得苦苦哀求免除对盐贩的责罚，郑板桥笑而释之。

乾隆十八年（1753），郑板桥因坚持赈济灾民触怒上司，被劾罢官。其实，上司早就对郑板桥心存芥蒂，有一年郑板桥赴省公干，上司在趵突泉设宴款待下属，命其写诗助兴。郑板桥略加思索，写成一首七绝：

会宴趵突泉

原原有本岂徒然，静里观澜感逝川。
流到海边浑是卤，更谁人辨识清泉？

这首诗引起满座怫然，都说是借题发挥，讥讽上司贤愚不分。郑板桥如今被罢官，也在意料之中了。他对官场的腐败深恶痛绝，有志揽辔澄清，却又无力回天，不免心灰意冷，在潍县任上写下了“难得糊涂”的横幅，并解释说：“聪明难，糊涂难，由聪明而转入糊涂更难。放一着，退一步，当下心安，非图后来福报也。”郑板桥离官时，百姓遮道挽留，家家画像祭祀，并自发为他建了生祠。在百姓心目中，郑板桥是不可多得的清官。

自由又自在，诗书画三绝

郑板桥虽然丢了官，但并不颓唐。他早就厌倦了送往迎来的官场生活，挂冠归隐，与烟波钓徒为伍，对他是一种解脱。他在给友人李复堂的信中说："为了求官之故，有酒不饮，有口不言，自加桎梏，自抑性情，与墟墓中之陈死人何异乎？……几番商量，宁可乌纱不戴，不可一日无酒。"罢官之后，他寓居扬州，鬻画为生，与同道书画往来，以文会友，诗酒唱和，并自书一联云："作画题诗双搅扰，弃官耕地两便宜。"

在扬州卖画的岁月里，郑板桥萍踪浪迹，栖迟无定，他游兰亭，探禹穴，去湖州，过钱塘（今浙江杭州），至会稽（今浙江绍兴），悠然陶然，卓荦不羁。无论是缙绅士大夫，还是骚人墨客，都和其有过交往。他应乌程（治今浙江湖州南）知县孙扩图之邀赴湖州匝月，还参加过两淮盐运使卢见曾主持的虹桥修禊，而他和《随园诗话》的作者袁枚在扬州邂逅并成为莫逆之交，更是为文坛留下了一段佳话。有一李姓秀才，赠郑板桥一联云："三绝诗书画，一官归去来。"准确地道出了其在艺术上的成就和淡泊功名利禄的品格。

郑板桥所到之处，无论是卖画还是写诗，都盖有不同的印章，如"橄榄轩""七品官耳""鹧鸪""二十年前旧板桥"等，皆别具一格。他适应了这种无拘无束的自在生活，去官3年后，即乾隆二十一年（1756），他在一首诗中写道：

酒罄君莫沽，壶倾我当发。
城市多嚣尘，还山弄明月。
我虽不善书，知书莫如我。

苟能得其意，窃谓不学可。

郑板桥在他生命最后的十几年里，诗、书、画都达到了炉火纯青的境界。《清史列传·郑燮传》说：“善诗、工书画，人以‘郑虔三绝’称之。诗言情述事，恻恻动人，不拘体格，兴至则成，颇近香山（白居易）、放翁（陆游）。书画有真趣，少工楷书，晚杂篆隶，间以画法。所绘兰、竹、石亦精妙，人争宝之。词吊古摅怀，尤擅胜场，或比之蒋士铨。”他的字融真、草、隶、篆为一体，以真隶为主，杂以行草，笔走龙蛇，力透纸背，给人以美的享受，人称“板桥体”。郑板桥的画以竹、兰、石、菊为多。他主张不可泥古不变，要师法自然，所谓“意在笔先，趣在法外”。他画竹时提出了“眼中之竹”“胸中之竹”“手中之竹”的三段论，他画的竹、兰潇洒出尘，别有意趣。他的《潍县竹枝词四十首》感怆时事，婉转浏亮，广为流传。他的《道情十首》发自肺腑，真诚自然，绝非无病呻吟之作，是他去官后真实的生活写照。如：

老樵夫，自砍柴，捆青松，夹绿槐，茫茫野草秋山外。丰碑是处成荒冢，华表千寻卧碧苔，坟前石马磨刀坏。倒不如闲钱沽酒，醉醺醺山径归来。

老书生，白屋中，说黄虞，道古风，许多后辈高科中。门前仆从雄如虎，陌上旌旗去似龙，一朝势落成春梦。倒不如蓬门僻巷，教几个小小蒙童。

掩柴扉，怕出头，剪西风，菊径秋，看看又是重阳后。几行衰草迷山郭，一片残阳下酒楼，栖鸦点上萧萧柳。撮几句盲辞瞎话，交还他铁板歌喉。

郑板桥性格诙谐，他的书法、绘画均有定价："大幅六两，中幅四两，小幅二两，书条、对联一两，扇子、斗方五钱。凡送礼物、食物，总不如白银为妙，公之所送，未必弟之所好也。"尽管他落魄不偶，收入微薄，却喜欢解衣推食，济困扶危。《清史列传》说他"尝置一囊，储银及果食，遇故人子及乡人之贫者，随所取赠之"。古道热肠，令人敬佩！

乾隆三十年十二月（1766 年 1 月），郑板桥驾鹤西去，享年 74 岁，窀穸于兴化城东管阮庄。作为"扬州八怪"的领军人物、诗坛巨擘、书法大家，他身后赢得了一片赞誉之声。画家傅抱石说：

在板桥的文学作品里，无论是诗、词或者别的，最突出的是使人读了感到作者一种强烈、丰富、真挚的"民胞物与"的感情，这种感情深刻地体现在对广大人民的同情上面。

他的绘画，没有孤立地从形式笔墨——临摹古人入手，而是首先从生活入手。

他的字，是把真、草、隶、篆四种书体而以真、隶为主的综合起来的一种新的书体。

画家徐悲鸿说：

板桥先生为中国近三百年来最卓绝人物之一，其思想奇，文奇，书画尤奇。观其诗文及书画，不但想见高致，而其寓仁慈于奇妙，尤为古今天下之难得者。

郑板桥是值得人们永远怀念的历史人物。

图书在版编目(CIP)数据

大历史背后的人物画像 / 任崇岳著. — 郑州 : 大象出版社, 2023. 3
ISBN 978-7-5711-1650-7

Ⅰ. ①大… Ⅱ. ①任… Ⅲ. ①散文集-中国-当代
Ⅳ. ①I267

中国版本图书馆 CIP 数据核字(2022)第 220158 号

大历史背后的人物画像

DA LISHI BEIHOU DE RENWU HUAXIANG

任崇岳 著

出 版 人 汪林中
责任编辑 李小希
责任校对 安德华
装帧设计 王晶晶
责任印制 郭 锋

出版发行 大象出版社(郑州市郑东新区祥盛街 27 号 邮政编码 450016)
发行科 0371-63863551 总编室 0371-65597936
网 址 www.daxiang.cn
印 刷 河南新华印刷集团有限公司
经 销 各地新华书店经销
开 本 890 mm×1240 mm 1 / 32
印 张 10.125
字 数 208 千字
版 次 2023 年 3 月第 1 版 2023 年 3 月第 1 次印刷
定 价 56.00 元

印厂地址 郑州市经五路 12 号
邮政编码 450002 电话 0371-65957865